rororo

Dies ist der zweite Fall, den das Ermittlertrio Sonntag, Herbst und Jensen im idyllischen Ost-Holstein zu lösen hat. Über den ersten Band der Reihe, «Der falsche Tod» (rororo 23893), urteilten die «Lübecker Nachrichten»: «anschaulich und spannend.» Bekannt wurde der promovierte Bau- und Kunsthistoriker Boris Meyn durch seine historischen Hamburg-Kriminalromane, die in der Region Bestsellerstatus genießen. Bisher erschienen sind vier Bände: «Der Tote im Fleet» (rororo 22707), «Der eiserne Wal» (rororo 23195), «Die rote Stadt» (rororo 23407) und «Der blaue Tod» (rororo 23894). Daneben gibt es noch einen Gegenwartskrimi aus der Hansestadt, «Die Bilderjäger» (rororo 23196).

Boris Meyn

# Tod im Labyrinth

Ein Fall für Sonntag, Herbst und Jensen

Rowohlt Taschenbuch Verlag

2. Auflage Januar 2012

Originalausgabe
Veröffentlicht im Rowohlt Taschenbuch Verlag,
Reinbek bei Hamburg, Februar 2007

Umschlaggestaltung any.way, Cathrin Günther
(Foto: Michael Weber / zefa / CORBIS)
Lektorat Werner Irro
Satz Palatino PostScript, InDesign,
bei Pinkuin Satz und Datentechnik, Berlin
Druck und Bindung CPI – Clausen & Bosse, Leck
Printed in Germany
ISBN 978 3 499 24351 6

Boris Meyn · **Tod im Labyrinth**

# Kapitel 1

Nichts deutete darauf hin, dass dies ein ungewöhnlicher Tag werden sollte. Und wenn, dann hätte es Hinrich Barth nicht bemerkt. Er tat, was er seit nunmehr dreißig Jahren machte. Jeder Handschlag war Routine. Wahrscheinlich hätte er alle notwendigen Arbeiten auch mit geschlossenen Augen durchführen können, so geläufig waren sie ihm. Und so bemerkte er auch all die außergewöhnlichen Dinge nicht, die sich an diesem klaren Augustmorgen um ihn herum abspielten, weder den Eisvogel, der sich für einen zutraulichen Moment auf der Reling der Fähre niedergelassen hatte, noch den einsamen Angler, der an der Uferböschung stand und gerade damit beschäftigt war, seine Utensilien zusammenzupacken.

Hinrich Barth konzentrierte sich ganz auf seine Arbeit. Auf die Kette am Schlagbaum, die sich wie so oft nur schwer aus der Arretierung ziehen ließ, und auf die Inspektion des Dieselmotors, der die Fähre bei Bedarf an einer Trosse laufend zum anderen Ufer und wieder zurück zog. Behutsam, fast zärtlich strichen seine rauen Hände über die Hebel und Schalter der alten Maschine. Dann kontrollierte er den Ölstand und füllte vorsichtshalber einen knappen Liter nach, bis sich der Zeiger auf der rostigen Skala dort eingependelt hatte, wo er eigentlich hingehörte. Gemeldet hatte er den außerordentlichen Ölverbrauch bislang nicht. Warum auch, der Diesel lief zuverlässig und gab keine auffälligen Geräusche von sich, und Öllachen auf dem Kanal hatte er noch keine erkennen können. Also hatte er sich vom Bauhof einen Kanister Öl organisiert und ganz nach der Devise gehandelt, keine schlafenden Hunde zu wecken. Seit dieser Umweltschützer im Gemeinderat saß, musste man aufpassen. Früher hätten ein paar Liter Öl niemanden gestört, aber nun lief er womöglich Gefahr, dass irgendein Neunmalkluger deshalb die Einstellung des Fährbetriebs durchsetzen könnte, weil die Reparatur zu teuer war. Die Gemeinden hatten kein Geld mehr, das hörte man ja von überall. Also musste Hinrich Barth vorsichtig sein. Noch acht Jahre bis zur ersehnten Rente – auch die würden wie im Flug vergehen. So wie die letzten dreißig Jahre. Während der Sommermonate war er der Fährmann von Siebeneichen. Das klang schon nach etwas. Was aber noch mehr für ihn zählte, war, dass dieser Arbeitsplatz sicher war. Dem hatte sich alles andere unterzuordnen.

Hinrich Barth brauchte nicht auf die Uhr zu schauen. Ein Blick auf die rauschenden Pappeln auf der gegenüberliegenden Kanalseite, durch deren Blätter ihm die Sonne zublinzelte, verriet, dass noch ausreichend Zeit bis Betriebsbeginn blieb. Mit behäbigem Schritt trottete er zu dem kleinen Bauwagen, der ihm als Aufenthaltsraum diente. Barth wickelte sein Butterbrot aus, stellte die Thermoskanne mit Kaffee auf den kleinen Klapptisch und breitete die Zeitung vor sich aus. So wie jeden Morgen fiel sein Blick zuerst auf das halbnackte Mädchen, das sich heute unter einer Palme am Strand räkelte.

Langsam entzifferte er die Bildunterschrift. Wo auch immer Barbados lag, er wusste, dass er niemals dorthin kommen würde. Die anderen Schlagzeilen nahm er wie so vieles nicht wahr. Was hätte ihn an den neuerlichen Arbeitslosenstatistiken auch ängstigen können.

Sorgfältig riss er die Seite heraus und heftete das Bild neben die anderen Fotos an der Wand. Dann rückte er seine blaue Arbeitshose zurecht und schraubte den Deckel wieder auf die Thermoskanne. Ein flüchtiger Blick auf die Küchenuhr an der Wand, deren Zifferblatt ein roter Ferrari zierte, signalisierte ihm, dass er immer noch etwas Zeit hatte. Zeit für eine kleine Runde. Gestern hatte er sieben achtlos weggeworfene Flaschen eingesammelt. Nicht aus den Müllbehältern und Papierkörben, die man entlang des Wanderweges aufgestellt hatte, sondern direkt hinter seinem Wagen auf der kleinen Wiese vor der Anlegestelle. Das kam immer häufiger vor, dabei waren es gute Pfandflaschen. Wer das nicht erkannte, war selbst schuld. Die Flaschen sicherten ihm das Päckchen Tabak, das er sich alle zwei Tage vom Aldi holte. Heute gab es allerdings keine Flaschen.

Hinrich Barth setzte sich auf die Bank neben seiner Fähre und drehte sich eine Zigarette. Seine Fingerkuppen waren gelb vom Nikotin. Vor den Binsengräsern, die sich unter der großen Weide an der gegenüberliegenden Uferbefestigung ausbreiteten, schwamm eine Entenmutter mit ihrem Nachwuchs, der in sicherem Abstand folgte. Barth sah sie nicht. Er blickte auf seine Fähre, die sich im Wasser spiegelte, und war zufrieden. Seine Gedanken hingen der Frage nach, ob auch heute wieder ein paar dieser kessen Radlerinnen die Fähre benutzen würden. Seit man entlang des Elbe-Lübeck-Kanals den Radwanderweg gebaut hatte, kam das immer häufiger vor. Der Grund lag wahrscheinlich in dem von hier aus gut sichtbaren Gasthof auf der anderen Seite. Die saßen dann immer so flott auf ihren Rädern. Einige hatten diese engen Radfahrerhosen an, unter denen sich alles abzeichnete. Oder sie trugen luftige Hemden oder knappe Shirts, und man konnte sofort erkennen, ob sie einen BH darunter anhatten. Wenn sie alleine unterwegs waren, setzte er sie natürlich umsonst über, machte ihnen ein paar Komplimente, und viele dankten es ihm mit einem kecken Lächeln. Nach Feierabend, wenn er alles klargemacht hatte und sich in seiner kleinen Dachgeschosswohnung in Büchen eine Flasche Bier gönnte, dachte er häufig an diese jungen Dinger, mit denen er tagsüber herumgeflirtet hatte. Meist legte er dann Hand an und schämte sich. Schämte sich, dass er wieder nicht den Mut aufgebracht hatte. Seine Hemmungen spülte er dann immer mit ein paar Klaren hinunter, um die Zeit zu überbrücken, bis die nackten Schönheiten kurz vor Mitternacht über den Bildschirm hüpften und sich verführerisch räkelten.

Oft musste er dabei auch an Biggi denken, die kleine Rothaarige, die bis zum Frühjahr hinter der Kasse beim Aldi gesessen hatte. Natürlich hatte er bemerkt, wie sie ihm immer zugezwinkert hatte. Zweimal war es sogar vorgekommen, dass sie sich zu seinen Gunsten verrechnet hatte, und Hinrich Barth konnte sich noch genau an den Tag im letzten Jahr erinnern, als zwei Knöpfe von ihrem Kittel offengestanden hatten und er ihr schwarzes Höschen sehen konnte. Aber er hatte wieder einmal nicht den Mut gehabt, sie anzusprechen. Er hätte sie einladen sollen. Aber wohin? Zu sich nach Hause? Da war es alles andere als komfortabel. Die kleinen Dinger träumten doch von etwas anderem, als von einer pekigen Junggesellenbude unterm Dach. Man musste schon etwas haben, womit man ihnen imponieren konnte. Und er, Hinrich Barth, hatte nicht mal ein Auto, geschweige denn einen Führerschein. Das Mofa hatte man ihm geklaut, und bislang hatte er noch nicht genug zur Seite gelegt, um sich einen neuen fahrbaren Untersatz leisten zu können. Außerdem war er siebenundfünfzig. Auch deshalb spülte er seine Gedanken immer häufiger mit einigen Kurzen hinunter und flüchtete in seine kleinen Träume. Barbados und so, Strand mit Palmen … Weit weg jedenfalls.

Das andere Kanalufer verschwand für einige Sekunden hinter dem großen Kahn, der Richtung Lauenburg steuerte. Barth grüßte den Flussschiffer mit einer knappen Geste, dann beobachtete er wieder die gegenüberliegende Anlegestelle. In etwa zehn Minuten würde Direktor Heisemüller mit der Lichthupe am anderen Ufer auf sich aufmerksam machen, wie er es an jedem Morgen tat – seit mehr als zwanzig Jahren. Dann erst begann der Arbeitstag. Seit die Querung in Güster gesperrt war, da die alte Brücke überholt werden musste, nutzten allerdings immer mehr Leute die Fähre, um Zeit und Strecke zu sparen. So kam es neuerdings immer häufiger vor, dass auch Ortskundige die Fähre in Anspruch nahmen, wo sie doch sonst eher eine touristische Attraktion war. Direktor Heisemüller war immer sein erster Fahrgast. Ihm gehörte eine Konservenfabrik mit dreihundert Angestellten. Er war bei weitem der größte Arbeitgeber in der Region, und natürlich fuhr er Mercedes. Einen schwarzen. Schon immer. Wenn er gut drauf war, dann reichte er mit dem Fahrgeld einen Zigarillo durchs Wagenfenster. An besonderen Tagen gab's auch schon mal eine Flasche Weinbrand. Manchmal fühlte sich Barth, als gehöre auch er zu Heisemüllers Belegschaft.

Der Diesel sprang ohne Mucken an. Eine schwarze Rauchwolke entstieg dem Auspuff, dann dauerte es immer ein paar Minuten, bis der Motor rund lief. Hinrich Barth sicherte die Landungsklappen und nahm die Festmacher vom Poller. Es war gut, wenn die Fähre schon auf dem Weg war. Einen Direktor durfte man nicht warten lassen. Und Heisemüller war immer pünktlich. Auf die Minute. Selbst am Samstag. Barth konnte sich nicht erinnern, dass Heisemüller je krank gewesen war. Auch Urlaub schien er sich nie zu gönnen. Zumindest nicht im Sommer. Einer vom alten Schlag eben. Hinrich Barth legte den Gang ein, und die schweren Walzen an der Seite der Fähre setzten sich langsam in Bewegung, griffen hungrig nach der eisernen Stahltrosse, die am Grund des Kanals lag. Stück für Stück schob sich die Fähre vom Ufer weg. Barth lauschte dem Tuckern des Diesels. Es klang wie eine beruhigende Melodie in seinen Ohren. Seine Augen verfolgten die Spur, die sich hinter der dicken Trosse bildete und das Wasser vor der Fähre in zwei Teile zu schneiden schien.

Hinrich Barth stoppte die Maschine sofort, als er den braunen Schatten wahrnahm, der sich mit der Trosse langsam aus dem Wasser hob. Es kam häufiger vor, dass sich an der Trosse Gegenstände verfingen, die aus dem Schlick des Kanals an die Oberfläche gezogen wurden. Wurzeln und morsche Äste vermochten dem Antrieb zwar keinen ernsthaften Schaden zuzufügen, aber hin und wieder war auch schon ein altes Fahrrad oder ein Einkaufswagen aufgetaucht. Was auch immer es war, es gehörte dort nicht hin. Er eilte nach vorn, um den Gegenstand näher in Augenschein zu nehmen. Zuerst dachte Barth an eine Plane oder ein Zelt, eine alte Decke oder irgendein größeres Kleidungsbündel. Dann tauchten urplötzlich die Gesichtszüge eines Menschen an der Wasseroberfläche auf. Die Augen der Frau schienen ihn direkt anzuschauen. Barth stockte der Atem. Für einen Moment verharrte er regungslos, dann blickte er sich hilfesuchend um. Am anderen Ufer konnte er den Mercedes von Direktor Heisemüller erkennen.

## Kapitel 2

«Na, ihr zwei, gut amüsiert?», fragte Gero beiläufig, während er mit einem langen Arm die Beifahrertür aufdrückte.

«Aber klar doch», antwortete Charlotte und warf ihrer Freundin einen verschwörerischen Blick zu. Dann klappte sie die Rücklehne des Beifahrersitzes um, und beide ließen sich kichernd auf der Rückbank nieder.

«'n Abend, Herr Herbst», begrüßte ihn Rebecca höflich, «nett, dass Sie mich noch rumfahren.»

«Versprochen ist versprochen», entgegnete Gero und startete den Motor. Im Rückspiegel konnte er beobachten, wie die beiden albern miteinander tuschelten, sich hinter vorgehaltener Hand etwas zuflüsterten und erneut zu kichern begannen. Alberne Gänse, dachte Gero, und lächelte stumm in sich hinein. So wie sich die beiden Diven aufführten, brauchte er sich wohl wirklich keine Sorgen zu machen. Wahrscheinlich teilten sie sich gerade zum zehnten Mal mit, welchen der Jungs sie besonders attraktiv fanden, wer einem schöne Augen gemacht hatte und dass der oder der heute besonders süß gewesen sei. Bei einer ernsteren Angelegenheit hätten sie sich höchstwahrscheinlich nicht so albern aufgeführt.

Er schwenkte auf die Landstraße Richtung Schwarzenbek ein. Das Gackern aus dem Fond wurde immer lauter. Gero versuchte es zu ignorieren.

Ob es das Dröhnen der Auspuffanlage war oder der hämmernde Bass aus den Lautsprechern, konnte Gero nicht feststellen. Jedenfalls fuhr der Idiot hinter ihm viel zu dicht auf. War das womöglich dieser verunstaltete Kleinwagen mit den neonblauen Positionslichtern, der eben noch neben ihm vor der Gaststätte geparkt hatte? Die beiden spindeldürren Kerle, die dem Gefährt entstiegen waren, hatten Baseballkappen aufgehabt, den Schirm modisch nach hinten gewendet, und diese weiten, halb heruntergelassenen Jeans getragen, deren spezielle Bezeichnung Gero wieder vergessen hatte, obwohl Max ihm den Namen schon zigmal erklärt hatte. *Krasse Karre* hatte einer von ihnen mit Blick auf Geros Wagen gemeint und sein Käppi zurechtgerückt. Einen Saab 99 kannte natürlich niemand in dieser Szene, war der hochbeinige Schwede doch nicht gerade die Grundlage für ein auffälliges Showtuning. Außerdem hatte die Mehrzahl der Jugendlichen 1979 bestimmt noch nicht einmal das Licht der Welt erblickt – für die meisten galt ja ein Käfer schon als Oldtimer. Zu Geros Zeit war die Identifizierung selbst der exotischsten Wagen meist eine Sache von Sekunden gewesen. Die genauen Leistungsdaten hatte man aufgrund der unzähligen Quartettkarten im Kopf, genau wie Zwölfjährige heutzutage die Namen von Pokemons. Eben. Aber wer spielte schon noch Quartett? *Krasse Karre* war da alles, was man für einen originalgetreu restaurierten Saab übrighatte. Fast ein halbes Jahr hatte Gero gebraucht, den alten Wagen wieder flottzumachen. Die Ladedruckanzeige des Turbos hätten die beiden wahrscheinlich für einen nachgerüsteten Drehzahlmesser auf dem Armaturenbrett gehalten.

Er konnte gerade noch erkennen, dass die Nebelscheinwerfer eingeschaltet waren, so dicht klebte der Hintermann an Geros Stoßstange. Und das auf einer alten Allee, die kaum zum Überholen geeignet war. Gero drosselte das Tempo, und der Wagen hinter ihm zog sofort mit martialischem Sound auf die Gegenspur und drängelte sich mit einer Handbreit Abstand vorbei.

Die Mädchen auf der Rückbank unterbrachen ihr Gekicher für einen Augenblick. «Schau mal, das ist doch Ronni», konnte er Rebecca sagen hören, die auf den Wagen vor ihnen zeigte. Im Vorbeifahren hatte Gero erkennen können, dass der dunkle Opel mit dem Red-Bull-Aufkleber an der Rückscheibe voll besetzt war mit jungen Leuten. Gero blickte auf den Tacho. Die Nadel zeigte knapp siebzig an. Der Wagen vor ihnen fuhr inzwischen bestimmt doppelt so schnell und beschleunigte weiter. Man konnte in der leichten Kurve deutlich erkennen, wie sehr ihn die Fliehkraft zur Seite zog. Es war doch gut, dass er vor Ort geblieben war, dachte Gero und atmete tief durch. Im letzten Jahr hatte es allein auf diesem Streckenabschnitt acht Tote gegeben. Alles junge Leute – und alle auf der Heimfahrt von der Disco. Die alten Eichen an der Allee standen einfach zu eng beieinander, sagten die einen. Wer hier mit über hundert durchfährt, hat selber Schuld, meinten die anderen. Charlotte war gerade fünfzehn geworden. Für die nächsten drei Jahre war sie gezwungenermaßen noch Beifahrerin. Gero lief ein Schauer über den Rücken. Auch das erneut einsetzende Gekicher auf den Rücksitzen vermochte ihn nicht so recht zu beruhigen.

«Weißt du, was Becky sagt?», rief Charlotte ihm plötzlich von hinten zu.

Er konnte erkennen, dass die Freundin ihr am Arm hing und versuchte, ihr den Mund zuzuhalten.

«Du bist gemein. Das sagst du nicht!», protestierte Rebecca laut.

Charlotte befreite sich aus dem Klammergriff. «Sie sagt …»

«Nein, nicht!», unterbrach Rebecca sie albern schreiend.

«Na, so schlimm wird's ja wohl nicht sein», meinte Gero nach hinten gewandt. Irgendwie war er schon neugierig, was die zwei da zu besprechen hatten, auch wenn er sich sicher war, dass es höchstens ein paar harmlose Sticheleien waren, mit denen man sich triezte. Wahrscheinlich hatte Rebecca irgendwas über ihn gesagt, und nun war es ihr peinlich.

«Sie sagt, dein Auto wäre *pornös* …»

«Bitte, was?», fragte Gero verblüfft. Die Sprache der Kids war schon erstaunlich. Rebecca schien es äußerst peinlich zu sein. Sie hatte sich außerhalb von Geros Blickwinkel hinter seinen Sitz zurückgezogen und hielt sich jetzt wahrscheinlich beide Hände vors Gesicht.

«Pornös», wiederholte Charlotte. «Wegen den plüschigen roten Sitzen.»

«Ach so.» Gero machte eine abwertende Handbewegung. Es war an der Zeit, die Lage ein wenig zu entschärfen. Das ging erfahrungsgemäß am besten, wenn man die Stimmung der Jugendlichen aufgriff.

«Rebecca findet also, mein Wagen gleicht einem rollenden Puff?»

«Nein», antwortete Rebecca lachend. «Pornös sagt man doch nur so. Aber ich hab das echt noch nie gesehn, ein schwarzes Auto mit leuchtend roten Samtsitzen.»

«Du meinst, es fehlen noch ein paar brokatbesetzte Gardinen und ein paar kitschige Lampenschirme?» Auch Gero konnte sich ein Lachen nicht verkneifen.

«Ja, so ungefähr», meinte Rebecca.

«Weißt du, Rebecca, ich glaube, das hat man damals ganz anders gesehen. Der Wagen ist schließlich über fünfundzwanzig Jahre alt, und zu der Zeit war das unheimlich angesagt ...» Gero schaute über die Schulter nach hinten.

«Bitte, Papa.» Charlotte lächelte gequält. «Halt jetzt keinen Vortrag über das Auto.»

«Aber bequem ist's doch, oder?»

«Aber klar», entgegneten beide wie aus einem Mund.

«Tja, aber leider heißt's schon aussteigen aus dem Salon. Wir sind da.» Gero lenkte den Wagen in die Einfahrt mit dem hölzernen Carport, unter dem irgendein japanischer Großraumwagen stand. Im gleichen Augenblick öffnete sich schon die Haustür des kleinen Einfamilienhauses, das wie die Nachbargebäude in der Neubausiedlung als Mischung aus toskanischer Villa und skandinavischem Landhaus gebaut worden war.

«Vielen Dank nochmal, Herr Herbst. Und ...» Sie zögerte einen Augenblick. «Das war nicht böse gemeint mit dem Auto.»

«Klar. Ich glaub, ich hab's schon richtig verstanden.»

Gero winkte Rebeccas Mutter, die ihre Tochter an der Tür in Empfang nahm, flüchtig durch die Windschutzscheibe zu, wartete, bis Charlotte nach vorne gekommen war, und wendete den Wagen.

«Sag mal, meine Große, bin ich dir irgendwie peinlich?», fragte Gero seine Tochter, nachdem sie schon eine Weile schweigend nebeneinander gesessen hatten.

«Nenn mich doch nicht dauernd *meine Große.*»

«Na, aber du bist doch meine Große. So habe ich dich schon immer genannt.»

«Und Max nennst du *mein Kleiner.*»

«Eben.»

«Find ich irgendwie doof. Besonders, wenn andere Leute dabei sind.»

Gero blickte seine Tochter musternd an. «Mutter nennt dich doch auch so.» Schließlich nickte er. «Okay, ich werde mir in Zukunft Mühe geben. Auch wenn es mir schwerfallen wird. Aber du hast meine Frage noch nicht beantwortet.»

«Welche?»

«Ob ich dir manchmal peinlich bin. Ich habe in bestimmten Situationen den Eindruck, dass du dich irgendwie für mich schämst.»

«Du meinst vorhin, als es um das Auto ging?»

«Zum Beispiel. Ihr habt doch mit dem Plüschzeug angefangen.»

«Na ja. Aber das war einfach nur komisch, ein Scherz so aus dem Moment heraus. Und ich hatte den Eindruck, du wolltest uns daraufhin einen deiner Vorträge halten. Ich weiß doch, wie stolz du auf den Wagen bist.

Aber Rebecca interessiert sich nun wirklich nicht so für Autos.»

«Hmm.» Gero legte die Stirn in Falten. «Und sonst?»

«Ach, Papa.» Charlotte legte ihre Hand auf seinen Oberschenkel, als wolle sie ihn beruhigen. Gleichzeitig wirkte die Geste entschuldigend. «Das liegt wohl daran, dass du … dass ihr beide so anders seid als andere Eltern. Ihr habt manchmal so komische Vorstellungen. Mensch, die Eltern von Becky zum Beispiel, die würden nie auf die Idee kommen, draußen vor der Disco zu warten, um uns nach Hause zu fahren. Die sehn das irgendwie lockerer.»

«Glaube ich nicht», sagte Gero, und bevor seine Tochter Widerspruch einlegen konnte, schob er nach: «Aber abgesehen davon: Wie wärst du denn nach Hause gekommen?»

«Och, irgendwer hätte mich schon gefahren.»

«Siehst du, und wir möchten eben nicht, dass dich *irgendwer* fährt. Du hast doch vorhin selbst gesehen, mit welch waghalsigen Manövern hier um diese Zeit rumgekurvt wird. Kanntest du den im Übrigen?»

«Ronni?» Charlotte nickte. «Nur flüchtig. Ist der Kumpel von Beckys Cousin.»

«Mag sein, dass es daran liegt, dass ich Polizist bin.» Gero blickte Charlotte ernst an und legte seine Hand auf die ihre. «Weißt du, ich bin ständig mit diesen Dingen konfrontiert. Autounfälle und der ganze Quatsch, dem nur jugendlicher Leichtsinn zugrunde liegt. Mama und ich, wir beide möchten dich doch nur davor bewahren, dass du in etwas reingerätst, dessen Folgen du in deinem Alter noch gar nicht absehen kannst.» Gero bereute es sofort, dass er Charlottes Alter angeführt hatte. Er erinnerte sich noch genau, wie verständnislos er damals reagiert hatte und wie bevormundet er sich als Fünfzehnjähriger vorgekommen war. Aber nun war es geschehen, und wider Erwarten nickte seine Tochter nur stumm.

«Ist schon okay», sagte sie schließlich und lächelte ihn an. «Ihr braucht euch wirklich keine Sorgen zu machen. Hättest du übrigens was dagegen, wenn ich ein wenig modeln würde?»

Auch das noch, dachte Gero. Heute blieb er wirklich von nichts verschont. Er versuchte, sich seine Gedanken nicht anmerken zu lassen. «Wie kommst du darauf?»

«Manu macht das auch. Sie verdient mit den Aufnahmen über 500 Euro am Tag.»

«Und was sind das für Fotos?», fragte Gero neugierig. 500 Euro erschienen ihm als Tagessatz für eine Fünfzehnjährige doch etwas hoch.

«Na, Modeaufnahmen und so'n Zeugs ...»

«Und so'n Zeugs», wiederholte er und blickte seiner Tochter in die Augen. Sie wich seinem Blick aus, und er bekam ein seltsames Kribbeln in der Magengegend. «Läuft das über eine Agentur?»

«Ich weiß nicht so genau», druckste sie herum und nestelte verlegen an ihrem Shirt.

«Na komm, wir haben doch sonst keine Geheimnisse voreinander. Und wenn wir dir die Erlaubnis dazu geben sollen, dann wollen wir schon wissen, worum's geht. So etwas muss mit Mama besprochen werden. Vielleicht lädst du diese Manu einfach mal zu uns ein, damit wir gemeinsam darüber reden können?»

«Da hat die sicher keinen Bock drauf», meinte Charlotte und reichte ihrem Vater einen Zettel.

«Was soll ich damit?»

«Das ist eine Handynummer, die sie mir gegeben hat. Wenn man Interesse hat, soll man sich melden.»

«Na, wir werden mal sehen, was Mama dazu sagt.» Gero fiel ein Stein vom Herzen. Gott sei Dank hatte Charlotte noch so viel Vertrauen, dass sie sich mit solchen Dingen an ihn wandte. Sie war eben doch noch völlig naiv. Unseriöser ging es ja schon fast nicht mehr. Aber seine Meinung behielt er in diesem Augenblick tunlichst für sich. Wenn er wieder im Dienst war, würde er die Nummer überprüfen.

Wieder nur die Mobilbox. Gero trennte die Leitung. Nein, wenn schon, dann wollte er den Kerl persönlich an der Strippe haben. Vielleicht war es doch besser, wenn er die Angelegenheit erst am Montag von der Dienststelle aus regelte. Zwei Tage noch. Er nahm sich vor, die Sache bis dahin auf sich beruhen zu lassen.

Hauptkommissar Gero Herbst schlüpfte in seine Gartenschuhe. Das kleine Thermometer an der Fensterscheibe zeigte fast dreißig Grad. Als er das Haus verließ, schlug ihm die Hitze förmlich entgegen. Einen so warmen August hatte es seit Jahren nicht mehr gegeben. Es roch nach trockenen Gräsern, und irgendwo in der Nachbarschaft kläffte ein Hund. In der Ferne vernahm Gero das monotone Knattern eines Rasenmähers. Zumindest das blieb ihm erspart. Vor lauter Hügeln konnte man Lenas englischen Rasen nur noch erahnen.

Er hatte ihr hoch und heilig versprechen müssen, den

Quälgeist während ihrer Abwesenheit zu erledigen, dann war sie einigermaßen beruhigt für drei Tage zur Fortbildung nach Berlin gefahren. Seither herrschte das Chaos im Haus, obwohl Gero sich die ganze Woche freigenommen hatte. Seine Mutter war mit ihrer Seniorengruppe auf Rügen, und ohne Oma Ruths Hilfe war der Haushalt kaum zu schaffen, auch weil ein Großteil des Tages für die ständigen Fahrdienste der Kinder draufging. Gero griff zum Spaten. Alle bisherigen Maßnahmen hatten nicht gefruchtet. Ganz zum Amüsement der Nachbarn, die sich inzwischen täglich zum Zählen der Maulwurfshügel hinter der Hecke einfanden. Anfangs hatte Gero mitgelacht. Inzwischen nervte ihn die Angelegenheit, und er wünschte das verdammte Viech in die ewigen Jagdgründe. Gartenschlauch und Stöcke in den Hügeln hatten versagt. Dann musste er den Quälgeist eben ausbuddeln.

Und das bei diesem Wetter. Viel lieber hätte er sich an seinem letzten freien Tag auf sein Boot zurückgezogen. Aber wenn es weiterhin so heiß blieb, dann konnte der Jollenkreuzer noch mindestens bis Ende September im Wasser bleiben. Das Problem mit den Mitseglern hatte sich inzwischen auch erledigt. Seltsamerweise standen sie seit diesem Jahr sogar Schlange. Angefangen hatte es damit, dass Kollegin Conni im Frühsommer angefragt hatte, ob sie sich nicht einmal als Vorschoterin erproben könne. Danach war sogar Lena wieder bereit gewesen, auf ihre geliebte Gartenarbeit am Wochenende zu verzichten und Gero auf dem alten Kreuzer Gesellschaft zu leisten. Selbst Charlotte, die bis dahin kein Interesse am Wassersport gezeigt hatte, begeisterte sich plötzlich fürs

Segeln. Während Max mit seinem Ruderclub im Sommer an der Schlei gewesen war, hatte seine Schwester zu Geros Erstaunen im Feriencamp an der Ostsee ganz nebenbei ihren Segelschein gemacht. Jetzt träumte sie davon, einmal gemeinsam mit Cornelia Sonntag einen Schlag zu machen. Conni war echt cool, wie Charlotte sich ausgedrückt hatte. Nun, aus irgendeinem Grund kam Frau Oberkommissarin bei seiner Tochter recht gut an. Gero hatte keine Ahnung, woran das lag.

Langsam begannen Geros Augen, den Rasen nach verdächtigen Spuren abzusuchen, aber so sehr er sich auch bemühte, der gestrige Abend und das Gespräch mit Charlotte wollten ihm nicht aus dem Kopf gehen. Immer wieder hatte er einzelne Szenen vor seinem geistigen Auge, die sich vor Kohlmanns Gasthof abgespielt hatten – und solche, die sich hätten abspielen können. Umso mehr wunderte es ihn nachträglich, dass er tatsächlich wie verabredet durchgehalten und keinen Blick ins Innere des Lokals geworfen hatte, in dem diese Beach-Party stattgefunden hatte. Mindestens einmal im Monat verwandelte sich Kohlmanns Gasthof zum Treffpunkt aller Jugendlichen und Tanzwütigen aus den benachbarten Dörfern. Zu jeder Veranstaltung gab es ein besonderes Highlight. Besonders verlockend schienen immer noch Freigetränke zu sein – natürlich nicht ohne Hintergedanken. Waren vom Veranstalter frivole Einlagen geplant, etwa die Wahl einer Miss T-Shirt oder sogar eine Stripnummer, dann waren hochprozentige Freigetränke über den ganzen Abend schon fast obligatorisch.

Um zehn Uhr war Schicht für die jüngeren Jugendlichen, aber kontrolliert wurde nie. Also hatte er Charlottes Drängen nachgegeben und ihr erlaubt, ausnahmsweise bis halb elf zu bleiben. Ausnahmsweise. Lag der Grund für die zusätzliche halbe Stunde darin, dass sie jemanden treffen wollte? Jemand Älteren vielleicht? Einen festen Freund hatte seine Tochter bisher nicht, obwohl sie alt genug ... Oder wusste er nur nichts davon? Nein, Lena hätte ihm bestimmt davon erzählt, und wie er seine Tochter kannte, hätte sie ihre Mutter sofort eingeweiht. Aber so wie sich Charlotte rausgeputzt hatte ... Über eine Stunde hatte sie im Badezimmer zugebracht, und als sie schließlich herausgekommen war, waren Gero fast die Augen aus dem Kopf gefallen. Seine Tochter hatte ausgesehen wie eine Mischung aus Marilyn Monroe und Pippi Langstrumpf. Ein knallenges rosa Shirt mit Spaghettiträgern, das eine Handbreit über dem Bauchnabel endete, und eine weiße Dreiviertelhose, die so transparent war, dass sich ihr Slip darunter abzeichnete. Wie sich diese knappen Hosen überhaupt auf den Hüften hielten, war Gero schleierhaft. Er hatte sich jeglichen Kommentar zu ihrem Outfit verkniffen, auch weil er wusste, dass alle Mädchen in Charlottes Alter ähnlich herumliefen. Fast alle weiblichen Besucher hatten wie selbstverständlich diese Flip-Flops angehabt, modische Strandlatschen in grellen Neonfarben. Charlotte auch. Sie hatte übertrieben die Augen verdreht, als er sie gefragt hatte, ob man mit so was überhaupt tanzen könne. Aber klar, hatte sie geantwortet, und Gero war es im gleichen Augenblick wieder eingefallen, wie sein Vater sich damals mokiert hatte, als er mit schwarzer Lederhose und Cowboystiefeln herumgerannt war – bei über dreißig Grad im Schatten.

Charlotte war es zwar unangenehm gewesen, dass er vor Ort geblieben war, aber als Bedingung für ihr Vorhaben wurde es letztendlich akzeptiert. Gero hatte ihr versprochen, dass er den Wagen nicht verlassen würde, wenn sie und ihre Freundin Becky pünktlich herauskämen. Ihre Klassenkameradin war zwar schon sechzehn, dennoch hatten Rebeccas Eltern Geros Angebot, ihre Tochter nach der Veranstaltung nach Hause zu fahren, dankend angenommen. Schließlich lebte man hier auf dem Land, wo es keine Discobusse gab und kaum jemand das Geld für eine nächtliche Taxifahrt übrighatte.

Interessant war es allemal gewesen, was sich da vor der Dorfgaststätte abgespielt hatte. Mit Verwunderung hatte er zum Beispiel registriert, dass sich erstaunlich wenig Raucher unter den Jugendlichen befanden. Als er in diesem Alter gewesen war, hatte fast jeder Zweite in einer solchen Situation einen Glimmstängel in der Hand gehabt – unabhängig davon, ob man wirklich Raucher war oder nicht. Nun schien Rauchen als uncool zu gelten. Zumindest unter Teenagern. Eine andere Erklärung fiel Gero nicht ein. Aber die Industrie hatte sich ja bereits einen Ersatzmarkt geschaffen: die sogenannten Alcopops, Mixgetränke mit geringem Alkoholgehalt. Die Idee war nicht neu. Mit Schaudern erinnerte sich Gero an die Bacardi-Cola-Orgien längst vergangener Tage, die immer mit einem grässlichen Kater einhergegangen waren. Aber da war er schon volljährig gewesen. Inzwischen hatte sich die Zielgruppe deutlich verjüngt, und die Phantasie beim Mixen der Komponenten schien grenzenlos zu sein. Als neuesten Gag gab es Softdrinks auf Bierbasis. Gero schüttelte sich nur bei dem Gedanken. Dann legte er die Stirn in Falten und fragte sich, wie lange er und Lena noch Einfluss darauf hatten, was ihre Kinder zu sich nahmen. Bei Max hatte er noch keine Bedenken, aber bei Charlotte war er sich da nicht so sicher. Sie hatte erzählt, dass sie mit einer Freundin schon mal was getrunken hätte, in dem ein bisschen Wodka gewesen sei. Von selbst wäre sie bestimmt nicht auf diese Idee gekommen, aber Lena hatte gemeint, Charlotte wäre momentan die klassische Mitläuferin, von daher sollten sie die Sache im Auge behalten. Nicht nur was die alkoholischen Verführer betraf. Gero machte einen tiefen Atemzug. Seine Tochter war fünfzehn. In dem Alter hatte er selbst mit Rauchen angefangen. Ein Jahr später hatte er seinen ersten Joint gedreht.

Machte er sich also unnötig Sorgen? Bestimmt hätte er im Umfeld des gestrigen Abends das eine oder andere kontrollieren können, aber er hatte Charlotte versprechen müssen, kein unnötiges Aufsehen zu erregen, und das Vertrauen einer Fünfzehnjährigen gegenüber den Eltern aufrechtzuhalten war Gero in diesem Moment wichtiger als alle dienstlichen Anliegen gewesen. Bis zum Ende der Jugenddisco um zehn überwogen die Zweiräder. In der Mehrzahl laut knatternde Motorroller – natürlich alle frisiert. Das Tuning war zwar illegal, aber im Gegensatz zu früher waren zumindest die Bremsen der werkseitig gedrosselten Maschinen schon für höhere Geschwindigkeiten ausgelegt. Jeder Polizist geriet daher bei den üblichen Kontrollen schon mal in Gewissensnöte, denn die auf Fahrradgeschwindigkeit gedrosselten, aber auf die Straße verbannten Gefährte waren nicht nur ärgerliche Verkehrshindernisse, sondern verleiteten einzelne Autofahrer immer wieder zu riskanten Überholmanövern auf den Landstraßen, wodurch die Jugendlichen meist mehr gefährdet wurden, als wenn sie im Verkehrsfluss mithalten konnten. Bei manipulierten Maschinen musste eine Zwangsvorführung angeordnet werden, doch damit änderte man den Sachverhalt höchstens für einige Stunden, bis der Besitzer den gewünschten Status wiederhergestellt hatte. Jeder wusste es.

Während Gero darüber nachdachte, ob er nicht inzwischen, wie andere Kollegen auch, über zu viele Bagatelldelikte hinwegsah, um sich das Leben als Polizist nicht unnötig schwer zu machen, und ob seine eigene Generation nicht maßgeblich daran schuld war, dass sich die Heranwachsenden immer häufiger uneinsichtig und respektlos selbst Ordnungshütern gegenüber verhielten, bewegte sich etwas. Tatsächlich. Das Gras vor seinen Füßen fing an, sich ruckartig zu bewegen. Da war der verdammte Kerl. Geros Griff um den Spaten wurde fester. Jetzt nur nicht zu früh zustechen.

## Kapitel 3

Der Tag hatte vielversprechend angefangen. Auf der allmorgendlichen Fahrt von Schwerin nach Ratzeburg hatte es keine Staus oder andere nennenswerte Zwischenfälle gegeben, mit denen Conni aufgrund des altersschwachen Corsas inzwischen immer rechnen musste, auf ihrem Schreibtisch hatte der langersehnte Umschlag mit dem abgesegneten Urlaubsantrag gelegen, und das Wetter war nach wie vor grandios. Und als wenn das noch nicht gereicht hätte, hatte Jörn Lüneburg ihr mit den Kollegen auch noch ein Geburtstagsständchen gehalten. Damit hatte sie nun wirklich nicht gerechnet. Ehrlich gesagt hätte sie ihren Siebenunddreißigsten am liebsten ausgeklammert, aber es schien, als hätten die Kollegen schon sehnsüchtig auf diesen Tag gewartet. Paul Dascher hatte sogar ein kleines Gedicht verfasst, das er mit hochrotem Gesicht vortrug. Ob wegen der holperigen Verse oder wegen des teilweise frivolen Inhalts war nicht zu sagen, aber alle hatten herzhaft gelacht.

Schließlich hatte Matthias Rörupp ihr noch ein kleines Präsent von allen Kollegen überreicht. Einen neuen Badeanzug, passend zum geplanten Urlaub an der Algarve. Ein sehr figurbetontes Teil, wie sich schnell herausstellte, das zur allgemeinen Heiterkeit auf der Vorderseite mit dem Schriftzug *Polizei* bedruckt war.

Aus Sicherheitsgründen, wie Rörupp überflüssigerweise betont hatte, schließlich sei sie unverheiratet und alle Kollegen wünschten sich Frau Oberkommissarin unversehrt zurück, woraufhin alle Anwesenden in schallendes Gelächter ausgebrochen waren. Nur Rörupp nicht, der die Zweideutigkeit seiner Worte zuerst gar nicht bemerkt hatte und dem es hinterher äußerst peinlich gewesen war. Matthias mochte zwar ein Raubein sein, aber bislang hatte er im Dienst noch keine chauvinistischen Allüren an den Tag gelegt. Ganz im Gegenteil, er hatte sich in dem halben Jahr, das Conni nun bei der Kriminalpolizeistelle Ratzeburg war, ihr gegenüber immer sehr korrekt benommen. Das Geschenk war wirklich eine nette Geste, und alle waren bester Laune gewesen. Bis zu dem Moment, als die Meldung über den Leichenfund im Kanal eintraf.

Conni hatte kurz gezögert und darüber nachgedacht, wie sie selbst in einer solchen Situation reagieren würde, schließlich hatte Gero noch einen Tag Urlaub und war wahrscheinlich alles andere als begeistert, wenn sie ihn zu Hause einfach so überfiel. Aber Matthias hatte recht. Spätestens nach dem Wochenende lag die Akte so oder so auf dem Schreibtisch von Kriminalhauptkommissar Herbst, von daher war es wohl besser, wenn er gleich von Anfang an involviert war. Telefonisch war Gero nicht zu erreichen gewesen, aber das sollte nichts heißen. Gero Herbst war bekannt dafür, dass sein Handy in der Regel ausgeschaltet war, wenn er keinen Dienst hatte. Wenn er die dienstfreie Zeit nicht auf seinem Segelboot zubrachte, dann bestand durchaus Hoffnung, dass Conni ihn zu Hause antraf. Wahrscheinlich werkelte er irgendwie an seinem Hof herum oder bastelte in der Werkstatt an einem seiner alten Autos. Auf einen Versuch wollte sie es zumindest ankommen lassen, schließlich lag Geros Wohnsitz fast auf dem Weg zum Fundort. Und außerdem hatten die Büchener Kollegen gesagt, auf zehn Minuten käme es nicht mehr an. Rörupp und Dascher waren mit Sicherheit vor ihr an Ort und Stelle. Dann würde Matthias eben entscheiden, ob der große Tross anrücken musste.

Am Ortsausgang von Gudow bog Conni rechts ab. Im Gegensatz zu den meisten anderen Strecken im Lauenburgischen, die sie immer noch nach Plan fahren musste, war ihr der Weg zu Geros Hof inzwischen geläufig. Letzten Monat hatte Gero ein Grillfest für alle Kollegen organisiert, und sie hatte sogar schon zweimal hier übernachtet, weil die Lagebesprechungen auf D9, so das interne Kürzel für die Treffen des Ratzeburger Kripoteams in der Dorfstraße 9, wieder einmal etwas länger gedauert hatten. Gero selbst hatte darauf bestanden, denn von allen Kollegen hatte Conni bei weitem die längste Anfahrt. Sie pendelte nach wie vor täglich zwischen Mecklenburg-Vorpommern und Schleswig-Holstein hin und her, da sie sich immer noch nicht dazu durchgerungen hatte, die günstige Wohnung in der Altstadt von Schwerin aufzugeben. Inzwischen ertappte sie sich jedoch immer häufiger bei dem Gedanken, nach Ratzeburg oder Mölln zu ziehen, denn ihre anfänglichen Bedenken, was die Arbeit und das Leben hier in der Provinz betrafen, hatten sich zerschlagen. Ein besseres Team als die Kollegen in der Ratzeburger Dienststelle konnte sie sich auf jeden Fall nicht vorstellen. Man hatte sie wie ein Familienmitglied freundlich und hilfsbereit aufgenommen – da war es in ihrer alten Dienststelle anders zugegangen. Mit Schaudern erinnerte sich Conni an die täglichen Reibereien, an die sexistischen Anspielungen und die plumpen Annäherungsversuche der lieben Kollegen. Neid, Missgunst und Mobbing waren an der Tagesordnung gewesen.

In erster Linie war es wohl Gero Herbst zu verdanken, dass bei der Ratzeburger Kripo ein sehr ausgeglichenes Klima herrschte. Hauptkommissar Herbst war zwar manchmal etwas eigensinnig, aber er verstand es wie kein anderer, ein Team zu leiten. Er gab jedem Kollegen eindeutig zu verstehen, unverzichtbar zu sein, und darin bestand wohl eine seiner Hauptqualitäten. Zudem war er immer die Ruhe selbst. Das hatte Conni auch gemerkt, als sie gemeinsam mit Geros Boot auf dem Ratzeburger See gesegelt waren. Wider Erwarten war aus der kleinen Bootstour, zu der sich Conni mehr oder weniger selbst eingeladen hatte, ein kleines Abenteuer geworden. Der Wind war schlagartig aufgefrischt und irgendetwas hatte sich am Mast verklemmt, sodass der kleine Kreuzer zu kentern drohte, weil das große bunte Segel nicht zu bergen war – jedenfalls fuhr das betagte Boot bereits mit so viel Schräglage, dass auf einer Seite ständig Wasser über die Bordwand gespült wurde. Nicht dass sie ängstlich war, aber ein wenig mulmig war Conni schon gewesen, schließlich hatte sie mit Wassersport bis dahin nichts am Hut gehabt. Normalerweise strampelte sie ihre überschüssige Energie auf dem Mountainbike ab oder verteidigte unter den Schweriner Karatekas ihren dritten Dan. Allerdings blieb ihr immer weniger Zeit für ernsthaftes Karate, und mangels regelmäßiger Trainingseinheiten hatte ihr Trainer sie bereits aus der ersten Mannschaft genommen. Es war also an der Zeit, nach Alternativen Ausschau zu halten. Und was lag da inmitten der zahlreichen Seen und Wasserstraßen im Lauenburgischen näher als der Wassersport. Ihre Skepsis bezüglich mangelnder körperlicher Anstrengung beim Segeln hatte Conni nach der ersten Tour mit Gero jedenfalls revidieren müssen. Natürlich hatte Gero die Situation im Griff gehabt – und falls nicht, hatte er es sich zumindest nicht anmerken lassen. Kein lautes Wort war gefallen, weder Hektik noch Unruhe waren ausgebrochen. Ganz ruhig hatte er Conni gebeten, an die Pinne zu kommen und den Kurs zu halten, bevor er zum Mast gegangen und das Problem mit einigen geübten Griffen behoben hatte.

Conni hatte sich daraufhin vorgenommen, sich vor der nächsten Tour ein klein wenig mit der Materie auseinanderzusetzen, aber bislang war es bei dieser einen Ausfahrt geblieben. Wohl auch deshalb, weil Geros Frau seit ihrem kleinen Abenteuer wieder regelmäßig mit an Bord kam. Vollkommen überraschend, wie Gero ihr mit einem Blinzeln erklärt hatte, was demnach nicht zu bedeuten hatte, dass es kein zweites Mal geben würde. Conni hatte bei ihrer ersten Begegnung sofort bemerkt, wie Geros Frau sie von Kopf bis Fuß gemustert hatte. Lena Herbst war Pathologin und arbeitete in der Gerichtsmedizin des Lübecker Universitätskrankenhauses. Wenn es um Tötungsdelikte ging, gehörte sie also mehr oder weniger mit zum Team. Alle unklaren Todesumstände landeten entweder bei ihr oder Dr.

Vetter, einem schwergewichtigen Kollegen mit sonderbarem Humor, auf dem Seziertisch. Es war der kritische Blick unausgesprochener Eifersucht, mit dem Lena sie beäugt hatte, und erst nachdem sie sich davon überzeugt hatte, dass Conni ihrem Mann keine schönen Augen machte, war ihre anfängliche Zurückhaltung langsam einer natürlichen Offenheit gewichen. Inzwischen hatte sich sogar fast ein freundschaftliches Verhältnis zwischen ihnen entwickelt, was wohl auch daran lag, dass Conni einen besonders guten Draht zu Geros und Lenas Tochter Charlotte hatte. Wobei es ihr ein Rätsel war, warum die Fünfzehnjährige gerade in ihr so etwas wie ein Vorbild sah, ihr Löcher in den Bauch fragte und sich wie eine enge Vertraute gebärdete.

Was Gero betraf, waren Lenas Bedenken wirklich absolut unbegründet gewesen. Nie wäre Conni auf die Idee gekommen ... Nein, nicht mit einem Kollegen. Nicht mit Gero. Nicht mit einem Vorgesetzten. Diesen Fehler hatte sie einmal gemacht – es würde sich nicht wiederholen. Wenigstens nicht im eigenen Team. Außerdem entsprach Gero Herbst bei allen Vorzügen, die er als Chef besaß, nicht ihren Vorstellungen. Leif Jensen kam da ihrem Ideal schon wesentlich näher, ziemlich nahe sogar, wie sie sich eingestehen musste. Aber Leif saß in Lübeck, hatte einen Haufen privater Probleme und war, obwohl eng mit Gero befreundet, zu den bisherigen Treffen auf D9 nicht erschienen. Leider.

Wie sie vermutet hatte, war Gero zu Hause. Schon von der Hofeinfahrt aus erkannte sie ihren Chef, der sich mit kurzer Hose und T-Shirt bekleidet auf einen Spaten stützte und auf den Rasen vor der kleinen Veranda starrte.

Nachdem sie ausgestiegen war, wandte er sich ihr zu, hob langsam den rechten Arm und machte eine besänftigende Geste. «Mach keinen Lärm», sagte er in gedämpftem Ton, «sonst verscheuchst du mir den Quälgeist. Die hören jeden Schritt wie ein Erdbeben.» Gero richtete sich langsam auf und lächelte sie an. «Ist gerade Grabezeit, und ich hab Lena versprochen, dass der verdammte Maulwurf bis zu ihrer Rückkehr verschwunden ist.»

«Sieht aus wie ein Truppenübungsplatz», erwiderte Conni, nachdem sie den mit Hügeln übersäten Rasen begutachtet hatte. «Schon mit Wasser versucht?»

Gero nickte. «Alles. Wasser, leere Plastikflaschen auf Stöcken … Das Viech scheint gegen die bekannten Hausmittel resistent zu sein. Da hilft nur auf frischer Tat ertappen und ausgraben.» Auf seinen Lippen zeichnete sich ein schelmisches Grinsen ab. «Finde ich ja eine nette Überraschung, dass du mir bei der Jagd helfen willst. Die Verhaftung wird nicht mehr lange auf sich warten lassen. Hast du Handschellen dabei?»

Conni schüttelte den Kopf. «Das *nett* wirst du gleich zurücknehmen. Es gibt Arbeit. Ich weiß, du hast noch Urlaub, aber man hat in Siebeneichen eine weibliche Leiche aus dem Kanal gezogen. Die Kollegen aus Büchen haben uns gerade verständigt. Ist ja nur ein Katzensprung von hier. Und da dachte ich …»

Für einen Moment verfinsterte sich Geros Miene. Er blickte sie ungläubig an. Dann war ein kurzer Seufzer zu vernehmen. Ob wegen des Leichenfunds oder wegen des vorzeitigen Urlaubendes vermochte Conni nicht zu sagen. Es war bestimmt nicht das erste Mal, dass sein Beruf ihn aus der Freizeit riss. Gero Herbst presste die Lippen aufeinander, hob die Augenbrauen und zwang sich schließlich ein kärgliches Lächeln ab. «Na, dann bekommt der verdammte Maulwurf eben noch eine Gnadenfrist. Vielleicht verduftet er ja von alleine.» Er ließ den Spaten fallen und eilte zum Haus. «Gib mir fünf Minuten», rief er ihr zu.

Conni blieb gerade genug Zeit, den Dienstwagen auf dem Hof zu wenden, da erschien Gero bereits an der Haustür. Er trug eine helle Khakihose, ein kariertes Sommerhemd und hatte sich ein Leinensakko übergeworfen. «Gut, dass du mich gleich informiert hast», meinte er, nachdem er eingestiegen war. «Gibt es schon Näheres? Wer ist sonst verständigt?» So wie die Fragen aus ihm heraussprudelten, war er bereits konzentriert bei der Sache, und seine freien Tage waren in weite Ferne gerückt.

«Die Meldung kam vor einer guten halben Stunde. Siebeneichen am Fähranleger. Keine weiteren Informationen. Matthias und Paul werden bereits dort sein. – Die Knöpfe stimmen nicht.»

«Welche Knöpfe?»

«An deinem Hemd», entgegnete Conni und bog auf die Dorfstraße ein. «Falsch geknöpft.»

Gero blickte an sich herab und musste unweigerlich lachen. «Danke. Reicht ja, wenn ich wie ein Bauer rieche – da muss ich nicht auch noch so aussehen, wenn's zum ersten Angriff geht.» Er kontrollierte seine Fingernägel und den Sitz seiner Haare im Schminkspiegel hinter der Sonnenblende. Dann widmete er sich den Schnürsenkeln seiner Segelschuhe.

Als sie in Siebeneichen eintrafen, hatte Gero Herbst sein Äußeres einigermaßen gerichtet. Conni hatte die ganze Fahrt über an den englischen Komiker Atkinson denken müssen, der sich in einer Episode wegen eines verschlafenen Termins während der Fahrt am Steuer eines Mini Coopers umgezogen und sogar die Zähne geputzt hatte. Eigentlich wäre es passend gewesen, wenn Gero Herbst noch einen Elektrorasierer gezückt hätte, aber er trug seinen Dreitagebart auch sonst häufig genug während der Dienstzeit. Eitel war er nicht, auch wenn Conni das Gefühl nicht loswurde, dass Geros nachlässiges Äußeres beabsichtigt war. Mit seinen ungebügelten Freizeithemden, den Segelschuhen und den etwas zotteligen, graumelierten Haaren entsprach er mehr dem Typ eines alternden Greenpeace-Aktivisten als dem eines leitenden Kripobeamten.

Die Fährstelle Siebeneichen war schon weiträumig abgesperrt. Ein gutes Dutzend Schaulustiger drängte sich hinter dem Absperrband.

Paul Dascher kam ihnen entgegen und deutete auf die angelegte Spurengasse. «Moin, Chef. Ist schon alles gesichert. – Weibliche Tote. Etwa dreißig. Hing am Seil der Fähre. Auf den ersten Blick keine Zeichen äußerer Gewaltanwendung. Vollständig bekleidet. Höchstens 24 Stunden im Wasser, sagt der Arzt.»

Gero nickte. «Wer hat sie gefunden? Der Fährmann?»

«Genau. Der Leichnam hing an der Trosse der Fähre.

Matthias vernimmt ihn gerade. Sie sind unten in dem alten Bauwagen.»

«Sonstige Zeugen?», fragte Conni.

«Fehlanzeige. Auf der anderen Uferseite soll aber heute Morgen ein Angler gestanden haben. Ein Kollege von der hiesigen Wache hat sich schon auf den Weg zum örtlichen Verein gemacht.»

«Hast du den Kanal sperren lassen?», meinte Gero, während sie zum Anleger hinuntergingen, wo einige Feuerwehrleute um den abgedeckten Leichnam herumstanden.

Dascher schüttelte den Kopf. «Nein, bisher noch nicht.»

«Dann wird's Zeit», erklärte Gero und blickte Conni fragend an. «Irgendwelche Einwände?»

«Nein», meinte Conni. «Solange wir ein Kapitalverbrechen nicht ausschließen können, sollten wir das volle Programm abspulen. Die Kollegen vom Wasserschutz sollen eine Kanalsperrung vorbereiten und auch gleich die Tauchgruppe herschicken.»

«Bin schon unterwegs, Conni.» Dascher legte salutierend zwei Finger an die Schläfe, dann zögerte er. «Was ist mit der Spurensicherung?»

«Na was schon», meinte Gero etwas gereizt. «Volles Programm. Das Trüffelschwein soll mit der ganzen Truppe anrücken. Systematische Sicherung 200 Meter vom Leichenfundort je Uferseite in jede Richtung, würde ich vorschlagen. Irgendwo muss die Frau ja ins Wasser gekommen sein.»

«Findest du das übertrieben?», fragte Gero, nachdem sich Dascher auf den Weg zum Wagen gemacht hatte.

«Schwierig zu sagen», entgegnete Conni vorsichtig. Es kam nur noch selten vor, dass Gero Herbst Suggestivfragen stellte. Dieses war eine. Sie arbeiteten jetzt seit einem halben Jahr zusammen. Es war längst an der Zeit, dass er ein wenig mehr Vertrauen in ihre administrative Befähigung bekam. «Für das, was wir bislang haben, ist das schon ein mächtiges Geschütz. Andererseits –» Sie zögerte. «Man kann nie wissen. Und wenn ich an unseren Buchhalter denke ... Ich habe keine Lust, mir von Jörn Lüneburg hinterher einen Vortrag über die funktionale Bedeutung einer umfassenden Tatortdokumentation für den kriminalistischen Erkenntnis- und Beweisführungsprozess anhören zu müssen.»

Gero warf ihr einen abschätzenden Blick zu und verkniff sich ein Lächeln. «Eben», meinte er schließlich. «Wobei er gar nicht mal so unrecht hat, unser Buchhalter des Todes. Stell dir vor, wir finden tatsächlich etwas am Ufer oder im Wasser. Dann sieht die Situation plötzlich ganz anders aus. Von daher ...» Sie hatten die Anlegestelle der Fähre erreicht. «Wollen wir mal einen Blick auf die Leiche werfen.»

Die drei Kameraden von der Feuerwehr traten automatisch einen Schritt zurück, als Conni und Gero die Fähre betraten. Bei ihnen standen noch zwei Sanitäter und ein Notarzt, wie ein großer Schriftzug auf dem Rücken des orangefarbenen Overalls verriet. Der Arzt mochte höchstens fünfundzwanzig sein, schätzte Conni. Er trug einen schmalen Oberlippenbart, und seine Haare waren sorgfältig gescheitelt.

«Dr. Reuter», stellte sich der Arzt vor und reichte

Conni die Hand. «Wir waren zufällig in der Nähe, als die Kollegen verständigt wurden. Brauchen Sie einen Bericht?»

«Nein. Der Leichnam geht in die Gerichtsmedizin», erklärte Gero und schlug die Decke zurück, die man über die Tote gelegt hatte. «Wer von euch hat sie herausgeholt?» Er wendete sich den Feuerwehrleuten zu.

«Das war ich», meinte ein etwas kleinerer, dicklicher Mann, der gleich vortrat. Seine Uniform musste eine Sonderanfertigung sein, da er einen Nacken wie ein Gewichtheber hatte und kurze, muskulöse Arme, die so weit abstanden, dass Conni sich unweigerlich fragte, ob er anatomisch wohl dazu in der Lage war, die Hände in die Hosentaschen zu stecken. «Haben wir bei den Rettungsschwimmern gelernt.» Er deutete auf seine nasse Uniform. Ich bin rüber zur Fähre und habe sie hochgezogen. Ihr Haar hatte sich in der Trosse verfangen. Ich musste es abschneiden. Dann sind wir mit der Fähre zurück ans Ufer.»

«Wurde der genaue Fundort markiert?», fragte Conni. Ihr Blick wanderte automatisch zum Gesicht der Toten. Sie sah friedlich aus. Keine Verletzungen, keine Abschürfungen. Ihre helle Haut schimmerte in einem matten Blau, und nur durch das Fehlen der langen blonden Haare auf der einen Kopfseite wirkte sie verunstaltet. Von der Hautfarbe einmal abgesehen konnte man glauben, sie schlief.

«Ich habe einen Fender von der Fähre an der Trosse befestigt», erklärte der Feuerwehrmann und zeigte aufs Wasser. «Kann man jetzt nicht sehen, die Trosse ist zu schwer.»

«Sehr gut», meinte Gero und machte sich Notizen. «Die Augen waren geschlossen?»

Die Feuerwehrleute nickten. «Ich glaube, ich kenne sie», meinte schließlich einer von ihnen mit leiser Stimme. «Sieht aus wie die Caro. Caro Hansen. Die Frau von einem Kameraden aus Klein Klöritz.» Die anderen nickten bestätigend.

Conni notierte den Namen. «Wie heißt der Mann?»

«Thor Hansen. Wohnt nicht weit von hier.» Der Mann deutete aufs gegenüberliegende Ufer. «Etwa zwei, drei Kilometer von hier. Ist der größte Landwirt in der Gegend. Wohnt etwas abseits vom Dorf.»

Paul Dascher kam auf die Fähre, warf einen flüchtigen Blick auf die Tote und reichte Gero sein Handy. «Hauptmeister Bude. Das solltest du dir anhören.»

«Tja, Jungs», meinte Gero, nachdem er die Leitung getrennt hatte, «das war's dann hier für euch. Vielen Dank. Wir übernehmen somit.» Er machte ein ernstes Gesicht und wartete wortlos, bis die Leute von der Feuerwehr abgerückt waren. Dann wendete er sich erneut der Toten zu. «Scheint recht gehabt zu haben, der Mann.» Er schlug die Decke wieder über das Gesicht der Frau. «Das war Jörg Bude. Thor Hansen ist heute früh bei ihm auf der Wache gewesen und hat eine Vermisstenanzeige aufgegeben. Carola Hansen. Seine Frau. Er hat sie gestern Nachmittag gegen fünfzehn Uhr das letzte Mal gesehen. Da sei sie auf dem Weg ins Fitnesscenter gewesen. Er selbst war mit Freunden zum Kegeln und ist erst spät am Abend nach Hause gekommen. Nachts ist er aufgewacht und hat gemerkt, dass seine Frau nicht da ist. Jörg ist auf dem Weg hierher. Er kann sie uns vorläufig identifizieren. Er kennt sie. Sein Ältester ist mit ihr zusammen auf die Schule gegangen.»

«Der, der tödlich verunglückt ist?»

Gero nickte. «Die Narbe reißt immer wieder auf. Ich hab versucht, es ihm auszureden, aber er wollte unbedingt kommen. Nun, dann gerät unsere Arbeit wenigstens nicht ins Stocken. Bevor wir nach Klein Klöritz fahren, sollten wir schon sicher sein, wer da liegt. Matthias und Paul können Schweim und seine Leute in Empfang nehmen und einweisen. Wenn Jörg die Identität bestätigt, machen wir uns auf den Weg – umso schneller haben wir's hinter uns.»

Da der Betrieb der Fähre bis auf weiteres eingestellt war, mussten sie erneut den Umweg über Büchen machen, um auf die andere Kanalseite zu kommen. Wie bereits vermutet, handelte es sich bei der Toten um Carola Hansen. Jörg Bude hatte sie zweifelsfrei identifizieren können. Er kannte sie noch mit ihrem Mädchennamen Schönborn. Sie war die Tochter von Ewald Schönborn, dem Bürgermeister von Garsten, einem Nachbarort in unmittelbarer Nähe zur ehemaligen Grenze. Für einen kurzen Moment hatte Conni erkennen können, dass Bude Tränen in den Augen gehabt hatte. Mehr hatte er sich nicht anmerken lassen, hatte nur gesagt, es würde einem schon verdammt nahegehen, wenn da einer liege, den man gekannt hat, und sich heftig geschnäuzt. Dann hatte er auf der Hacke kehrtgemacht und war verschwunden, zurück zur Wache, wo, wie er sagte, noch eine Menge Berichte zu schreiben seien.

«Schon mal gemacht?», brach Gero das Schweigen, nachdem sie Büchen-Dorf hinter sich gelassen hatten.

«Die Angehörigen verständigt?» Conni nickte. «Dreimal. Merkwürdig, dass man sich genau erinnert, obwohl man es am liebsten vergessen möchte.»

«Es gibt Schöneres für einen Polizisten.»

«Allerdings.» Niemals würde sie das erste Mal vergessen können. Der Tag war ihr noch so präsent, als wäre es gestern gewesen. Ein neunjähriger Junge, der auf dem Eis des Schweriner Sees eingebrochen und ertrunken war. Seine Mutter war in ein hysterisches Kreischen ausgebrochen, als sie ihr die Nachricht überbracht hatten. Die Frau hatte ihren Kopf immer wieder gegen die Wand geschlagen, bis ihre Stirn blutverschmiert gewesen war. Bis der Notarzt kam, hatte sie nur noch apathisch auf dem Boden gesessen und ihre eigenen Schultern gestreichelt. Conni würde es nie vergessen können. Sie hatte einen mächtigen Kloß im Hals.

Das Ortsschild von Klein Klöritz lag hinter wild wuchernden Holunderbüschen versteckt und war kaum leserlich. «Kennst du den Weg?», fragte Conni und drosselte das Tempo des Wagens.

«So weitläufig ist das hier nicht», meinte Gero und zog den Ortsplan hervor.

Conni steuerte die Ausbuchtung einer Bushaltestelle an und schaute sich um. Das Wartehäuschen war offenbar gerade erst aufgestellt worden. Ein niedlicher, reetgedeckter Unterstand im Fachwerkstil. Auf den frischverfugten Mauersteinen hatte die Dorfjugend bereits ihre ersten Schriftzeichen hinterlassen.

Hinter der Bushaltestelle reihten sich kleinparzellierte Grundstücke an der Straße auf. Darauf standen abwechselnd moderne Klinkerhäuser oder solche, die man aufwendig modernisiert hatte, und kleine Landarbeiterhäuser aus dem vorletzten Jahrhundert. Auch die Einfriedungen wechselten in der Zweitönigkeit eines Schachbretts: Ligusterhecken und schmiedeeiserne Zäune, unterbrochen höchstens von grünem Maschendraht oder exakt frisiertem Kirschlorbeer. Dahinter ordentlich drapierte Blumenrabatten, in Form gestutzte Koniferen und mannshohe Pampasgräser zwischen anderen Ziergewächsen aus dem Gartenmarkt und Rhododendren, deren kitschige Blütenfarben wahrscheinlich mit den Pendants auf den Hauskitteln ihrer Besitzerinnen um die Wette leuchteten. Nein, Conni konnte einem Garten einfach nichts abgewinnen. In einer Stadtwohnung war sie genau richtig aufgehoben.

«Da vorne hinter dem Dorfplatz links, dann immer gerade aus», unterbrach Gero ihre Gedanken. «Dem Plan nach endet die Straße am Hof der Hansens.»

Der alte Gasthof am Dorfplatz wirkte verlassen. Vergilbte Gardinen und ein verrosteter Zigarettenautomat waren eindeutige Anzeichen für einen Leerstand. Als sie vorbeifuhren, konnte Conni erkennen, dass tatsächlich das Schild eines Immobilienmaklers an der Eingangstür angebracht war. Es folgten ein kleiner Edeka-Laden, vor dem zwei ältere Damen die Plakate mit den Sonderangeboten im Schaufenster studierten, ein Friseursalon, wie man unschwer an der buntbemalten Plastikfigur erkennen konnte, die mit Schere und Kamm bewaffnet neben dem Eingang stand, und schließlich die Gebäude der Freiwilligen Feuerwehr.

Auf der anderen Seite des Dorfplatzes befand sich ein großer Löschwasserteich, in dessen Mitte das Kunststoffimitat eines Graureihers wachte, dahinter lag der örtliche Fußballplatz. Ein großer Regner zog kreisförmige Bahnen über den Grandplatz und kämpfte vergeblich gegen die roten Staubwolken an, die sich in Richtung der benachbarten Gaststätte davonmachten. *Sportlerheim* stand in altdeutscher Druckschrift auf einem großen Schild am flachen Giebel der grüngestrichenen Baracke. Conni konnte es förmlich vor sich sehen, wie sich die männlichen Dorfbewohner hier am morgigen Sonntag am Rand des Spielfeldes trafen und sich mit einem kleinen Bierchen in der Hand zunickten. Thor Hansen würde sehr wahrscheinlich nicht unter ihnen sein.

Die großen blauen Silos waren das Erste, was man von Hansens Hof erkennen konnte. Zwei Türmen gleich schimmerten sie zwischen den alten Linden am Ende der Allee. In Schrittgeschwindigkeit fuhr Conni die große Auffahrt hinauf. Für hiesige Verhältnisse hatten auch die Scheunen gewaltige Ausmaße. In den offenen Stallungen stand eine große Anzahl unterschiedlichster landwirtschaftlicher Geräte, Zugmaschinen und Anhänger. Ein Schäferhund empfing sie mit lautem Gebell, aufgeregt rannte er neben dem Wagen an einer quer über den Hof gespannten Kette hin und her. Conni parkte den Wagen unmittelbar vor dem modernen Klinkerbau, der wie ein Tempel auf einer kleinen Anhöhe direkt neben den Scheunen stand. Nicht ein Blumenbeet, nicht ein Busch waren im Garten gepflanzt. Anstelle eines Baumes drehte sich eine Wäschespinne auf dem sorgfältig gemähten Rasen leicht im Wind. Das ganze Ensemble wirkte gespenstisch steril. Von der Rückseite des Hauses war das monotone Rattern eines Rasensprengers zu hören. Der Wachhund bellte immer noch in ihre Richtung und zerrte an seiner Kette. Sie folgten den roten Betonplatten zum Haus.

Der Mann, der ihnen entgegenkam, konnte unmöglich Thor Hansen sein. Er mochte zwischen sechzig und siebzig sein, über eins achtzig groß, beleibt und kräftig gebaut, mit raspelkurz geschnittenem schwarzgrauem Haar und einem kleinen, zu den Seiten gestutzten Schnurrbart, den man seit Reichszeiten nicht mehr trug. Er hatte Hausschuhe an und eine graue Stoffhose, darüber spannte ein geripptes Unterhemd, das sich ihnen bedrohlich weit entgegenwölbte. In der rechten Hand hielt er einen kalten Zigarrenstummel.

«Wat wollt'n ihr?», fragte er barsch, wartete jedoch nicht auf eine Antwort, sondern drehte sich etwas beiseite und brüllte lauthals in Richtung des immer noch bellenden Hundes: «Harro! Nun halt endlich die Schnauze!» Der Hund bellte unbeeindruckt weiter. «Verdammter Köter», murmelte er und blickte fragend zu Conni und Gero.

«Herr Hansen?», fragte Conni.

«Ja, was glaubt ihr denn», antwortete der Mann unfreundlich, steckte sich den Zigarrenstummel zwischen die Lippen und rückte seine Hose zurecht.

Conni machte einen tiefen Atemzug und blickte hilfesuchend zu Gero.

«Mein Name ist Herbst, und das ist meine Kollegin Sonntag», stellte Gero sie vor. «Kripo Ratzeburg. Es geht um Frau Carola Hansen. Hätten Sie wohl einen Augenblick Zeit?»

«Nee, eigentlich nicht», sagte er unwirsch. «Und was die Caro angeht, sprecht ihr am besten mit meinem Sohn. Hat se was angestellt? Würde mich nicht wundern.»

«Wo finden wir Ihren Sohn?», fragte Gero.

«Der schwirrt irgendwo auf'm Hof rum. Wahrscheinlich ist er inner Werkstatt oder am Silo.» Der Mann deutete auf ein flaches Gebäude zwischen den Scheunen. «Und kommt dem Hund nicht zu nahe. Mit dem ist nicht gut Kirschen essen.»

Conni kam nicht dazu, ihrer Empörung Luft zu machen. Gero fasste sie am Arm und dirigierte sie vorsichtig von der Haustür weg. «Werden wir beherzigen», meinte er im Gehen. «Schönen Tag noch.»

Als sie außer Hörweite waren, konnte sich Conni nicht mehr zurückhalten. «Du meine Güte. Was ist das denn für einer? Ich hätte fast die Beherrschung verloren. Das gibt's ja wohl nicht, wie der sich aufgeführt hat.»

Gero quälte sich ein Lächeln ab. «Gibt schon seltsame Leute. Aber das sollte uns im Moment nicht interessieren. Wir haben andere Sorgen.»

«Und was ist mit dem Hund?»

«Besser, wir machen einen Bogen um das Viech. Fehlt gerade noch, dass der uns attackiert.»

«Die Rechtslage wäre doch wohl eindeutig», entgegnete Conni.

Gero zog sie mit sich. «Ach, komm, vergiss es einfach.»

Aus der Werkstatt hörte man helle, metallische Schläge und das Rattern eines Kompressors. Nachdem sie die schwere Eisentür geöffnet hatten, übertönten die Geräusche das Bellen des Hundes.

«Herr Hansen?», rief Conni laut, aber die Hammerschläge hielten an. Niemand war zu sehen. Sie standen in einem kleinen Vorraum zu einer großen Werkhalle, die Verbindungstür war offen. Conni ließ die Tür zur Werkstatt absichtlich laut ins Schloss fallen. «Herr Hansen!», rief sie erneut, und beide betraten die Werkhalle.

Thor Hansen stand an einer langen Werkbank und schlug ununterbrochen mit einem großen Hammer auf ein Stück Eisen ein, das in einen überdimensionierten Schraubstock gespannt war. Hansen war mindestens eins neunzig und hatte eine schlaksige Statur. Sein roter Overall war an Armen und Beinen zu kurz, was die Körperlänge nochmals betonte. Er ließ noch einige Schläge folgen, dann begutachtete er das Werkstück, legte den Hammer auf die Werkbank und drehte sich zu ihnen um.

«Herr Hansen?»

Er nickte zaghaft und musterte beide, sagte aber nichts. Thor Hansen mochte Mitte dreißig sein und hatte wache hellblaue Augen, die sich von seiner dunklen Hautfarbe leuchtend abhoben und permanent in Bewegung schienen. Die Wirkung wurde durch die schwarzen Ölspuren auf der Stirn und die dunklen Haare, die er lässig hinter die Ohren gesteckt hatte, noch verstärkt. Hätte er eine etwas muskulösere Statur gehabt, Hansen hätte durchaus Modelqualitäten an den Tag gelegt, fand

Conni und dachte an diese coolen Typen, die völlig verschwitzt und mit freiem Oberkörper nach vollbrachter Arbeit genüsslich eine Cola an die Lippen legten … Aber bei Hansen passte irgendetwas nicht zusammen. Kopf und Körper wirkten wie eine Collage. Auch der Vorname wollte überhaupt nicht zu Hansens Erscheinung passen. Wenn jemand Thor hieß, dann erwartete man jemanden mit der Statur eines Schmieds. Nachdem Conni sich vorgestellt hatte, blieb Thor Hansen weiter stumm. Nur seine Augen blieben in Bewegung.

«Sie waren heute Morgen bei der Polizei und haben Ihre Frau als vermisst gemeldet.»

Nicht einmal ein Nicken war zu erkennen. Thor Hansen drehte sich einfach um, griff nach einem Lappen und wischte sich langsam seine ölverschmierten Hände ab. Dann schaltete er den Kompressor aus. Von draußen war wieder das Gebell des Hundes zu hören.

«Herr Hansen. Heute Morgen wurde eine tote Frau im Elbe-Lübeck-Kanal gefunden. Wir haben starken Grund zu der Annahme, dass es sich bei der Person um Ihre Frau handeln könnte.»

Thor Hansen machte ein nachdenkliches Gesicht, sagte aber immer noch kein Wort.

«Herr Hansen, haben Sie verstanden, was wir gesagt haben?», hakte Conni nach. Das Verhalten des Mannes wurde ihr langsam unheimlich.

«Ja», sagte Hansen unbeteiligt. «Ja», wiederholte er, und für einen Moment sah es so aus, als kämen seine Augen endlich zur Ruhe. «Ist sie tot?», fragte er plötzlich, und Conni rechnete schon mit dem Schlimmsten, aber Hansen blieb ganz ruhig.

Sie nickte. «Herr Hansen, wir müssten Ihnen ein paar Fragen stellen.»

Er schaute sie verstört an. «Ja?»

Conni hatte alles Mögliche erwartet, einen Nervenzusammenbruch, einen Wutanfall, hysterisches Schreien oder bestürztes Weinen, aber mit einer solchen Reaktion hatte sie nicht gerechnet. «Möchten Sie, dass wir jemanden benachrichtigen, der zu Ihnen kommt?», fragte sie.

«Wieso?»

Sie blickte verunsichert in Geros Richtung und bemerkte, dass er andeutungsweise den Kopf schüttelte. Dann zog er eine Visitenkarte hervor und reichte sie Hansen. «Ich kann verstehen, dass das ein ziemlicher Schock für Sie ist. Wenn wir zu einem späteren Zeitpunkt … Ansonsten bitten wir Sie, sich morgen früh um zehn bei uns in der Dienststelle einzufinden. Wir haben noch ein paar Fragen.»

Hansen nahm die Karte entgegen und betrachtete sie. «Fragen Sie.»

Es wirkte so, als schien er noch gar nicht registriert zu haben, was geschehen war. «Herr Hansen, das geht nicht so zwischen Tür und Angel.»

Thor Hansen schüttelte den Kopf und blickte sie freundlich an. «Morgen geht nicht. Morgen wird gedroschen.»

Conni machte einen Schritt auf Hansen zu. «Entschuldigung. Ist alles in Ordnung mit Ihnen? Möchten Sie, dass wir Sie zu einem Arzt fahren?»

Er schaute sie verblüfft an. «Nein, warum? Es geht mir gut.»

«Herr Hansen, wir müssen wissen, was passiert ist.»

Hansen schien einen Augenblick zu überlegen. «Ja, das verstehe ich», meinte er schließlich. «Caro war nicht da. Das habe ich dem Polizisten schon gesagt.»

«Heute Nacht haben Sie bemerkt, dass Ihre Frau nicht in ihrem Bett lag. Wann haben Sie sie das letzte Mal gesehen?»

«Gestern. Gestern Nachmittag. Da wollte sie in die Muckibude. Ist ja nichts Besonderes. Dreimal die Woche geht sie da hin.»

«Wo ist das Fitnesscenter?»

«Kurz vor Lauenburg im Industriegebiet. Den Namen weiß ich jetzt nicht.»

Gero hatte seinen Block gezückt und machte sich Notizen. Anscheinend wollte er ihr die weitere Befragung überlassen, und so wie es aussah, erhielten sie auf Nachfrage ja auch die Informationen, die sie dringend benötigten. Allerdings kam sich Conni vor, als müsse sie Hansen jedes Wort einzeln aus der Nase ziehen. Nun gut, wenigstens sprach er inzwischen in ganzen Sätzen. «Kam das häufiger vor, dass Ihre Frau erst spät heimkehrte?»

«Nein. Nachts war sie immer da.»

«Wie ist sie denn nach Lauenburg gekommen?»

«Mit ihrem Wagen.»

Conni runzelte die Stirn.

«Ein Ford Mondeo», schob er rasch nach.

«Und der Wagen ist auch weg?»

Hansen nickte.

«Wo waren Sie gestern Abend?»

«Wir waren in Breitenfelde zum Kegeln. Mit den Jungs von der Feuerwehr.»

«Und wann sind Sie nach Hause gekommen?»

«Das war spät. Nach Mitternacht.»

«Und da ist Ihnen nicht aufgefallen, dass der Wagen Ihrer Frau nicht da war?», hakte Gero nach.

Thor Hansen wirkte verunsichert. «Nein, ich weiß nicht.»

Wahrscheinlich war er zu betrunken gewesen, spekulierte Conni. Oder er machte ihnen etwas vor. Wenn dem so war, dann spielte er den naiven Trottel wirklich ausgezeichnet. «Herr Hansen, entschuldigen Sie, wenn ich das sage, aber Sie wirken so teilnahmslos.» Gefühllos wäre das richtige Wort gewesen, aber Conni zwang sich zur Zurückhaltung.

Hansen zuckte linkisch mit den Schultern. «So? Tut mir leid.»

So kamen sie nicht weiter. Conni blickte hilfesuchend zu Gero, aber dem schien die Situation ebenso wenig geheuer zu sein wie ihr, wie sie seinem Gesichtsausdruck entnahm.

«Wenn's das war? Ich muss gleich aufs Feld.»

«Ja», seufzte Conni und blickte zu Gero, ob er irgendwelche Einwände hatte. «Wir sprechen am besten morgen miteinander.»

«Was gibt's denn noch?»

«Das klären wir dann morgen, Herr Hansen.»

Als sie draußen waren, machte Conni einen schweren Atemzug. «Hast du so etwas schon mal erlebt?», fragte sie aufgebracht. «Der ist ja noch merkwürdiger als der

Alte. Meinst du, er hat überhaupt begriffen, worum es ging?»

«Nein.» Gero schüttelte nachdenklich den Kopf. «Aber solche Nachrichten ziehen die merkwürdigsten Reaktionen nach sich.»

«Ich hatte den Eindruck, der ist nicht ganz beisammen.»

«Mag sein. – Komische Leute jedenfalls.»

Conni konnte sich die Frage nicht verkneifen: «Hätten wir Hansen nicht besser mitnehmen sollen?»

«Mit welcher Begründung?»

«Frag mich was Leichteres. Ich dachte nur so …»

«Wir warten jetzt erst mal ab, was die Gerichtsmedizin sagt», erklärte Gero. «Bis wir wissen, wie Carola Hansen ums Leben gekommen ist, ist es müßig, über Hansens Verhalten nachzudenken. Aber ich gebe dir recht. Er verhält sich schon sehr auffällig.»

«Was ist mit ihrem Wagen?»

«Hab ich auch gleich dran gedacht. Ein Anruf und wir haben das Kennzeichen.»

Conni schloss den Wagen auf. «Und was sagt dir dein Gefühl?»

«Ist noch ausgeschaltet.» Gero zwang sich zu einem Lächeln. «Bis wir Nachricht von Vetter haben. Ich werde ihm sagen, die Sache ist sehr dringend. Wir brauchen das Ergebnis der Obduktion bis morgen früh um zehn.»

«Und wenn …»

«Das wird die Staatsanwaltschaft entscheiden.»

Sie startete. Dann warf sie Gero einen langen, eindringlichen Blick zu. «Ich habe überhaupt kein gutes Gefühl bei der Sache.»

## Kapitel 4

Gero überlegte, ob er etwas vergessen hatte. Max war beim samstäglichen Rudertraining und ging danach zu seinem Freund Robin nach Einhaus. Dort konnte er ihn auf dem Rückweg einsammeln. Charlotte schlief heute bei Rebecca, und Lena kam nicht vor acht zurück. Sie hatte ihren Volvo am Büchener Bahnhof geparkt, war also unabhängig. Trotzdem hätte Gero sie gerne abgeholt. Er sehnte sich nach ihr, auch wenn sie nur drei Tage getrennt gewesen waren, aber bis acht würde er es nicht schaffen. Nicht bei diesem Verkehr. Gero konnte froh sein, wenn er um sechs in Lübeck war. Der Verkehr auf der B207 war schleppend. Seit die Ostseeautobahn eine einzige Baustelle war, verirrten sich immer mehr Wochenendausflügler auf dem Weg zum Strandkorb ins Lauenburgische. Bis zur neuen Rostocker Autobahn glichen die Zubringerstraßen an Samstagen einer einzigen Blechkarawane.

Vetter war alles andere als begeistert gewesen, als Gero angerufen hatte. Er befände sich eigentlich schon im Wochenende, hatte er gesagt, aber wenn Gero es bis um sechs ins Gerichtsmedizinische Institut schaffen würde, dann würde er sich Carola Hansen noch vornehmen. Nach sechs wäre außer einer studentischen Hilfskraft bestimmt niemand mehr anwesend, und wenn er das Ergebnis tatsächlich bis morgen bräuchte, dann müsse er wohl gemeinsam mit Lena hier ein Zelt aufschlagen.

Gero blickte zur Uhr, dann auf den Tacho. Es blieben noch knapp vierzig Minuten, und momentan steckte er zwischen Mölln und Ratzeburg fest. Siebzig war erlaubt – aber er fuhr nicht einmal fünfzig. Knapp war es allemal. Dabei war Gero sich gar nicht sicher, ob Thor Hansen morgen überhaupt in der Dienststelle vorbeikommen würde. So merkwürdig, wie er reagiert hatte, war es durchaus denkbar, dass er die Vorladung überhaupt nicht registriert hatte. Gero beschlich ein komisches Gefühl. Es war nur ein vager Verdacht, aber wenn die Leichenöffnung einen gewaltsamen Tod zutage förderte und Hansen morgen nicht erschien … Hatten sie genug in der Hand, um eine Festnahme zu beantragen? Natürlich hatte Gero es sich nicht nehmen lassen, Thor Hansens Alibi auf dem Vorwege zu überprüfen. Zumindest hatte Hansen nicht die Unwahrheit gesagt, auch wenn er deswegen noch nicht aus dem Schneider war, bis die genaue Tatzeit feststand.

«Todeszeitpunkt», murmelte Gero und schlug ärgerlich aufs Lenkrad. Von einer Tatzeit durfte noch gar nicht die Rede sein, aber er konnte sich nicht von dem Gedanken frei machen, dass Carola Hansen nicht nur eines unnatürlichen Todes gestorben war, sondern dass ihr Tod auch einen kriminellen Hintergrund hatte. Und wenn er ehrlich war, dann beschlich ihn sogar das untrügliche Gefühl, dass Thor Hansen etwas mit ihrem Tod zu tun haben könnte. Der Mann hatte sich so absurd verhalten … Conni hatte das Gleiche gedacht, aber er hatte es sofort abgewiegelt. Gero ärgerte sich maßlos über seine Gedanken und darüber, dass sie Hansen nicht gleich an Ort und Stelle in Gewahrsam genommen hatten. Andererseits gab es bis auf dieses instinktive Gefühl bislang nichts, weshalb man Thor Hansen in irgendeiner Weise hätte verdächtigen müssen.

Weder die Spurensicherung noch die Taucher hatten irgendetwas von Belang gefunden. Peters Leute hatten den gesamten Uferbereich und alle Zufahrten genau unter die Lupe genommen, aber weder Schleifspuren noch sonstige Anzeichen eines möglichen Verbrechens gefunden. Bei der geringen Strömung des Kanals konnte die Stelle nicht so weit entfernt sein. Peter Schweim hatte schließlich auf die Fährstelle selbst getippt, aber auch dort wurden die Taucher nicht fündig. Nach drei Stunden Taucheinsatz waren die Kollegen abgerückt, und die Wasserschutzpolizei hatte den Kanal wieder freigegeben. Der Rückstau der Berufsschifffahrt löste sich nur langsam auf. Es war erstaunlich, wie stark die Wasserstraße zwischen Lauenburg und Lübeck befahren war. Wenn man den Kanal sonst vor Augen hatte, dann hätte man vielleicht auf drei, vier größere Schiffe am Tag getippt, aber heute waren es deutlich mehr gewesen.

Auch die Zeugenbefragung vor Ort hatte keine konkreten Hinweise auf das Geschehen erbracht. Der Fährbetrieb dauerte bis sieben Uhr abends. Eine halbe Stunde später verließ Hinrich Barth für gewöhnlich die Fährstelle. Auch gestern war er kurz nach halb acht aufgebrochen. Er hatte nichts Außergewöhnliches festgestellt. Bei der Vernehmung hatte Barth allerdings gestanden, dass er es gewesen war, der der Toten noch vor Eintreffen der Feuerwehr die Augen geschlossen hatte, weil er es nicht mehr ausgehalten habe, wie sie ihn angestarrt hätte. Sonst hatte die Befragung nichts ergeben. Den Angler, den Hinrich Barth gesehen hatte, hatten die Büchener Kollegen schnell ausfindig machen können. Der Mann hatte von sieben Uhr morgens bis kurz vor zehn am Ufer gestanden, aber auch ihm war nichts von Belang aufgefallen.

In der Zwischenzeit hatte man den Wagen von Carola Hansen gefunden. Der silberne Ford-Kombi stand abgeschlossen am Straßenrand einer kleinen Seitenstraße zwischen Waldweiher und Fähranleger. Sie mussten also davon ausgehen, dass die Tote auf der Fitzener Seite der Fähre ins Wasser gelangt war, weshalb sich die weitere Befragung auch auf die andere Uferseite konzentrierte. Aber weder auf dem benachbarten Campingplatz noch im Gasthof neben dem Fähranleger hatte man irgendetwas Erwähnenswertes bemerkt. Keine besonderen Geräusche noch ortsfremde oder auffällige Personen. Acht Gäste wären am Abend anwesend gewesen, konnte sich der Pächter der Gastronomie erinnern. Fünf davon seien vom Campingplatz rübergekommen, die anderen seien Laufkundschaft gewesen, wie er sich ausgedrückt hatte. Carola Hansen war auf jeden Fall nicht unter den Gästen gewesen. Ihr Wagen wurde beschlagnahmt und zur Kriminaltechnik verfrachtet. Nicht nur, weil man keine Schlüssel bei der Toten gefunden hatte, sondern auch, weil der Standort des Wagens auffällig weit vom Fundort der Leiche entfernt lag.

Die weiteren Recherchen hatten sich auf das Fitnesscenter in Lauenburg konzentriert. Name und Adresse waren schnell herausgefunden, aber die Person, die Auskunft darüber hätte geben können, ob und wann Carola Hansen gestern dort gewesen war, war nicht zu erreichen. An der Rezeption hatte Beate gesessen, und die hatte erst morgen Nachmittag wieder Dienst. Mit einer Telefonnummer oder einer Adresse konnte man angeblich nicht dienen. Also hatte sich Conni bereiterklärt, morgen Nachmittag nach Lauenburg zu fahren, da sie sowieso übers Wochenende Bereitschaftsdienst hatte.

Nachdem Conni ihn zu Hause abgesetzt hatte, war Gero zu Schmiegels Gasthof gefahren und hatte Erkundigungen eingeholt. Er hatte Glück gehabt. Die Nachricht hatte sich noch nicht bis Breitenfelde herumgesprochen, wenigstens hatte sich niemand etwas anmerken lassen, und die Angestellten hatten weitgehend bestätigt, was Hansen ausgesagt hatte. Von acht Uhr abends bis kurz vor Mitternacht hatten die Feuerwehrkameraden aus Klein Klöritz die Kegelbahn in Beschlag genommen. Dann war man gemeinsam aufgebrochen, und Hansen sei sicher bis zum Schluss mit dabei gewesen, daran erinnerte sich die Bedienung sogar ganz genau, denn der Hansen sei ja schließlich eine gehörige Erscheinung, hatte sie ausgesagt.

«Du kommst spät», meinte Dr. Vetter. Er trug eine blutverschmierte Plastikschürze und war gerade dabei, seine Handschuhe auszuziehen. Auf seinem rotgeäderten Gesicht zeichnete sich ein schelmisches Grinsen ab.

«Was heißt das?», meinte Gero empört und blickte kontrollierend zur Uhr. «Zwei Minuten vielleicht.»

Vetter spülte sich die Hände und Arme bis zu den Ellenbogen mit einer seifigen Lösung ab. «Das heißt, ich will jetzt ins Wochenende. In zwei Stunden übertragen sie die NBA auf Eurosport. Die Lakers brauchen noch zwei Punkte. Mit ein wenig Glück schaffe ich's noch rechtzeitig bis zum Anpfiff.» Er deutete auf ein grünes Couvert auf dem stählernen Schreibtisch am hinteren Ende des Raumes. «Ich hab dir das Protokoll da zum Abzeichnen hingelegt. Beginn der Sektio 15.33 Uhr, Ende um 17.45 Uhr. Ich bitte um Anwesenheitsbestätigung.»

Das war doch wieder typisch Vetter. Selbstverständlich hatte Gero kein wirkliches Interesse daran, bei dem unappetitlichen Gemetzel auf dem Tisch eines Pathologen dabei zu sein, aber das Gesetz schrieb die Anwesenheit nun einmal vor. Vetter war ein Routinier, Gero konnte sich auf ihn verlassen. Sie kannten sich jetzt seit fünf Jahren, und noch nie hatte es irgendwelche Schwierigkeiten gegeben. Was die Vorschriften betraf, war Lena deutlich gewissenhafter. Aber Gero vermied es, anwesend zu sein, wenn seine Frau Dienst hatte. Sie meinte, es wäre nicht gut für ihre Beziehung, wenn Gero ihr dabei zusehe, wenn sie einen Leichnam öffne. Wahrscheinlich hatte sie recht damit. Gero überflog das Protokoll. Im Gegensatz zu seiner schnodderigen Art waren Vetters Schriftstücke immer sehr förmlich und korrekt formuliert.

«Und? Irgendwelche Unklarheiten?» Vetter trocknete sich die Unterarme mit einem Handtuch ab. Dann legte er die Schürze ab und warf sie in einen Wäschesack neben der Tür.

«Was bedeutet *beschleunigtes Einsetzen des Todes durch Asphyxie*?»

«Ich habe Wasserspuren in ihrer Lunge gefunden. Aus juristischer Sicht ist es also ein Exitus durch Ertrinken. Aber gemerkt hat sie davon nichts mehr. Medizinisch gesehen starb sie an den Folgen eines schweren SHT.»

«Schädel-Hirn-Trauma.»

Vetter nickte. «Genau. Versteckte Fraktur der hinteren Schädelplatte mit mehrfachen ateriellen Rupturen, also schweren inneren Blutungen. Ein starker Schlag mit einem stumpfen Gegenstand, würde ich sagen. Eine Eisenstange, ein Rohr, vielleicht ein Wagenheber ... Sie war mit Sicherheit bereits komatös, als man sie ins Wasser geschmissen hat.»

«Ein Sturz ist auszuschließen?»

«Absolut.»

«Ein Schiff im Kanal vielleicht?»

Vetter schüttelte den Kopf. «Vergiss es. Die hat einer gekillt und danach ins Wasser geworfen. Und zwar relativ kurz nach der Tat.»

«Relativ?»

«Schätzungsweise eine Stunde. Also keinesfalls länger. Im Wasser hat sie etwa zwölf Stunden gelegen.»

«Gestern gegen drei Uhr nachmittags hat sie noch gelebt. Um zehn Uhr heute Morgen wurde sie gefunden.» Gero rechnete nach. Hansen war um halb zwölf in Breitenfelde aufgebrochen. Bis zur Fähre benötigte man etwa zwanzig Minuten. «Eher mehr oder eher weniger?»

«Ich würde sagen, eher mehr. Aber verifizieren lässt sich das nicht.»

Damit kam Thor Hansen als Täter nicht in Frage. Es wäre auch zu einfach gewesen. Gero blätterte durch den Bericht. «Kannst du mir eine knappe Zusammenfassung geben? Umso schneller bist du zu Hause. Irgendwelche Auffälligkeiten?»

«Nur unterhalb der Gürtellinie.» Der schwergewichtige Mediziner grinste vielsagend. «Skelett und Zahnstand ohne Auffälligkeiten. Keine alten Frakturen. Für ihre Körpergröße liegt eine außerordentlich durchtrainierte Muskulatur vor. Keine sichtbaren Blutreste oder Hautabschürfungen unter den Fingernägeln. Keine Hämatome. Sie trug ein Arschgeweih.»

«Ein was, bitte?»

«Ein Arschgeweih.» Vetter ging zum Sektionstisch, auf dem ein großer blauer Plastiksack lag, in dem, den Ausmaßen nach zu urteilen, die menschlichen Überreste von Carola Hansen stecken mussten. Er öffnete einen Reißverschluss, schlug die Plastikhülle zur Seite und wies auf den Lendenbereich der Toten. «So nennt der Volksmund diese Tätowierungen, die wie ein Geweih über beide Pobacken ausgebreitet sind. Irgendein asiatisches Symbol, ein Drache oder so etwas. Ich habe ein Foto gemacht. Der Bildteil und die Laborwerte werden dem Bericht noch beigefügt. Wie ich schon sagte, spielt sich der Rest unterhalb der Gürtellinie ab. Frau Hansen hat ausgeprägte Auffälligkeiten im Genitalbereich. Eine perforierte Labia.»

Gero legte den Kopf zur Seite und blickte Vetter missbilligend an. «Und was heißt das auf Deutsch?»

«Sie trug mitunter Intimschmuck», erklärte Vetter.

«Mitunter?»

«Ja, als sie bei mir auf den Tisch kam, trug sie keinen. Frau Hansen hatte in den letzten zwölf Stunden vor ihrem Tod Geschlechtsverkehr. Ob die Spermaspuren für eine DNA taugen, wird die Laboranalyse zeigen. Weiterhin zeigt der After der Toten perianale Fissuren.»

«Wurde sie vergewaltigt?»

«Nein.» Vetter schüttelte den Kopf. «Nein, die Verletzungen sind älteren Datums. Es ist bereits Narbengewebe vorhanden. Aber so, wie es aussieht, sind das keine Fissuren, wie sie bei Hämorrhoidalleiden oder Thrombosen gegenwärtig sind, sondern sie rühren von regelmäßigem Analverkehr her. Solche Verletzungen sind im Homosexuellenmilieu oder bei Prostituierten üblich.»

«Bei einer dreißigjährigen Frau eines Landwirtes also alles andere als die Regel», stellte Gero fest.

«Dazu sage ich jetzt besser nichts», erklärte Vetter. «Analverkehr scheint verbreiteter zu sein, als man gewöhnlich denkt. Frauen machen so etwas allerdings weniger aus eigenem Lustempfinden, sondern fast ausschließlich dem Partner zuliebe. Ich hatte darüber vor einiger Zeit ein ganz interessantes Gespräch mit einem Sexualwissenschaftler. Der meinte, man könne fast bei einem Drittel der ihm bekannten Fälle auf unterdrückte homoerotische Phantasien des Mannes schließen. Meistens entsteht der Wunsch jedoch aufgrund der Erschlaffung des Gewebes nach mehreren Niederkünften.» Vetter breitete die Arme aus und zuckte mit den Schultern. «Einige Frauen lassen sich operieren, andere halten eben den Arsch hin.»

«Meine Güte, Vetter.» Gero wendete sich ab.

«Ich kann dir das auch mittels medizinischer Fachbegriffe umschreiben, wenn's dir lieber ist.»

«Es geht mir vielmehr um die Würde, wie man über eine Tote spricht.»

Vetter verschränkte die Arme vor der Brust. «Das ist mir so was von schnuppe! Ich spreche aus, was Tatsache ist. Das ist mein Job. Wie du damit umgehst, ist dein Problem.»

«Ja, ich weiß», stöhnte Gero.

«Bist du Theologe oder bei der Kripo?»

«Okay, okay. Du hast ja recht.» Gero machte eine besänftigende Geste. Zum ersten Mal nahm er den Leichengeruch wahr, der sich langsam im Raum ausbreitete. Ob Lena auch so sprach, wenn sie gemeinsam mit Vetter arbeitete? Sie hatte immer gesagt, mit Leichen spräche ein Arzt anders, aber wie kommunizierten sie untereinander? Solange man unter seinesgleichen war, brauchte man auf niemanden Rücksicht zu nehmen, konnte manche gesellschaftlichen Konventionen getrost über Bord werfen. Galt das auch für Lena, wenn sie mit Vetter zusammen war?

«Wie du es auch drehst, sie ist kein keuscher Engel gewesen, wenn du das hören willst», bollerte Vetter erneut los. «Hier scheint der Fall also anders zu liegen. Die Tote hat nicht entbunden, und von Erschlaffung der Vagina kann keine Rede sein. Ganz im Gegenteil. Ich habe allerdings Spuren eines Schwangerschaftsabbruchs gefunden. Etwa zehn Jahre her.» Vetter schloss den Leichensack. «Sonst noch Fragen?»

Gero schüttelte den Kopf und unterschrieb das Protokoll. Dann griff er zu einer Flasche Sterilium und rieb sich gründlich die Hände ab. Er hatte das Gefühl, der Leichengeruch säße in jeder Hautpore. Vetter blickte ihn verwundert an, sagte aber nichts. Gero musste erneut an Lena denken. Wenn sie nach Hause kam, war ihr erster Weg immer unter die Dusche. Früher hatte er sie damit aufgezogen und gefrotzelt, ob sie sich verräterischer Spuren entledigen wolle. Sie hatte nie etwas darauf entgegnet, immer nur gelächelt. Auf einmal hatte Gero das dringende Bedürfnis, Lena in den Arm zu nehmen. Er blickte zur Uhr. Wenn er zu Hause ankam, war sie wahrscheinlich gerade dabei, den Geschirrberg zu sichten, der in der Küche stand. In den drei Tagen ihrer Abwesenheit war er zu nichts gekommen. Nicht einmal den Maulwurf hatte er geschasst. Gero überschlug kurz die Zeit. Er musste Max noch abholen und in der Dienststelle vorbeifahren, um Conni den Bericht auszuhändigen und mit ihr das weitere Vorgehen zu besprechen. Blieb noch genug Zeit für einen kurzen Abstecher in einen Elektrogroßmarkt. Ein Geschirrspüler stand schon seit über einem Jahr auf ihrer Wunschliste. Gero lächelte. Besser als ein Strauß Blumen war das allemal.

## Kapitel 5

Leif presste sein Gesicht gegen die Scheibe. Betreten durfte er das Zimmer nicht. Die Infektionsgefahr war zu groß. Er konnte es noch immer nicht fassen. Warum gerade Lutz? Warum nur? Irgendetwas schnürte ihm den Hals zu. Leif kämpfte mit den Tränen. Zugleich hatte er eine ungeheure Wut im Bauch. Er hielt die Hände zu Fäusten geballt, und seine Fingernägel bohrten sich immer tiefer in die Handflächen. Der Schmerz tat gut. Er beobachtete, wie die Hautpartie um seine Knöchel langsam weiß wurde. Dann fiel sein Blick erneut auf den Kollegen. Auf das, was von ihm zu sehen war. Man hatte Lutz in ein künstliches Koma versetzt. Sein Leben hing an einem seidenen Faden. Einem Faden, der sich in Form blinkender Lampen und Dutzender digital gesteuerter Parameter auf den Anzeigen und Monitoren der Gerätschaften um das Krankenbett darstellte. Es war überhaupt ein Wunder, dass er noch am Leben war. Wie hatte sich der behandelnde Arzt ihm gegenüber ausgedrückt? Der Patient hätte eine außerordentliche körperliche Konstitution. Ja, die hatte er. Deshalb hatte man ihn ja auch ausgesucht. Lutz hatte genau die körperlichen Vorraussetzungen mitgebracht, die bei Milans Leuten gefragt waren. Und diese Konstitution hatte ihm nun das Leben gerettet. Oder auch nicht, denn sein weiteres Leben würde mit dem bisherigen nichts mehr gemein haben. Die Knochenbrüche würden heilen, das stand außer Frage. Inwieweit Milz und Leber zu retten waren, würde sich zeigen, hatte der Arzt gesagt, sobald er einigermaßen stabil sei und man operieren könne. Er befände sich allerdings immer noch im kritischen Stadium. Die Verbrennungen im Gesicht und an den Armen waren einfach zu schlimm. Es würde sich in den nächsten fünf bis sieben Tagen entscheiden, ob er es schaffen würde. Und selbst dann. Man kannte das doch. Immer wieder neue Transplantationen. Es würde Jahre dauern, bis er wieder ein Gesicht haben würde.

Leif versuchte vergeblich, den Kloß im Hals herunterzuschlucken, aber die Wut ließ nicht nach. Wie hatte sich Semmler ausgedrückt? Lutz habe gewusst, worauf er sich bei der Aktion einließ? Ja, das hatte er. Aber er hatte nicht damit rechnen können, dass ihm die eigenen Kollegen bei diesem Hochseilakt ein Bein stellen würden. So hatte er überhaupt keine Chance gehabt. Und das alles nur, weil sich ein paar Hamburger Kollegen mit einer Handvoll beschlagnahmter Ecstasy-Pillen rühmen wollten. Ein Anruf hätte genügt. Wofür hatte man denn die Dienstleitungen. Es war ja nicht das erste Mal, dass so etwas geschah und Einsätze von Kollegen aus Hamburg den zuständigen Leitstellen in Schleswig-Holstein einfach nicht gemeldet wurden. Vor einem Vierteljahr hatte eine völlig verängstigte Frau aus Bad Segeberg bei der Notrufzentrale angerufen und berichtet, um ihr Nachbarhaus würde jemand mit gezückter Waffe schleichen. Das Überfallkommando, das daraufhin ausgerückt war, hatte feststellen müssen, dass es Hamburger Kollegen in Zivil waren, die eine Festnahme durchführten. Die Sache war glimpflich ausgegangen.

Wussten die Kollegen überhaupt, was sie da diesmal angerichtet hatten? So viel er wusste, würde es ja noch nicht einmal ein Nachspiel geben. Ein interner Rüffel war alles, was die Verantwortlichen dieses Desasters zu erwarten hatten. Und Horst Semmler hatte es sogar gewagt anzuzweifeln, dass Lutz' Unfall überhaupt etwas mit seiner versehentlichen Enttarnung zu tun habe. Solange die Kriminaltechnik keine Spuren eines Brandbeschleunigers fände, müsse man davon ausgehen, dass der Wagen durch den Sturz in die Tiefe in Flammen aufgegangen sei, hatte er auf der letzten internen Sitzung gesagt. Der Mann hatte wirklich überhaupt keine Ahnung. Und so etwas war leitender Direktor beim LKA. Ein reiner Bürohengst, ein Theoretiker, der von der Arbeit auf der Straße nicht den blassesten Schimmer hatte. Wie sollte er auch. Allein seine Biographie war geradezu typisch. Erst Jurastudium, Quereinstieg in den höheren Polizeidienst und dann auf direktem Weg in die Führungsetage.

Leif atmete tief durch. Dies war einer der Momente, wo er fast froh war, dass er es immer noch nicht geschafft hatte, einen Direktorenposten beim LKA zu ergattern, wo er sich täglich mit diesen Bürokraten und Theoretikern hätte herumärgern müssen, sondern immer noch der Mordkommission Lübeck vorstand. Andererseits war er sich sicher, dass er in Kiel allemal bessere Arbeit als ein Polizeidirektor Semmler leisten würde. Es lag doch klar auf der Hand, was geschehen war. Nachdem das Hamburger Einsatzkommando, das die unangekündigte Razzia in der Groß-Discothek durchgeführt hatte, Lutz im Beisein von Dritten unwissentlich als Polizisten enttarnt hatte, hatten Milans Leute sich Lutz noch in derselben Nacht vorgeknöpft. Wahrscheinlich diese beiden ehemaligen Söldner Drago und Mirco, von denen ihm Lutz berichtet hatte. Sie waren so etwas wie die beiden persönlichen Leibwächter von Milan und wahrscheinlich auch für die ganze dreckige Arbeit zuständig. In der Regel unternahm er keinen Schritt in der Öffentlichkeit ohne die beiden Hünen an seiner Seite.

Wie es aussah, hatten sie Lutz brutal zusammengeschlagen, ihm Arme und Beine gebrochen, ihn in seinen Wagen gesetzt und die Böschung zu dieser Müllhalde hinuntergeschoben. Und als wenn das noch nicht gereicht hätte, hatte man den Wagen auch noch angesteckt. Wenn die zwei Kerle, die ihre alten Gummireifen dort illegal entsorgen wollten, nicht wegen des brennenden Wagens stutzig geworden wären und die Feuerwehr verständigt hätten, wäre Lutz wahrscheinlich bis zur Unkenntlichkeit verbrannt. Leif warf einen letzten Blick durch die Scheibe. Vielleicht wäre es besser so geschehen, dachte er, bevor er schnell die Station verließ.

In einer Stunde hatte er den Termin im Schießstand. Danach musste er zu Steffi. Das war das Schlimmste überhaupt. Wie sollte er es ihr sagen? Was sollte er den Kindern sagen? Leif fühlte sich schuldig, schließlich hatte er Lutz vor einem Jahr für die Sache freigestellt, als die Kollegen vom Dezernat 200 angefragt hatten. Sondereinsatz mit spezieller Vergütung. Lutz und Steffi hatten gerade gebaut. Letztendlich war es die Zulage, die den Ausschlag gegeben hatte. Sie konnten das Geld gebrauchen. Und jetzt? Alles vorbei. Alles umsonst. Dabei war er dem Ziel schon so nahe gewesen. Niemand wusste, ob Lutz in Erfahrung gebracht hatte, wer Milans Hintermänner waren und wie sie das Zeug über die Grenze brachten.

Der Kollege an der Munitionsausgabe händigte Leif einen Ohrschutz aus und zählte die Patronen vor ihm auf dem Tresen ab. «Das volle Programm?»

Leif nickte. «Einmal die Jahreskarte bitte. Jahresschießtraining mit Präzisionsschießen und Intervallschießen, je zwei Durchläufe. Dann ins Kino. Realfalltraining und Eigensicherung.»

Der Kollege schüttelte den Kopf. «Geht nicht zusammen. Damit überschreitest du das vierteljährliche Kontingent. Hat sich das noch nicht herumgesprochen? Auch die Polizei muss sparen.» Er grinste.

«Dann streich die Eigensicherung. Mach ich im nächsten Monat.»

«Die Jungs haben schon Wetten abgeschlossen, als sie deinen Namen auf der Meldeliste sahen.» Der Kollege warf einen prüfenden Blick auf einen gelben Zettel, den er hinter der Ausgabe an die Wand geheftet hatte. «Sieht gar nicht schlecht aus. Sieben zu eins, dass du in der Präzision wieder eine Nullrunde hinlegst.»

«Red keinen Quatsch», entgegnete Leif, während er den Erhalt der Munition auf einem Formblatt quittierte. Dann zog er das Magazin aus seiner Dienstwaffe und zählte laut die Patronen durch. Die Vollständigkeit wurde ebenfalls auf dem Blatt vermerkt.

«Schönen Gruß von Helge soll ich dir ausrichten. Und er lässt fragen, ob du nicht doch …»

«Kann er sich abschminken», fiel Leif dem Kollegen ins Wort. «Ich hab's ihm schon zigmal gesagt, dass ich keine Lust auf Polizeisportfeste und dergleichen habe. Nur weil ich einigermaßen zielsicher bin, tauge ich nicht automatisch für seine Trachtengruppe.»

«Werd's ihm ausrichten», antwortete der Kollege und schüttelte verständnislos den Kopf, während Leif hinter die Absperrung zur Schießbahn trat. Vorschriftsmäßig setzte er die Ohrenschützer auf und begann das Magazin der Pistole zu füllen. Dann wartete er darauf, dass zwei weitere Kollegen zur Sicherung auf den Stand kamen. Am Ende der Bahn standen die Pappkameraden und warteten auf ihren Abschuss. Im Gegensatz zu moderneren Anlagen machten sie ihrem Namen hier noch alle Ehre und waren tatsächlich aus Pappe. Andernorts waren sie schon durch digital projizierte Schicksalsgenossen ausgetauscht worden. Aus Kostengründen natürlich. In manchen Bundesländern schossen die Kollegen sogar auf der Präzisionsbahn bereits mit Rückstoß simulierenden Laserwaffen. Leif betrachtete die neue Heckler & Koch und schob das Magazin ein, das mit einem satten Klacken einrastete. In ein paar Jahren würde das Schießtraining wahrscheinlich einem Computerspiel gleichen. Er nahm Position ein, lud durch und entsicherte den Abzug. Das wäre dann fast wie Krieg der Sterne. Die rote Lampe an der Decke signalisierte ihm die Schussfreigabe auf die erste Distanz. Leif zögerte einen Augenblick. Für einen Moment war ihm, als suchten seine Gedanken die imaginären Gesichter von Drago oder Mirco auf die Zielscheibe zu projizieren. Er wusste nicht, wie Milans Handlanger aussahen. Sie hatten für ihn nur einen Namen, kein Gesicht. Das Bild verschwamm vor seinen Augen. Nein, er würde sich nicht hinreißen lassen. Kimme und Korn zeigten Ideallinie. Feuer frei.

Der anerkennende Beifall der Kollegen hinter ihm ließ nicht lange auf sich warten. Für eine Nullrunde hatte Leif zwar drei Ringe zu wenig, aber das Ergebnis war immer noch außergewöhnlich. «Tut mir leid, wenn ich eure Erwartungen nicht erfüllt habe», sagte er bescheiden und lächelte den beiden etwas gequält zu. «Liegt wohl an der neuen Dienstwaffe. Die SK ist zwar super handlich, aber die Visierlinie ist kürzer. Nicht gerade ideal zum Präzisionsschießen. Wer von euch kommt mit ins Kino?»

Während das Intro des Videos abgespielt wurde, füllte Leif das zweite Magazin auf. Er musste sich darauf konzentrieren, dass sich in seiner neuen Dienstpistole drei Schuss Munition weniger befand. Für den Wechsel im Dauerfeuer konnte das entscheidend sein. Zehn statt dreizehn hieß also die Devise. Der Kollege hinter ihm hatte vorschriftsmäßig seine Weste angelegt. Leif steckte seine Waffe ins Schulterholster und betrat die Bühne des Schießkinos. Seine Gedanken waren bei Steffi. Wie sollte er es ihr nur beibringen? Was sollte er sagen? Wie würde sie reagieren?

Die angekündigte Waldlichtung erschien. Die drei Kerle in Kampfhosen, die sich um die Limousine aufgestellt hatten, waren deutlich angetrunken. Davon war in der Vorgabe nicht die Rede gewesen. Er würde

Steffi in den Arm nehmen und Trost spenden, so gut er konnte. Sie würde weinen und sich an ihm festklammern. Das war das Schlimmste. Zwei Monate hatte ihre Affäre damals gedauert, und Lutz hatte nie etwas davon erfahren. Auch Miriam nicht. Es machte die Angelegenheit umso schlimmer. Die drei hatten ihn noch nicht entdeckt. Dabei fiel Leif ein, dass er Miriam versprochen hatte, Annika und Sophie übers Wochenende zu nehmen. Er hatte es völlig verdrängt. Spätestens um sechs musste er die Zwillinge in Hamburg abholen. Leif bemerkte, dass die Person im Wagen mit Handschellen ans Lenkrad gefesselt war. Auch davon war keine Rede gewesen. Oder war er einfach nur unkonzentriert?

Seine Wohnung musste noch aufgeräumt werden, die Räume waren alles andere als kindgerecht. Wenigstens die Lautsprecher wollte er diesmal umstellen, falls die beiden Neunjährigen ihr Matratzenlager wieder im großen Zimmer aufbauen wollten. Bei der letzten Kissenschlacht war nur eine Vase zu Bruch gegangen, aber es fehlte gerade noch, dass die Elekrostaten etwas abbekamen. Und was war, wenn einer der beiden vielleicht einen Milchshake auf die Endstufe … Da waren die Wochenenden mit Finn doch deutlich entspannter. Kino, Kartbahn, Sportpark – wenn sein Ältester aus dem Internat kam, war ihm bisher immer etwas Passendes eingefallen. Am besten war es, er würde nachher auf dem Weg zu Steffi in einer Videothek vorbeischauen und irgendeine spannende DVD für die Zwillinge ausleihen. Seit er den neuen Plasmafernseher hatte … Jetzt hatten sie ihn ausgemacht. Der große Bildschirm … das war schon fast wie Kino. Der Mann, der bislang mit dem

Rücken zu ihm gestanden hatte, drehte sich blitzschnell um und fuchtelte mit einer Waffe herum. Leif zog die Pistole aus dem Holster, lud durch, entsicherte und spulte das verbale Warnprogramm eines jeden Polizisten ab, der zur Waffe griff. Ohne diesen Text konnte er hier im Realfalltraining gleich nach Hause gehen. In der Realität sah das freilich anders aus. Selbstschutz ging vor – und der Kerl ließ sich von Leif nicht einschüchtern und legte die Waffe auf ihn an. Auf der Leinwand erschienen drei kleine weiße Kreise, die dem Beamten die Zielmöglichkeiten aufzeigten. Die Markierungen blinkten am Kopf, am Arm mit der Waffe und am Oberschenkel des Schützen. Zum Denken blieb keine Zeit. «Scheiß Theorie», flüsterte Leif und wählte den Arm.

## Kapitel 6

Conni raufte sich die Haare und schenkte sich die vierte Tasse Kaffee ein. Dann studierte sie erneut das Vernehmungsprotokoll. Es gab nicht den geringsten Anhaltspunkt, nicht eine einzige Stelle, wo sie den Eindruck hatte, Hansen habe die Unwahrheit gesagt oder etwas ausgelassen. Kein Widerspruch, keine Unstimmigkeiten. Um die Mittagszeit hatte sie Thor Hansen nach Hause geschickt. Paul Dascher war zwar der Meinung gewesen, Hansen hätte ihnen die ganze Zeit einen Film vorgeführt, und auch Jörn Lüneburg, der nun wirklich über eine lange Erfahrung verfügte, hatte seine Skepsis nur schwer zurückhalten können, aber es war ihr letztendlich nichts anderes übriggeblieben.

Hansen war auf die Minute pünktlich gewesen, aber anders als erwartet zeigte er immer noch keine Spur von Trauer. Er wirkte so gleichgültig und unbeteiligt wie bei ihrem letzten Gespräch und beantwortete alle Fragen, egal wie indiskret und persönlich sie waren, mit einer vor Unbekümmertheit strotzenden Naivität. Obwohl sie Paul und Jörn auf Hansen vorbereitet hatte, ertappte sie sich am Anfang selbst bei der Frage, ob Thor Hansen sie hier auf den Arm nahm, so selbstverständlich beantwortete er selbst Fragen zu seinem Intimleben. Conni hatte zeitweise das Gefühl, einem kleinen Jungen gegenüberzusitzen, der aufrichtig bemüht war, über jede noch so abwegige Frage gewissenhaft nachzudenken. Seine leuchtenden Augen waren trügerisch. Mehr und mehr kam sie zu der Ansicht, dass ihr Gegenüber sich seiner Wirkung gar nicht bewusst war. Oder er war der perfekte Schauspieler. Paul Dascher hatte hinter seinem Rücken Grimassen gezogen, und sie hatte ihn aus dem Zimmer bitten müssen, aber selbst Lüneburg hatte mit den Augen gerollt und ungläubig den Kopf geschüttelt, so haarsträubend klang das, was Hansen über sein Eheleben berichtete.

Thor Hansen hatte Carola Schönborn vor zehn Jahren geheiratet, da war sie einundzwanzig gewesen – und schwanger. Wie es dazu gekommen war, das konnte er sich selbst nicht erklären, aber die Bürgermeistertochter aus dem Nachbarort war sich sicher, das Kind sei von ihm. Also wurde geheiratet. Vier Wochen nach der Hochzeit hatte sie eine Fehlgeburt. Danach konnte sie angeblich keine Kinder mehr bekommen. Conni behielt ihr Wissen über die Abtreibung für sich. Was Thor Hansen über seine Frau erzählte, fügte sich für sie stimmig in das Bild eines Mädchens, das sich gezielt den einzigen Erben des reichsten Landwirtes in der Umgebung ausgesucht hatte. Ein Leben als Bäuerin und Landfrau hatte sie allerdings nicht führen wollen. Aber auch ihren erlernten Beruf als Friseurin wollte sie nicht mehr ausüben. Musste sie auch nicht, finanziell standen die Hansens gut da. Ihnen gehörten über 600 Hektar Acker- und Weideland. Mehr als die Hälfte davon war verpachtet, seit Hans Hansen, Thors Vater, sich aufs Altenteil zurückgezogen hatte. Nur sporadisch half der nochmal aus, wenn's irgendwo eng wurde.

Streit zwischen den Eheleuten hatte es so gut wie nie gegeben. Wohl auch, weil es an Gelegenheiten dazu gemangelt hatte, denn Carola Hansen war eher selten zu Hause. Sie hatte mehr oder weniger ihr eigenes Leben geführt, und das hatte mit dem Hof nicht viel zu tun gehabt. Vormittags sei sie einkaufen gefahren, zum Friseur und zur Maniküre gegangen, hatte sich mit irgendwelchen Freundinnen getroffen, den Rest des Tages sei sie im Fitnesscenter gewesen. Teilweise bis spät in den Abend. Dreimal im Jahr sei sie in Urlaub geflogen – immer alleine. Von einer dieser Reisen, so berichtete Thor Hansen, habe sie dann auch diese Tätowierung auf dem Rücken mitgebracht. Er erinnerte sich nicht mehr genau, wo sie gewesen war; vermutlich Ibiza, da sei sie öfter hingeflogen.

Es klang alles unglaublich. Conni hatte Jörn hin und wieder einen fragenden Blick zugeworfen, aber der hatte nur immer wieder den Kopf geschüttelt und sich Notizen gemacht. Gemeinsame Freunde hatten Hansens nicht. Er hatte seine Jungs von der Feuerwehr, zwei benachbarte Landwirte, die hin und wieder mal aushalfen, aber das sei ja so üblich, und noch ein oder zwei Kerle aus dem Dorf, mit denen er schon zusammen zur Schule gegangen sei. Sonst gab es niemanden. Mit wem sich seine Frau getroffen hatte, wusste er nicht. Es schien ihn auch nicht zu interessieren. Nicht einmal jetzt. Von Feindschaften wusste er auch nichts. Caro und sein Vater hätten sich nicht besonders verstanden und wären einander aus dem Weg gegangen, soweit das möglich gewesen war. Auch zu Schönborns sei das Verhältnis eher angespannt gewesen. Conni sparte sich zu fragen, woher diese Abneigung rührte. Sie konnte sich schon ausmalen, dass sich Hans Hansen wohl insgeheim eine andere Schwiegertochter gewünscht hatte. Sie hatte Thors Vater ja bereits kennengelernt, er entsprach nicht gerade dem Bild eines auf Harmonie bedachten Menschen.

Die Fragen bezüglich ihres Sexuallebens ließen sich aufgrund des Zustands der Leiche nicht verhindern, doch bei dem, was Thor Hansen als Antwort auf Connis Fragen parat hielt, fiel ihr die Kinnlade herunter. Etwas Vergleichbares hatte Conni noch nie gehört. Auf die Frage, wann sie das letzte Mal Verkehr miteinander gehabt hätten, verdrehte Hansen nachdenklich die Augen und meinte schließlich, das sei schon ein Weilchen her gewesen. Es klang fast entschuldigend, als er im gleichen Atemzug hinzufügte, er hätte nicht mehr so häufig mit seiner Frau geschlafen, seit sie so merkwürdige Sachen von ihm verlangt hätte. Conni war fast der Kugelschreiber aus der Hand gefallen, und selbst der sonst unnahbare Lüneburg hatte sich ein spontanes Grinsen nicht mehr verkneifen können. Paul war abermals aus dem Zimmer geeilt, ohne Aufforderung. Wahrscheinlich musste er einem drohenden Lachanfall vorbeugen. Es war so komisch, wenn es nicht zugleich so traurig gewesen wäre. Bei Hansens schien die Welt Kopf gestanden zu haben.

Normalerweise beschwerten sich Frauen über die perversen Wünsche ihrer Männer; hier war es allem Anschein nach umgekehrt. Conni hatte Hansen gefragt, ob es sein könne, dass seine Frau einen Liebhaber gehabt habe. Er hatte sie daraufhin angeguckt wie ein Pferd.

Eine DNA-Probe war obligatorisch. Conni machte sich entsprechende Notizen. Außerdem notierte sie die Namen der Ärzte, zu denen Carola Hansen gegangen war, soweit ihr Mann sie kannte. Von einem Frauenarzt wusste Thor Hansen nichts. Verhütet hatten sie auch nicht, und vom Intimschmuck seiner Frau wollte Hansen nach eigenen Angaben auch nichts gemerkt haben. Conni kam sich vor wie im falschen Film.

Eine Haussuchung brauchte Conni offiziell nicht zu beantragen. Thor Hansen war sofort damit einverstanden, dass die Polizei am Montag die Privatsachen seiner Frau untersuchen würde. Auch gegen eine Speichelprobe hatte er nichts einzuwenden. Für Conni stand eigentlich schon fest, dass Carola Hansen einen Lover gehabt hatte, und sie konnte sich auch vorstellen, warum. Hoffentlich fanden sie im Haus der Hansens einen konkreten Hinweis. Oder sie bekam die Informationen bereits heute in diesem Fitnesscenter in Lauenburg. Conni war froh gewesen, als Thor Hansen gegangen war. Zum Abschied hatte sie ihn noch gefragt, was er nun zu tun gedenke, und er hatte geantwortet, er müsse sich wohl jetzt eine neue Frau suchen. Es hatte in etwa so geklungen, als wenn er sich einen neuen Traktor kaufen wolle.

Conni hatte einen ziemlichen Umweg gemacht, aber sie dachte, dass es nicht schaden konnte, wenn man die exakte Fahrzeit zwischen Fitnesscenter und Fundort des Wagens kannte. Sie war vorschriftsmäßig gefahren und hatte etwas über zwanzig Minuten gebraucht.

Das Fitnesscenter in Lauenburg war nicht zu verfehlen gewesen. Die drei übergroßen F's prangten plakativ und weithin sichtbar auf dem Dach. *FunnyFitnessFarm* stand aus geschwungenen Neonröhren über dem Eingang. Der riesige Parkplatz vor dem schlichten Gebäude erinnerte an die Zeit, als es noch einen Supermarkt beherbergt haben musste. Die Glasfassaden, deren Scheiben teils erblindet, teils von Schwitzwasser bedeckt waren, hatte man mit lilafarbenen Jalousien abgehängt. Conni hatte keine Schwierigkeiten, eine Parklücke zu finden, so weitläufig war das Areal.

Sie war fast eine Stunde vor der verabredeten Zeit. Wie Conni an der Rezeption erfuhr, hatte Beate vor einer halben Stunde angerufen und erklärt, sie käme etwa zwei Stunden später. Angie, so der Name der jungen Frau hinter dem Tresen, war alles andere als begeistert, als Conni sich nach ihr erkundigte. Angeblich musste sie wegen Beate ständig Überstunden machen. Der Name Angie passte zu ihr wie die Faust aufs Auge: Typ Nachtschattengewächs, blau-schwarz gefärbte Haare, schwarze Klamotten und ebenso lackierte Fingernägel. Um den Hals trug sie zwei Reihen tätowierten Stacheldraht, und auf ihrem T-Shirt stand in blutroten Lettern: Grufti. Das Mädchen mochte höchstens sechzehn sein. Ihre Haut war so weiß, dass man glauben konnte, sie habe noch nie einen Sonnenstrahl gesehen. Aber sie war freundlich und zuvorkommend. Angie bot ihr an, die Wartezeit doch zu nutzen und den Gerätepark auszuprobieren. Eine gute Idee, wie Conni fand. Fahrradhose und Hemd hatte sie in der Sporttasche im Wagen, und ein Handtuch konnte man sich ausleihen.

«Einmal Feuerbestattung, macht dann zusammen sieben Euro.» Angie schob ihr die Münze für die Sonnenbank und zwei Handtücher mit einem frechen Grinsen zu. «Umkleide ist unten, von da ab ist alles ausgeschildert. Die Solarien stehen im Saunatrakt.»

Erst im Umkleideraum wurde Conni bewusst, dass sie wieder einmal dabei war, Dienst und Freizeit gehörig miteinander zu vermischen. Gut, bestimmt hatte niemand etwas dagegen einzuwenden, wenn man sich eine mehrstündige Wartezeit mit etwas Bewegung versüßt, jedoch … Conni blickte sich prüfend um. Sie war alleine, aber jeden Augenblick konnte jemand um die Ecke kommen. Blitzschnell stopfte sie Holster und Dienstwaffe in ihre Sporttasche. Wenn jemand ihren Spind aufbrach, hatte sie eine Menge Ärger am Hals. Warum hatte sie das dämliche Ding überhaupt mitgenommen? Conni versuchte, die Dienstvorschriften auszublenden, steckte den Schrankschlüssel ein, legte sich ein Handtuch über die Schulter und ging in Richtung Studio.

Die Ergometer im Vorraum waren alle besetzt. Conni griff sich zum Aufwärmen ein Sprungseil von der Wand und wartete, bis eine der drei Spinningmaschinen frei wurde. Auf den Bildschirmen an der gegenüberliegenden Wand flimmerten Dauerwerbung und Musikvideos, sinnigerweise ohne Ton. Sie breitete ihr Handtuch über dem Sattel aus und stellte den Computer ein. Die Programme der Fahrtrainer kannte sie allmählich auswendig. Conni brauchte nur zwei Minuten, um ihren Rhythmus zu finden. Nach zehn Minuten begann ihre Haut langsam feucht zu werden. Die Blinkdiode an der Tachoanzeige signalisierte noch vier

Anstiege bis zum Ende der Etappe. Conni versuchte, ihren Kopf freizukriegen, aber sie musste die ganze Zeit an Carola Hansen denken. War sie das ausgekochte Luder gewesen oder hatte sie nur nicht gewusst, worauf sie sich einließ, als sie Hansen geheiratet hatte, und war ihm später einfach aus dem Weg gegangen? Wenn Thor Hansen wirklich so gefühlskalt war, wie er sich gab, warum hatte sie sich nicht von ihm getrennt? Oder war er erst so geworden, nachdem sie begonnen hatte, ihn und den Hof links liegen zu lassen? War seine Gefühlskälte in Wirklichkeit vielleicht Resignation? Nach allem, was er erzählt hatte, war sie in sexuellen Dingen eher die treibende Kraft gewesen. Hatte er sich von ihr vor den Kopf gestoßen gefühlt und sich deshalb zurückgezogen? Aber so weltfremd, wie Hansen sich gab, konnte man eigentlich gar nicht sein. Carola Hansen war nur unwesentlich jünger gewesen als ihr Mann, sie Anfang, er Mitte dreißig. Auch Conni war nur wenige Jahre älter. Sie zählte sich selbst zu dieser Generation. Einer Generation, für die Tätowierungen und Intimschmuck wenngleich nicht die Normalität, so doch auch keinen Tabubruch mehr darstellten. Es war nur eine begrenzte, öffentliche Zurschaustellung von Sexualität. Eher eine Art Exhibitionismus unter Eingeweihten. Und Hansen hatte nicht dazu gehört. Oder hatte nicht dazugehören wollen. So wie er darüber gesprochen hatte, lagen die Grenzen seiner sexuellen Phantasie wahrscheinlich irgendwo bei einer Missionarstellung auf dem Heuboden.

Die Pedalkraft ließ schlagartig nach, und ein dreimaliges Piepen signalisierte das Ende des Programms. Conni drückte die zweite Programmtaste. Vier Runden Auslauf mussten reichen. Der Mann neben ihr auf dem Crosstrainer warf ihr einen kurzen, interessierten Blick zu, dann schloss er wieder die Augen, und sein seliges Lächeln und rhythmisches Kopfnicken zeugten von stimulierender Musik aus den kleinen Ohrhörern, die er trug. Auch die beiden Mädchen auf den Laufbändern vor ihr waren mp3mäßig verkabelt, wie die kleinen Gürtelclips verrieten. Es sah fast so aus, als lauschten sie dem gleichen Lied, denn ihr Laufschritt hatte denselben Takt. Noch eine Runde. Inzwischen war Conni gut am Schwitzen. Ihre Pulsfrequenz lag immer noch bei 120. Fast ihr Idealwert. Wenn der Auslauf vorüber war, gab sie sich eine Minute, um auf ihren Ruhepuls zu kommen. Dann in den Kraftraum. Ihre Atmung wurde langsam ruhiger. Dreimal die Woche war Carola Hansen hier gewesen. Bot ein Fitnesscenter genug Abwechslung und Möglichkeiten, um ein unausgefülltes Eheleben kompensieren zu können? Oder hatte sie hier jemanden kennengelernt? Jemanden getroffen? Dreimal im Jahr war sie in Urlaub geflogen. Immer zwei Wochen, meistens Ibiza oder Mallorca. Alleine. Warum hatte er sie wegfahren lassen? Conni konnte es nicht glauben. Das Verhältnis der Eheleute Hansen barg einige Rätsel.

Der Mann ihr gegenüber an der Brustpresse fixierte sie mit einem ausgesprochenen Quäl-dich-Blick. Es hatte ihr nie etwas ausgemacht, angeglotzt zu werden. Trotzdem konnte sie auch Frauen verstehen, die deswegen in spezielle Fitnesscenter nur für Frauen gingen. Aber solch einen Luxus gab es nur in Großstädten. Und sie hatte schon immer begehrliche Blicke auf sich gezogen, solange sie denken konnte. Wie jetzt: Der Kerl blickte ihr eindeutig auf den Busen. Eins achtzig, blond, breitschultrig, hohe Wangenknochen. Sie kannte ihre Wirkung auf Männer. Nur leider waren es immer die falschen, die sich angesprochen fühlten. Die anderen trauten sich nicht. Und jetzt schon siebenunddreißig – nicht gerade das Idealalter für ein Kind. Außerdem fehlte dazu das Entscheidende: der richtige Partner. Seit einem knappen Jahr kein Sex mehr. Es war nicht so schlimm, wie es klang, aber als Dauerzustand war das nicht hinnehmbar. Die Auswahl wurde jedoch immer kleiner, denn Verheiratete kamen nicht in Frage. Mit Ausnahme von Leif vielleicht, der war schließlich nur noch auf dem Papier gebunden. Sie waren sich ein paarmal recht nahegekommen. Aber seit dem Sommer herrschte Funkstille. Hatte es an ihr gelegen? Die Signale waren doch sichtbar auf Grün gestellt gewesen, und Funkenflug hatte es auch reichlich gegeben. Dennoch war nichts passiert. Wahrscheinlich hing er doch noch an seiner Frau und den Kindern.

Aber wie und vor allem wo sollte man jemanden kennenlernen? Ihr Problem war die Zeit. Sie hatte kaum Zeit, sich Dingen zu widmen, in deren Umfeld man interessante Menschen treffen konnte. Über die Woche war sie im Dienst – da verbot sich die Suche, Leif einmal ausgenommen, von selbst. Nach ihrem Desaster mit Norbert kam ein Kollege nicht mehr in Frage. Und am Wochenende in Schwerin traf man entweder Pärchen oder Leute, die auf der Suche nach einem Abenteuer waren. Auf Anraten von Moni war sie sogar in einer Flirtbar gewesen. Schrecklich. Die Typen waren so was von daneben gewesen, da blieb sie lieber bis an ihr Lebensende solo. Ihre ehemalige Kollegin Kerstin hatte ihr erzählt, sie sei während der Woche einfach auf dem Campus der Uni herumgelaufen und hätte so getan, als studiere sie. Nach drei Wochen hatte sie in der Mensa dann ihren späteren Mann kennengelernt. Nicht wie geplant einen gutaussehenden Studenten, sondern einen fast zwanzig Jahre älteren Professor mit Glatze und Wohlstandsbäuchlein, aber die Rechnung war aufgegangen. Auf jeden Fall führten sie bis jetzt eine harmonische Ehe. Tja, Zeit musste man haben für derlei Experimente. Am Wochenende war der Campus bestimmt leer. Dabei hatte sie schon so viele Abstriche gemacht, hauptsächlich bei Äußerlichkeiten. Conni musste über sich selbst lachen. Ging das überhaupt?

Der gedrungene südländische Kerl an der Latrudermaschine reichte ihr vielleicht bis zu den Schultern. Selbst wenn er der liebenswürdigste Mensch auf der Welt gewesen wäre, sein Aussehen sprach sie einfach nicht an. Stiernacken, zusammengewachsene und daher gezupfte Augenbrauen und zu allem Überfluss noch eine schwarz glänzende Dauerwellenfrisur. Nein, so etwas ging schon mal gar nicht. Conni wechselte von der Schulterpresse an den Butterfly. Nur nicht zu viel Muskulatur aufbauen. Sie hatte eh schon ein breites Kreuz. Ein paar Zentimeter zu viel sahen da albern aus. Wenn nur der Busen nicht schlapp machte. Siebenunddreißig – irgendwann erschlaffte doch jedes Gewebe. Aber die Gene meinten es gut mit ihr. Erfreulicherweise hatte dieser Verfallsprozess noch nicht eingesetzt. Ein kleines Trostpflaster. Auch ihr Gewicht war exakt bei siebzig Kilogramm geblieben, obwohl sie seit einem Jahr keine Zigarette mehr anfasste. Heimlich hatte sie ja schon gehofft, etwas zuzunehmen, dann hätte sie einen Grund gehabt, wieder anzufangen. Aber es war nichts geschehen, und sie hatte durchgehalten.

Conni kontrollierte die Uhrzeit. Wenn sie noch unters Solarium wollte und das Ganze mit zumindest einem kurzen Saunagang abschloss, blieben ihr noch knapp zwanzig Minuten. Es war schon mehr als ein Bewegungsausgleich fürs Karate. Sie war inzwischen klitschnass. Langsam füllte sich das Studio. Bei den Männern war sofort zu erkennen, wer sich hier für einen Waschbrettbauch quälte und wer dieses Stadium bereits hinter sich gelassen hatte. Waschbrett sah eben nur bis zu einer bestimmten Gewichtsklasse gut aus, fand Conni. Man musste schlaksig sein. So wie Thor Hansen. Danach wirkte es albern. Und der Kraftprotz, der sich mit dem Trainer vorn an der Saftbar unterhielt, sah schon fast lächerlich aus. Er brachte bestimmt über hundert Kilo auf die Waage. Zwei Drittel des Gewichts verteilten sich dabei auf seinen Oberkörper. Die Arme hatten mehr Umfang als Connis Oberschenkel, und die waren wirklich alles andere als dünn. Wahrscheinlich unterhielten sie sich über die nächste Dosis von irgendwelchen Vitaminpräparaten. Es war ja inzwischen ein offenes Geheimnis, dass solche Körper nur in Kombination mit anabolikaähnlichem Zeugs designed werden konnten. Der Typ mit dem Meckischnitt prostete ihr zu und nickte freundlich, als sie das Studio verließ. Conni war sich absolut sicher, dass sein Blick auf ihrem Körper haftete, während sie hinausging.

Conni wartete, bis jemand in den Duschraum kam, den sie um etwas Duschgel bitten konnte. Schließlich kamen die beiden Mädchen, die vor ihr auf dem Laufband gewesen waren. Zwei Schülerinnen, wie man ihrem Gespräch über die Vor- und Nachteile der einzelnen Englischlehrer an ihrer Schule entnehmen konnte. Höchstalter dreizehn. Nicht Fisch und nicht Fleisch. Conni erinnerte sich mit Grausen. Wenigstens keine Tätowierungen. Noch nicht. Ihr Duschgel hatte eine besonders süßliche Note. Die beiden kreischten laut auf, als neben ihnen das eiskalte Wasser aus der Brause spritzte. Conni zwinkerte ihnen zu, bedankte sich und trocknete sich ab. Die Turbobräuner standen in Einzelkabinen. Sie hatte schon mit einer Warteschlange gerechnet, aber es gab genug Geräte. Es war so oder so recht leer im Saunatrakt, wie sie fand. Das musste an der Uhrzeit liegen. In Schwerin war sonntags immer die Hölle los. Die zwölf Minuten vergingen wie im Flug. Conni war fast eingeschlafen und erschrak, als sich die Röhren schlagartig abschalteten.

Sie ging nicht regelmäßig unters Solarium, aber vor dem nahen Urlaub konnte es nicht schaden, wenn man schon etwas vorgebräunt war. Sie wollte schließlich den ganzen Tag am Strand verbringen und keine Rollkur unter einem schattenspendenden Sonnenschirm absolvieren. Ein Kampf gegen den Sonnenbrand kostete nur unnötige Stunden im Schatten, und der Urlaub war kurz genug. Also war es mehr als wichtig, nicht als nordisches Bleichgesicht an der Algarve anzukommen. Die Hautfarbe musste dunkler als ihr Haar sein. Sonst wäre sie wahrscheinlich als Albino durchgegangen. Als

Jugendliche hatte sie zuerst unter ihren weißblonden Drahthaaren gelitten. Dazu noch die blonden Augenbrauen. Niemand außer ihr hatte blonde Schamhaare gehabt. Es war furchtbar gewesen – und dann hatte gleich ihr erster Freund davon geschwärmt, wie toll die hellen Härchen auf ihrer sonnengebräunten Haut schimmern würden. Alle hatten davon geschwärmt. Conni betrachtete sich im Spiegel. Nun, Schambehaarung war inzwischen aus der Mode, und ihre Wimpern tuschte sie immer noch dunkel. Und das würde sie auch weiterhin tun. Es konnte ihr ruhig mal wieder jemand ein Kompliment machen. Sie schnitt eine Grimasse und kontrollierte ihre Oberschenkel nach Ansätzen von Orangenhaut. Dann wickelte sie sich ihr Handtuch um die Hüften und ging in die Sauna.

Beate war das genaue Gegenteil von Angie. Ihr pausbackiges, rundes Gesicht fiel zuerst auf. Mit ihren dunklen Zöpfen hatte sie etwas von diesen russischen Babuschkas auf den ineinanderzusteckenden Holzpuppenschachteln. Auch der üppige Busen gab ihr etwas Matronenhaftes. Sie mochte so Ende zwanzig sein, und ihre etwas massige Erscheinung passte irgendwie nicht so recht hinter den Empfangstresen eines Fitnessstudios.

Beate war sichtlich betroffen, als Conni ihr den Grund ihres Besuches erklärte. Wie sie betonte, hatte sie Caro Hansen ganz gut gekannt. Sie waren nicht wirklich Freundinnen gewesen, aber über die vielen Jahre hätte sich schon so etwas wie Vertrautheit entwickelt. Als Beate hier zu jobben angefangen hatte, war Carola Hansen wochentags noch jeden Abend gekommen. «Nur übers Wochenende sah man sie nicht», erklärte Beate. «Keine Ahnung, warum. Die Caro hat sich immer wie eine Besessene auf alles Neue gestürzt. Die war richtig süchtig nach Bewegung, nach allem, was anstrengend war. Dabei hatte sie eine unglaubliche Kondition. Es brauchte nur irgendeine Mode aus den Staaten hier rüberzuschwappen – sie war dabei. Power Aerobic in allen Formen, Body Conditioning, Power Pilates, Bodypump, Dumbell, Grunch und Fatburner, selbst Box-Aerobic – alles hat sie gemacht. Aber seit einem Jahr war sie nur noch auf dem Styling Trip, BodySculp und so, hin und wieder ein Tai-Chi-Kurs.»

«Warum dieser plötzliche Wandel?»

Beate zuckte die Schultern. «Keine Ahnung», meinte sie. «Ausgepowert vielleicht. Sie war zwar immer noch gut drauf, das war sie immer, aber es schien ihr auf einmal auch wichtig zu sein, Blicke auf sich zu ziehen. Wichtiger als vorher jedenfalls, auch wenn sie schon immer ein kommunikativer Typ war. Ich weiß nicht, was in ihr vorgegangen ist, so nahe waren wir uns dann auch nicht.»

Conni versuchte, sich an das Gesicht der Toten zu erinnern. Vetters vorläufiger Bericht hatte keine Bilder enthalten. Carola Hansen war recht attraktiv gewesen. Für einige wahrscheinlich sehr attraktiv, aber das war subjektiv. «Hatte sie einen Freund?»

Beate lächelte. «Also, gekommen ist sie immer alleine.»

Conni erwiderte das Lächeln und zwinkerte ihr zu. «Aber gegangen nicht immer?», fragte sie mit wissendem Unterton.

«Nun ja, also das sollte man nicht falsch verstehen. Wir sind ja kein Swinger-Club hier. Aber sie war eben lebenslustig und einem Flirt nicht abgeneigt. Was man so an der Bar gesehen hat, war sie manchmal regelrecht von Typen umlagert.»

«Einen festen Freund hat sie nicht gehabt?» Wie Beate von Carola Hansen sprach, wusste sie mit Sicherheit nicht, dass sie verheiratet gewesen war. Caro Hansen hatte hier im Club also incognito ein zweites Leben geführt. Nur hier im Fitnesscenter, oder noch an anderen Orten?

Beate schüttelte den Kopf. «Nee, da war sie auch irgendwie gar nicht der Typ für. Was da sonst noch gelaufen ist, das weiß ich nicht. Aber ich könnte mir gut vorstellen, dass sie mit dem einen oder anderen auch so'n bisschen rumgeschnackelt hat.»

«Wie war das vorgestern?», fragte Conni.

«War mir klar, dass Sie das fragen würden.» Sie machte einen schweren Atemzug. «Soweit ich mich erinnere, ist sie gegen vier gekommen, etwas später als sonst. Alleine.»

«Und gegangen?»

«Ganz ehrlich: Ich hab nicht drauf geachtet. Am besten fragen Sie Tommy, das ist einer unserer Trainer. Er ist unten im Gerätepark. Vorgestern hat er abends an der Bar ausgeholfen.»

«Könnten Sie ihn hochbitten?»

Beate nickte und griff zum Telefon.

«Ich bräuchte eine Aufstellung von allen, zu denen Carola Hansen hier engeren Kontakt gehabt hat. Das Fitnesscenter wird sicherlich eine Mitgliederliste haben. Es reicht, wenn Sie mir die entsprechenden Namen markieren.»

Beate guckte sie entgeistert an. «Also, ich weiß nicht. Das darf ich nicht so einfach. Da muss ich erst Rücksprache …»

Conni nickte. «Klar, ich verstehe. Das muss auch nicht sofort sein. Es reicht, wenn ich die Liste morgen in der Dienststelle habe.» Sie zog eine Visitenkarte hervor und reichte sie Beate. Dann warf sie ihr einen eindringlichen Blick zu. «Es ist wirklich wichtig. Sie wollen doch auch, dass der Täter gefunden wird, oder?»

Beate schaute sie erschrocken an, als wäre der Verdacht völlig abwegig. «Meinen Sie denn, es könnte jemand von hier …»

«Eine Polizistin? Das hätte ich nun wirklich nicht gedacht.» Tommy war an den Tresen gekommen, blickte auf Connis Dienstausweis, dann in ihre Augen. Es war der Kerl, der sich unten an der Saftbar mit dem Bodybuilder unterhalten hatte. Jetzt war er ganz charming boy, Typ Skilehrer. Sein Blick war der einstudierte Versuch gebündelter Komplimente. Conni ignorierte es und erklärte ihr Anliegen.

Tommys Reaktion verriet Überraschung, aber keine Betroffenheit wie bei Beate. «Scheiße, als wenn ich es geahnt hätte», meinte er schließlich und schlug mit der Faust auf die Tischplatte.

«Was geahnt?», hakte Conni nach.

«Nein, das nicht. Nicht, was Sie denken … Aber Caro war so anders als sonst …»

«Wie anders?»

«Unruhig.»

«War sie in Begleitung? Wann ist sie gegangen?»

«Nein, sie war alleine. Hat auch nur kurz trainiert, höchstens zwei Stunden. Ich hatte Dienst an der Bar. Bevor sie runtergegangen ist, hat sie ein Wasser getrunken. Ich habe nicht auf die Uhr geguckt, aber so kurz vor acht muss sie abgehauen sein. Ich weiß noch, sie hatte ihre große Tasche mit und hat mir zugezwinkert. Gewöhnlich saß sie immer noch mindestens ein Stündchen an der Bar, bevor sie ging.»

«Waren Sie mal mit ihr zusammen?» Conni blickte ihrem Gegenüber genau in die Augen. Seine Lider zuckten erschrocken.

Tommy musste gemerkt haben, dass es ihr nicht entgangen war. Er machte keine Anstalten, es zu leugnen. Aber es war etwa zwei Jahre her, wie er betonte. Und es habe auch nur ein paar Wochen gedauert, dann hätte sie kein Interesse mehr an ihm gehabt. Sie wären gut Freund geblieben, aber sexuell sei danach nichts mehr gelaufen. Conni hatte auch Tommy eine Karte überreicht und ihn aufgefordert, sich in den nächsten Tagen wegen einer Speichelprobe in der Dienststelle einzufinden. Außerdem hätte sie noch ein paar Fragen an ihn. Er hatte sofort eingewilligt.

## Kapitel 7

Alle schienen fleißig gewesen zu sein. So wie es aussah, war er der Einzige, der am Sonntag nicht in der Dienststelle gewesen war, und Gero überkam so etwas wie ein schlechtes Gewissen, weil er den freien Tag genossen hatte.

Dabei hatte es zunächst gar nicht nach einem harmonischen Wochenende ausgesehen. Als Gero mit Max nach Hause gekommen war, hatte Lena wie erwartet bereits in der Küche gestanden und versucht, das Chaos zu ordnen. Der Abwaschstapel sah verheerend aus. Heimkehr und Begrüßung hatte sich Lena sicherlich anders vorgestellt, aber sie ließ sich nichts anmerken. Als Gero ihr von dem Mord erzählte und dass der Fall ihn aus dem Urlaub gerissen hatte, er somit zu fast nichts gekommen sei, gab sie ihm einen verständnisvollen, zärtlichen Kuss auf die Nasenspitze. Dann drückte sie ihm ein Geschirrtuch in die Hand. Erst als sie das Chaos gelichtet hatten, fiel Gero das Mitbringsel im Kofferraum seines Wagens ein, und er musste unwillkürlich lachen. Wo war er nur mit seinen Gedanken? Als Lena ihn nach dem Grund seiner Heiterkeit fragte, legte er beide Arme um ihre Schultern und gab ihr einen langen Kuss. Er freue sich, dass sie wieder bei ihm sei, hatte er geantwortet – die Überraschung wollte er sich für den nächsten Tag aufheben.

Max hatte sich gleich in sein Zimmer verkrochen und vor den Fernseher gehockt. Es gab irgendeine Reportage über die ‹Bismarck› und deren Untergang. Da waren die Eltern abgemeldet. Alles was mit Wasser und Schifffahrt zu tun hatte, übte eine magische Anziehungskraft auf ihn aus. Er hatte bereits bei Robin etwas zu Abend gegessen, und nicht einmal die Riesenportion Rührei, die Lena zubereitet hatte, konnte ihn aus seinem Zimmer locken, und so hatten sie den Abend in trauter Zweisamkeit verbracht.

Gero hatte darauf gewartet, dass Lena etwas von ihrem Seminar berichten würde, aber sie schwieg sich aus. Wahrscheinlich hatte sie sich köstlich amüsiert, dachte Gero. Von solchen Fortbildungsveranstaltungen hörte man ja so manches. Wenn die Seminare zu Ende waren, wurde die Runde meist feucht-fröhlich. Aber Gero kam nicht einmal dazu, sie mit irgendwelchen Sticheleien aus der Reserve zu locken. Nachdem sie gegessen hatten, war Lena förmlich über ihn hergefallen. Drei Tage Trennung, da sei das körperliche Verlangen wohl größer als sonst, hatte sie gemeint und ihn auf den Boden gezogen. Gero fragte sich, ob sie etwas vor ihm verheimlichte oder ein schlechtes Gewissen hatte. Sonst war sie nicht so fordernd, und das letzte Mal, dass sie sich außerhalb des Schlafzimmers geliebt hatten, lag schon einige Jahre zurück. Die halbe Nacht über hatte er sich mit der Frage beschäftigt, ob Lena in Berlin vielleicht etwas mit einem Kollegen gehabt hatte.

Sonntag war im Hause Herbst traditionell der Tag des Handwerks. Lena war aus allen Wolken gefallen, als Gero sie mit dem neuen Küchengehilfen bekannt machte. Das Anschließen des Geschirrspülers hatte sich allerdings komplizierter als gedacht erwiesen, wobei allein die Frage nach dem geeigneten Standort eine längere Debatte nach sich gezogen hatte. Schließlich hatten sie sich auf die Waschküche geeinigt, weil dort schon ein Wasseranschluss vorhanden war. Bis die Kiste lief, war dann doch noch gehörig Zeit verstrichen. Aus unerfindlichem Grund schien Geros Blaumann auf Lena einen besonderen Reiz auszuüben, denn sie war nicht von der Idee abzubringen gewesen, ihren Handwerker bei der Arbeit sexuell belästigen zu müssen. Gero fragte sich abermals, ob es einen ihm unbekannten Grund für dieses plötzliche Verlangen gab, kam aber zu keinem Ergebnis und beschloss, die Sache künftig nicht weiter zu hinterfragen.

Der Alltag war die ganze Zeit über weit weg gewesen. Über die jüngsten beruflichen Ereignisse hatte Gero nicht ein Wort verloren, und erst auf dem Weg zur Dienststelle holten ihn die Geschehnisse wieder ein. Als Conni ihm dann auch noch mitteilte, dass Carola Hansen allem Anschein nach einen Liebhaber gehabt hatte, waren Lenas spontane Gelüste auf einmal wieder präsent. War sie vielleicht gar nicht auf einer Fortbildungsveranstaltung, gar nicht in Berlin gewesen?

«Was macht eigentlich der Blumenstrauß auf deinem Tisch? Sag nicht, ich hätte da etwas vergessen.»

«Du hattest doch frei», entgegnete Conni. «Und meinen Siebenunddreißigsten hätte ich am liebsten selbst gerne vergessen.»

Gero pflügte sich verlegen mit den Fingern durchs Haar. «Dann eben nachträglich die besten Wünsche von mir. Und um die Ziffernfolge würde ich mir mal keine Gedanken machen. Bei mir steht vorne schon länger eine Vier.»

«Du bist auch verheiratet und hast zwei Kinder», seufzte Conni und lächelte gequält. Dann reichte sie ihm einen Schnellhefter. «Der kam vor einer halben Stunde per Boten. Scheinen kooperativ zu sein, die Leute von der Muckibude. Das ist die Mitgliederliste. Carola Hansen scheint dort so etwas wie ein Doppelleben geführt zu haben.»

Gero warf einen flüchtigen Blick auf die Liste und reichte sie Conni zurück. Geburtstag vergessen ging gar nicht. Dabei hätte ein Blick auf den Kalender gereicht. Warum Conni immer noch solo war, war ihm allerdings ein Rätsel. Sie hatte zwar mal angedeutet, da sei etwas mit einem Kollegen in Schwerin gewesen, aber die genauen Hintergründe kannte er nicht. So, wie sie es eben ausgesprochen hatte, war der ledige und kinderlose Zustand bestimmt nicht freiwillig gewählt. Merkwürdig war das schon. Conni sah überwältigend aus und war ein umgänglicher Kumpeltyp. Bei solchen Voraussetzungen sollte der Heiratsmarkt einem Heimspiel gleichen. Nun, vielleicht gab es da Dinge, die er nicht wusste. Und außerdem ging es ihn ja auch nichts an. «Erzähl, was du rausgefunden hast. Dann gehen wir danach das Protokoll der Vernehmung durch. Jörn hat schon etwas angedeutet. Es soll recht unkonventionell gewesen sein, um nicht zu sagen amüsant. Ich glaube, ich konnte so etwas aus seinem Grinsen herauslesen.»

«In der Tat. Obwohl …» Connis Lachen gefror augenblicklich. «Eigentlich ist das eher traurig. Aber der Reihe nach. Das Fitnesscenter scheint für Carola Hansen so etwas wie eine Kontaktbar gewesen zu sein. Ständig gab es irgendwelche Typen an ihrer Seite. Offenbar hat niemand gewusst, dass sie verheiratet war. Ich habe kurz mit einem Thomas Warnstedt gesprochen, nennt sich Tommy und ist dort Trainer. Manchmal steht er auch hinter der Bar. Er hatte kurz was mit Carola Hansen. Aber nach eigener Aussage hat sie ihm bald wieder den Laufpass gegeben. So wie er es ausgedrückt hat, war er dort nicht der einzige Kandidat. Ich habe ihm eine Vorladung zum DNA-Test in die Hand gedrückt. Das sollten wir mit einer ausgiebigen Befragung kombinieren.» Conni tippte auf die Liste. «Aber so, wie es ausschaut, werden wir hier wohl noch ein paar Leute mehr vorladen müssen. Die mit dem Kreuzchen vor dem Namen sind die, zu denen Carola Hansen nach Angaben der Mitarbeiter ein, nennen wir es besonderes Verhältnis gehabt hat. Ich zähle hier elf Namen. Leider gibt es keine übereinstimmenden Auskünfte, wer von denen am betreffenden Tag im Fitnesscenter anwesend war. Bei vier von ihnen ist man sich sicher. Mit denen fangen wir am besten an.»

«Wieso kommst du auf DNA? Die Spermaspuren?»

Conni nickte und verzog das Gesicht. «Ihr Mann kann sich nicht erinnern, wann er zuletzt mit seiner Frau geschlafen hat. Klang so, als läge es Monate oder Wochen zurück, keinesfalls aber Tage. Wir können nur hoffen, dass Vetters Laboranten da etwas zustande bringen.»

«Na klar. Da reichen winzige Mengen. Der Vetter sagt das immer nur so unverbindlich. Ich habe noch nie erlebt, dass bei Körpersekreten eine DNA nicht möglich war.»

«Aber selbst wenn wir ihn ausfindig machen – Carola Hansens Liebhaber muss nicht zwangsläufig ihr Mörder sein, oder?»

Gero sparte sich eine Antwort. Stattdessen griff er sich das Protokoll der Vernehmung von Thor Hansen und ging es Zeile für Zeile durch. Stellenweise machte er sich Notizen, fragte Conni nach einzelnen Details und ihrem Eindruck, wie Hansen auf einzelne Fragen reagiert hatte, ob er gezögert oder aufgeregt gewirkt hatte. «Da stecken jede Menge Hinweise drin, die es abzuarbeiten gilt», meinte er schließlich und klappte den Ordner zu. «Er war's nicht.» Gero blickte Conni eindringlich an und schüttelte den Kopf. «Er kann's nicht gewesen sein. Das Zeitfenster passt nicht.» Gero stand auf und riss ein altes Blatt vom Flipchart an der Wand. Dann malte er sorgsam fünf Punkte auf das Papier und verband sie mit einzelnen Linien. Um einen der Punkte, den er zusätzlich mit einem Kreuz markierte, zog er einen gestrichelten Kreis, der alle anderen Punkte einschloss. «Unser Fundort. Die Fähre. Leichenfund zehn Uhr morgens. Vetter sagt, Carola Hansen habe mindestens zwölf Stunden im Wasser gelegen, eher mehr. Zwischen Eintritt des Todes durch Ertrinken und der eigentlichen Tat hat ein Zeitraum von maximal einer Stunde gelegen. Das ist der große Kreis. Der Radius beträgt geschätzt eine knappe Stunde Autofahrt. Um zehn Uhr abends war Carola Hansen auf jeden Fall tot. Zuletzt gesehen wurde sie gegen acht Uhr in Lauenburg. Aufbruch mit unbekanntem Ziel. Du hast die Zeit gestoppt. Fahrzeit bis zum Fundort des Wagens höchstens zwanzig Minuten. Die weiteren Punkte sind Schmiegels Gasthof in Breitenfelde. Hier war Thor Hansen von acht Uhr abends bis etwa halb zwölf. Fahrzeit bis zur Fähre ebenfalls zwanzig Minuten. Bis zum Hof in Klein Klöritz etwa fünf Minuten länger. Dort wurde Carola Hansen um drei Uhr nachmittags zuletzt gesehen. Gegen vier kam sie im Fitnesscenter an. Wir haben also zwei Lücken. Erstens: Eine Stunde Fahrzeit zwischen Hof und Fitnesscenter ist deutlich zu viel.» Gero zeichnete ein großes Fragezeichen auf die Linie zwischen Klein Klöritz und Lauenburg. «Zweitens: zwischen acht und zehn Uhr abends. Die Tatzeit. Der Rest ist reine Spekulation.»

Conni grinste ihn unvermittelt an. Sie kannte das Spiel.

«Gut. Spekulieren wir», fuhr Gero fort. «Da es um acht Uhr abends noch hell ist, ist es mehr als unwahrscheinlich, dass der Täter Carola Hansen auf dem Parkplatz des Fitnesscenters eins über die Rübe gezogen hat. Sie wird sich irgendwo in Richtung Fundort des Wagens bewegt haben. Sonst hätte man die Leiche in die Elbe, aber nicht in den Elbe-Lübeck-Kanal geworfen. Das Zeitfenster verschiebt sich also mehr in Richtung zehn Uhr abends. Wir müssen abklären, welches Ziel Carola Hansen von Lauenburg aus angesteuert hat. Du hast die Liste.» Gero grinste. «Nimm dir die zuerst vor, die am betreffenden Abend *nicht* da waren.»

Conni nickte. «Du hast recht. Sonst wäre man vermutlich gemeinsam aufgebrochen. Und Thomas Warnstedt hat gesagt, sie sei allein gewesen.»

«Danach kümmerst du dich um den Wagen. Oder liegen da schon Ergebnisse vor?»

«Nein. Peter ist mit Matthias auf Hansens Hof. Sie durchforsten die Sachen von Carola Hansen. Weißt du, was mich total fuchsig macht?»

«Na?»

«Carola Hansen ist dreimal im Jahr irgendwo in den Urlaub geflogen. Irgendwohin ans Meer. Alleine an den Strand, in die Sonne. Und den verdammten Typen hat das überhaupt nicht interessiert. Das musst du dir mal vorstellen. Der hat sie einfach fahren lassen, ohne zu wissen, wo die eigentlich hingeflogen ist. Ich fass es nicht.»

«Ja, ich hab's gelesen. Er muss ziemlich einen an der Schelle haben. Aber das hat uns nur sekundär zu interessieren – Thor Hansen kann's nicht gewesen sein.»

«Vielleicht finden das Trüffelschwein und Matthias unter ihren Sachen ja irgendwelche Hinweise darauf, wohin sie geflogen ist. Erinnerungsstücke, Flugtickets oder sonst was. Ich kann mir nämlich gut vorstellen, dass sie in Wirklichkeit nicht alleine geflogen ist.»

«Ja, da kannst du recht haben mit der Vermutung.» Gero dachte plötzlich an Berlin, an Lena, dachte an ausgefallene Sexpraktiken und Fortbildungsseminare. «Wir werden sehen. Kümmere dich erst mal um die Leute vom Fitnesscenter, ich werde derweilen den Eltern von Carola Hansen einen Besuch abstatten. Danach werde ich mich ein wenig in Klein Klöritz umhören. Vielleicht ist mir Hauptmeister Bude dabei behilflich. Er kennt die Leute da. Außerdem schnackt er platt. Das hilft über die ersten Hürden hinweg.»

Garsten unterschied sich nicht wesentlich von Klein Klöritz. Zumindest nicht, was die dörfliche Struktur betraf. Es war eine dieser letzten Bastionen, die während der deutschen Teilung wie mutige, aber fast verlassene Zipfel entlang des ehemaligen Todesstreifens eine kümmerliche Existenz geführt hatten. Wer irgendeine Chance gehabt hatte, war weggezogen. Die, die geblieben waren, waren hier geboren und würden hier auch sterben. Begraben auf dem kleinen Friedhof vor der alten Feldsteinkirche mit dem freistehenden Holzturm. Garsten hatte das Kirchspiel, Klein Klöritz, der Nachbarort, den Fußballplatz und die Freiwillige Feuerwehr.

Es gab keine Attraktionen, also auch keine Investoren. Wider Erwarten hatte der Ort auch nach Öffnung der Grenze sein Schattendasein fortgesetzt. Die Außenwelt interessierte sich nicht für Garsten, und in Garsten interessierte man sich nicht für Dinge, die jenseits von Klein Klöritz lagen. Oder besser gesagt jenseits des Fußballplatzes und der Feuerwehr. Man hätte glauben können, sogar die Wiedervereinigung wäre hier unbemerkt geblieben, wenn Garsten nicht so nah an der Grenze gelegen hätte. Ewald Schönborn war hier seit dreißig Jahren Bürgermeister. Ein Ort ohne Veränderungen. Schönborn schien seine Sache gut zu machen. So gut, dass er nach der letzten Wahl selbst vonseiten der Opposition als Kandidat vorgeschlagen wurde. Das war nicht nur in Garsten der Fall. Die erdrutschartigen Verluste der Sozialdemokraten, die den ganzen Kreis auf einen Schlag schwarz gefärbt hatten, hatten eine Handvoll überraschter Oppositionspolitiker quasi gezwungen, vorläufig die bisherigen Amtsinhaber zu unterstützen. Wen hätte man auch aufstellen sollen. Niemand hatte wirklich damit gerechnet, dass eine Protestwahl gegen die Bundesregierung auch auf Kreisebene solche Folgen haben könnte.

Ewald und Brigitte Schönborn wohnten in einem dieser Häuser, deren Gleichförmigkeit aus einem Musterhauskatalog der achtziger Jahre zu kommen schien. Klinker, Betonpfanne, Dachgauben, Regenrinnen aus Kupfer und ein Carport, der einem deutschen Mittelklassewagen mit Stern als Heimat diente. Briefkasten aus Edelstahl, darüber zwei Strahler mit Bewegungsmeldern. Hinter der Einfriedung aus sorgsam vermauerten Feldsteinen der obligatorische Steingarten. Die austauschbare Eintönigkeit setzte sich im Arrangement des Gartens fort. Alles war aufgeräumt.

«Wir haben Sie erwartet.» Ewald Schönborn bat Gero ins Haus. Sein Gesicht wirkte eingefallen. Trauer und wahrscheinlich eine schlaflose Nacht hatten tiefe Furchen gegraben. «Kommen Sie bitte in die Stube.»

Rauch hing in der Luft. Dem Zustand des gläsernen Aschenbechers auf dem Wohnzimmertisch nach zu urteilen, musste Schönborn Kettenraucher sein. Seine Frau saß auf dem Sofa und gab ein zitterndes Schluchzen von sich. Ewald Schönborn rückte einen Stuhl vom Tisch ab und bot Gero an, Platz zu nehmen. Im Hintergrund flimmerte tonlos ein Fernsehgerät. Frau Schönborn blätterte mechanisch in einem Fotoalbum, das sie auf dem Schoß liegen hatte. Dann blickte sie Gero plötzlich erwartungsvoll an, als könne der Gast das Geschehene rückgängig machen. Ihre Augen waren verheult. Gero verspürte Unbehagen. Auf dem Tisch standen zwei Cognacschwenker. Er setzte sich. «Ihre Tochter ist einem Verbrechen zum Opfer gefallen.»

Schönborn nickte und zündete sich eine Zigarette an. «Haben Sie den Täter schon?»

«Wer tut denn so etwas?» Brigitte Schönborn hatte getrunken. Gero konnte ihren Atem sogar über den Tisch hinweg riechen. Aber sie war nicht betrunken. Wahrscheinlich war sie Alkoholikerin. Ihr Gesicht wirkte aufgedunsen, und die Nasenflügel waren leicht geweitet – bei Frauen oft Anzeichen für regelmäßigen Alkoholkonsum. «Caro war so ein hübsches Mädchen. Hier, wollen Sie mal sehen?» Sie reichte Gero das Album entgegen.

«Lass man jetzt gut sein, Brigitte.» Ewald Schönborn machte eine Einhalt gebietende Geste. «Der Mann tut doch nur seine Pflicht.»

«Nein, wir wissen leider noch nicht viel.» Gero nahm das Fotoalbum trotzdem entgegen, und sein Blick huschte flüchtig über die eingeklebten Bilder, die ein etwa zwölfjähriges Mädchen mit langen Zöpfen zeigten. Auf allen Bildern zog Carola Schönborn einen verführerischen Schmollmund.

«Möchten Sie?» Ewald Schönborn hielt Gero die Zigarettenschachtel hin. Reval. Gero lehnte dankend ab. So, wie die Bude verqualmt war, reichte schon ein gewöhnlicher Atemzug, um den ehemaligen Raucher in ihm zu wecken. Seit einem halben Jahr hatte er keine Zigarette mehr geraucht, und es kam nur im äußersten Notfall vor, dass er sich eine ansteckte. Und hier lag kein Notfall vor, obwohl es die Situation vielleicht entspannt hätte. «Es stört Sie doch hoffentlich nicht?»

«Nein. Ganz und gar nicht. – Wie Sie sich vorstellen können, habe ich einige Fragen an Sie.»

«Wir wissen doch auch nichts», wimmerte Brigitte Schönborn. «Der Thor wird's doch nicht getan haben?»

«Red nicht so einen Quatsch, Brigitte.»

«Würden Sie Thor Hansen denn so etwas zutrauen?», hakte Gero nach.

«Ach was», antwortete Ewald Schönborn stellvertretend für seine Frau. «Der doch nicht. Der würde doch nicht mal das auf die Reihe kriegen.»

«Sie mochten Ihren Schwiegersohn nicht sonderlich?»

«Was soll man von so einem schon halten?»

«Jetzt bist du ungerecht, Ewald.»

«Hör auf zu jammern, Brigitte. Wenn ich's dem Kommissar nicht sage, dann wird er's von jemand anderem erfahren. Zwitschern ja schließlich die Spatzen vom Dach.» Schönborn suchte in dem überfüllten Aschenbecher einen Platz, wo er seine Kippe ausdrücken konnte. Die Zigarette war bis auf einen winzigen Stummel heruntergebrannt. Auf der anderen Seite fielen einige Kippen und ein Haufen Asche auf die bestickte Tischdecke.

«Was denn erfahren?», fragte Gero.

«Dass die Hansens einen anner Klatsche haben.»

«Aber Ihre Tochter hat Thor Hansen geheiratet. Hat sie ihn nicht geliebt?»

Ewald Hansen zog die nächste Reval aus der Schachtel. «Der Teufel hat sie geritten, dass sie sich von so einem hat schwängern lassen.»

«Ewald!»

«Sei still! Der Kommissar wird's doch eh rausfinden.

Du brauchst dem nix vonnem kleinen Carolein erzählen. Hier!» Schönborn nahm ihr das Album weg, legte es vor Gero auf den Tisch und blätterte einige Seiten weiter. Viele Fotos waren herausgerissen worden. Hässliche Spuren zierten den Karton. Die Trennblätter waren eingerissen oder hatten Eselsohren. Carola Schönborn trug einen knappen Bikini, saß verführerisch an einem Campingtisch, in der Hand eine Bierflasche. Auf einem anderen Bild trug sie eine Lolitabrille, hatte sich einen Leberfleck angemalt und die Lippen tiefrot geschminkt. Dann Motorradkleidung – sie musste etwa sechzehn gewesen sein. Immer alleine. Immer die verführerische Pose. Oben ohne am Baggersee. Haare hochgesteckt, wieder Bierflasche in der Hand, Zunge herausgestreckt, zu stark geschminkt, auf dem Sozius einer Harley …

«Mit vierzehn fing es an», meinte Schönborn. «Sie machte, was sie wollte. Fing an zu trinken, düste mit irgendwelchen Kerlen los, kam nachts nicht nach Hause. Mit fünfzehn hat sie die Schule geschmissen. Ging einfach nicht mehr hin. Was hätten wir denn machen sollen? Mit uns wollte sie nicht reden. Wir waren doch die Spießer vom Dorf. Kurz vor ihrem sechzehnten Geburtstag brachte sie ein Hamburger Streifenwagen nach Hause. Ein Hamburger! Die Polizei hatte sie in einem Lokal auf der Reeperbahn aufgegriffen. Nein, nicht Disco, in einer richtig fiesen Spelunke …» Ewald Schönborn nahm einen tiefen Lungenzug. «Das nächste Mal müssten wir sie abholen, meinte der Beamte.» Er blickte Gero resigniert in die Augen. «Sie hätten die Kerle sehen sollen, die hier ankamen.»

«Hat Ihre Tochter Kontakt zur Drogenszene gehabt?»

«Nein, mit Drogen hatte sie nichts. Das heißt, sie hat wohl mal eine Zeit lang so Tabletten geschluckt. Meine Frau hat sie in ihrem Zimmer gefunden und gefragt, ob sie krank sei. Da ist sie völlig ausgerastet. Das wären Tabletten, die nähmen alle, wenn man in der Disco nicht müde werden wolle, hat sie erklärt. Muss so eine Art Aufputschmittel gewesen sein. Wir haben versucht, mit ihr zu reden, wir haben unser Möglichstes getan.»

«Ich glaube es Ihnen.» Gero blätterte noch einmal durch das Fotoalbum. Pubertäre Entgleisungen. Er dachte an Charlotte. Wann würde seine eigene Tochter mit solchen Eskapaden beginnen? Er blätterte weiter. Auf den letzten Seiten waren alle Bilder herausgerissen. «Hatte Ihre Tochter eine Ausbildung?»

«Ja, Gott sei Dank.»

«Friseurin hat sie gelernt», erklärte Frau Schönborn.

«Da war dann Schluss mit dem ungeordneten Leben.» Ewald Schönborn bekam einen Hustenanfall. Es war die dritte Zigarette während der letzten zwanzig Minuten. Gero rechnete hoch. Schönborn musste mehr als fünf Schachteln am Tag rauchen. «Sie musste ja morgens früh raus. Werktags war Hamburg dann zu weit. Dann ist Caro mit Freunden aus der Umgebung losgezogen. Grillen am Baggersee und so. Am Wochenende sind sie meistens an die Ostsee gefahren.»

«Wann hat sie denn Thor Hansen kennengelernt?»

«Ach, das war die Zeit, als sie immer mit der Jaqueline aus Klein Klöritz rumhing. Die hat auch Friseuse gelernt. Eigentlich kannte Caro den Thor ja schon immer. So weit sind die Dörfer schließlich nicht auseinander. Na ja, und dann war sie plötzlich schwanger.»

«Wie alt war sie da?»

«Das war kurz nach ihrem zwanzigsten Geburtstag.»

Gero machte sich Notizen. «Haben Sie den Namen von dieser Jaqueline?»

«Timmermann. Jaqueline Timmermann. Aber die wohnt schon lange nicht mehr in Klein Klöritz. Ich glaube, die ist ins Ausland gegangen.» Schönborn warf seiner Frau einen fragenden Blick zu, aber Brigitte Schönborn zuckte ahnungslos mit den Schultern.

Gero notierte den Namen. «Die Eltern oder irgendwelche Angehörige?»

«Ihre Eltern leben nicht mehr, aber ihr Bruder Lukas wohnt noch hier. Er arbeitet in Mölln bei einem Landmaschinenhandel. Der müsste das genau wissen, schließlich war er auch immer mit dabei, wenn die losgezogen sind.»

«Was ist aus dem Kind geworden?»

Gero merkte, wie Brigitte Schönborn zusammenzuckte. «Kurz nach der Hochzeit hatte Caro eine Fehlgeburt», erklärte sie. «Danach konnte sie wohl keine Kinder mehr bekommen. Dabei hatte sie sich Kinder doch immer so gewünscht. Einen ganzen Haufen …» Sie schnäuzte sich.

Gero wusste, dass die Geschichte mit der Fehlgeburt gelogen war. Ob ihre Eltern davon wussten, war eine andere Sache. Wohl eher nicht, denn auch der angebliche Kinderwunsch, von dem ihre Mutter sprach, wollte überhaupt nicht zu dem Bild passen, das Gero inzwischen von Carola Schönborn im Kopf hatte. War die Schwangerschaft ein Köder gewesen, um an Hansen heranzukommen? Aber warum gerade Hansen? Thor Hansen war doch dem Anschein nach ein ziemlicher Tollpatsch, den hätte sie auch anders bekommen können. «Wie war denn das Verhältnis zu Ihrer Tochter nach der Hochzeit? Immer noch angespannt?»

Schönborn lächelte und schüttelte den Kopf. Abermals steckte er sich eine Zigarette an. «Sie war ja nie da. Die Caro ist doch nicht mal mehr sonntags zu Kaffee und Kuchen gekommen. Das müssen Sie sich mal vorstellen. Man wohnt nur wenige Kilometer voneinander entfernt ... Auf der anderen Seite waren wir natürlich froh, dass sie ihr Auskommen hatte. Hansen ist ziemlich, na sagen wir mal, es geht ihm nicht gerade schlecht.»

«Aber Sie mögen ihn nicht?»

«Das steht auf einem anderen Blatt.»

Gero wollte in dieser Situation nicht weiterbohren. In einem Dorf war es eine Kleinigkeit, das Verhältnis der beiden Familien zueinander auszuleuchten. Meist erfuhr man von Dritten dabei sogar mehr, als einem lieb war. Es war an der Zeit, das Standardprogramm abzuspulen. «Fällt Ihnen irgendjemand ein, der einen Grund gehabt haben könnte, Ihre Tochter zu töten?»

Ewald Schönborn blickte seine Frau an. Dann schüttelte er stumm den Kopf. Brigitte Schönborn tat es ihrem Mann gleich.

«Entschuldigen Sie die indiskrete Frage, aber es besteht der dringende Verdacht, dass Ihre Tochter einen Liebhaber gehabt haben könnte. Ist Ihnen darüber etwas zu Ohren gekommen?»

«Nein», antwortete Schönborn prompt. «Und das hätte sie uns auch bestimmt nicht erzählt, weil sie genau wusste, wie wir reagiert hätten.»

Gero hatte das erste Mal den Eindruck, einem zornigen alten Mann gegenüberzusitzen. Einem alten Mann, der vom Leben enttäuscht war. «Wann haben Sie Ihre Tochter das letzte Mal gesehen?»

«Lassen Sie mich überlegen. Ja, jetzt fällt es mir ein. Vor etwa zwei Wochen war sie kurz hier und fragte, ob wir noch die Geburtsurkunde von ihr hätten. Keine Ahnung, was sie damit wollte. Wir hatten ihr vor der Hochzeit alle Dokumente ausgehändigt, aber vielleicht wollte sie nur die Gebühren für die Beglaubigung sparen. Sie fand aber tatsächlich noch ein Exemplar im Familienbuch. Ja, so war das.»

Gero klappte sein Notizbuch zu und erhob sich. Er legte eine Karte auf den Tisch und nickte betroffen. «Herr Schönborn, Frau Schönborn. Es tut mir außerordentlich leid. Wir tun, was in unserer Macht steht, den Täter zu finden.»

Brigitte Schönborn lief eine Träne über die Wange. «Wir würden unsere Tochter gerne beerdigen.»

«Selbstverständlich. Ich werde mit dem Staatsanwalt sprechen, ob etwas dagegen spricht, den Leichnam zur Bestattung freizugeben. Sie hören von mir.»

## Kapitel 8

Es war doch immer dasselbe. Man konnte fast die Uhr danach stellen. Jedes Mal, wenn er sich einen Tag Auszeit nehmen wollte, passierte so etwas. Und jetzt auch noch ein handfester Mord. Dass es einer war, daran war kaum zu zweifeln, wenn es stimmte, was man ihm mitgeteilt hatte: männliche Leiche inmitten des Sonnenblumenlabyrinths von Fredeburg, gefesselt und mit einem Loch im Kopf. Leif zog die Wagentür ins Schloss und startete den Motor. Der Sechszylinder-Boxer brüllte auf. Es war viel zu heiß. Die Ledersitze hatten Herdplattentemperatur, das Lenkrad konnte man fast nicht anfassen. Leif ließ das Fahrerfenster bis zum Anschlag nach unten. Die Jeans klebte an den Beinen. Er nahm das Handy aus der Halterung und vergewisserte sich noch einmal bei der Leitstelle, dass niemand vergessen worden war. Aber die Spurensicherung war verständigt, der dicke Vetter bereits unterwegs, und Conni erwartete ihn mit den Kollegen von der Bereitschaft vor Ort. Selbst an ein kleines Interventionsteam mit einem Seelsorger hatte man gedacht. Einige Schüler aus der Klasse, die den Toten entdeckt hatte, brauchten seelischen Beistand und psychologische Betreuung. Die Lehrer hatten sich den Klassenausflug bestimmt auch anders vorgestellt. Leif war gespannt, was ihn vor Ort erwartete. Da war zuerst Conni, und das allein sollte Entschädigung genug für die düsteren Tage der letzten Wochen sein. Andererseits war ihm nach allem anderen als nach einem unverbindlichen Flirt zumute. Frau Oberkommissarin war so ziemlich das Attraktivste, was ihm in den letzten Jahren untergekommen war. Und sympathisch war sie auch noch. Die Drosselklappe nur halb zu öffnen kostete ihn bei dieser Konstellation eine ziemliche Überwindung. Angesichts der dunklen Wolken, die sich über ihm zusammengezogen hatten, war ihm jedoch jede Ablenkung willkommen.

Lutz' Zustand hatte sich halbwegs stabilisiert, aber man hielt ihn immer noch in einem künstlichen Koma. Alle notwendigen Operationen waren zufriedenstellend verlaufen, nach Auskunft der Ärzte würde er es schaffen. Ein kleiner Lichtblick am Horizont, auch wenn es etliche Jahre dauern konnte. Das Berufsleben war für Lutz jedenfalls beendet, zumindest bei der Polizei. Das war bereits durchgesickert, als es um die Versorgungsleistungen ging. Selbstverständlich hatte er Steffi bei den Anträgen und der ganzen Bürokratie geholfen. Wenigstens stellte sich niemand quer oder legte den Leidtragenden auch noch Steine in den Weg. Lutz und Steffi hatten gute Versicherungen abgeschlossen. Die richtigen, wie sich gezeigt hatte. Es gab also einen kleinen Spielraum, und es gab Hoffnung. Steffi hatte die ganze Sache besser weggesteckt, als Leif befürchtet hatte. Die erwartete Hysterie war ausgeblieben, die Emotionen waren trotz dieses Schicksalsschlags nicht übergekocht. Alle Hilfe hatte sie gerne angenommen, aber Steffi hatte sofort gemerkt, dass Leif eine gewisse

Distanz aufrechterhalten wollte, und er war ihr dankbar, dass sie diese Grenze nicht überschritt. Ihr ehemaliges Verhältnis blieb unausgesprochen. Vielleicht lag es auch an ihrer neuen Rolle und der Verantwortung gegenüber den Kindern, die sie nun erst mal alleine tragen musste.

Am meisten ärgerte es Leif, dass ihm bei der Aufklärung von Lutz' sogenanntem Dienstunfall die Hände gebunden waren. Offiziell lag der Fall beim LKA, aber Leif wusste, dass sich dort niemand wirklich verantwortlich fühlte und konkrete Schritte unternahm. Spurensicherung und Beweisaufnahme waren abgeschlossen, das Verfahren hing so lange in der Luft, bis Lutz vernehmungsfähig war. Brandbeschleuniger hatte man nicht nachweisen können. Dafür Alkohol. In Lutz' Blut. Und zwar nicht zu knapp. Es war ungeheuerlich. Zu allem Überfluss hatte Polizeidirektor Semmler ihm zu verstehen gegeben, dass er persönlich dafür sorgen würde, Leif vom Dienst zu suspendieren, falls er in eigener Sache recherchieren oder den Kollegen vom LKA dazwischenfunken würde. Die Ansage war eindeutig gewesen, und Leif zweifelte nicht daran, dass es Horst Semmler ernst damit war. Daniel Richter hielt ihn auf dem Laufenden. Der große Bruder, wie Richter wegen seiner Arbeit beim Erkennungsdienst von Leif genannt wurde, hatte angedeutet, dass es bei den Organisierten, also dem Dezernat 200, für das Lutz zuletzt tätig gewesen war, nur kurz Bewegung in der Sache gegeben hatte. Zumindest hatte man die Fühler nach Milan ausgestreckt. Aber dessen Alibi schien dicht zu sein. Es gab Fotos, Pressefotos, und sogar einen Livemitschnitt des

Fernsehens, die ihn am betreffenden Tag zusammen mit dem albanischen Staatschef auf dem Flughafen von Tirana zeigten.

Auffällig war, dass sich Milan ohne seine Leibgarde in der Öffentlichkeit gezeigt hatte. Noch dazu in einer Region, in der man immer noch mit spontanen Gewaltübergriffen zu rechnen hatte – insbesondere wenn man aus seiner politischen Gesinnung nie einen Hehl gemacht hatte. Aber Milan war schlau. So schlau, dass man ihn nicht einmal als Kriegsverbrecher in Den Haag hätte anklagen können, da er sich stets im Hintergrund gehalten hatte. Und da man wusste, dass Milan sich niemals selbst die Hände schmutzig machte, konnte es durchaus von Bedeutung sein, dass Drago und Mirco nicht bei ihm waren. Hoffentlich sahen die Kollegen das genauso. Bislang fehlte jede Spur von den beiden. Niemand konnte sagen, ob sie sich noch im Land aufhielten.

Der Stand der Dinge war also alles andere als befriedigend. Umso mehr freute er sich auf Conni, auch wenn die Begleitumstände ihrer beider Zusammenarbeit immer blutrünstig waren. Das brachte ihr Job nun einmal mit sich. Leif passierte das Ortsschild von Fredeburg und bremste den Wagen auf eine zweistellige Geschwindigkeit herunter. Das Sonnenblumenlabyrinth lag irgendwo in Richtung Wisentgehege. Auf der rechten Seite tauchten die Hofanlagen der Domäne auf. Fredeburg war bekannt für den Zusammenschluss mehrerer Landwirte und Erzeuger, die sich konsequent der Vermarktung von Bioprodukten verschrieben hatten. Dabei beschränkte sich das Angebot nicht wie so oft auf ein anonymes Gütesiegel, das die Zwetschgen aus Indonesien oder Erdbeeren aus Bolivien im Januar auf so manchem Biohof nur wenig fragwürdiger aussehen ließ, sondern nur auf heimische Produkte, deren Ernte, Produktion und Verarbeitung für den Besucher vor Ort erlebbar gemacht wurden. Im letzten Monat war Leif mit den Zwillingen beim dortigen Käsebauern gewesen. Besonders die Ziegen und Schafe hatten es Annika und Sophie angetan.

An der Kreuzung nach links. Das Labyrinth war mit einem provisorischen Hinweis ausgeschildert. Leif erinnerte sich. Eigentlich hatte er in diesem Jahr vorgehabt, mit der ganzen Familie diese Drei-Muskel-Tour zu machen, die hier irgendwo ganz in der Nähe angeboten wurde. Eine Art Rallye, bei der man sich in Gruppen mit den abenteuerlichsten Gefährten durch die Natur bewegte, Draisinen, Kanus und auf sogenannten Konferenzrädern, bei denen man sich während der Fahrt im Kreis gegenübersaß. Es wäre mit Sicherheit spaßig geworden, aber Miriam hatte schon auf dem Vorweg abgewinkt. Genau genommen konnte er sich auch Spannenderes vorstellen, als gemeinsam mit seiner *Noch-Nicht-Ex* auf einer Draisine zu schuften; es wäre für die Kinder gewesen. Aber sie hatte das Sagen, und er wollte keine weitere Verschärfung der Verhältnisse. So war es bei der bisherigen Regelung geblieben: alle zwei Wochen die Achtjährigen, und den Internatsbesucher Finn im Wechsel. Die Zwillinge hatte er gestern Abend nach Hamburg zurückgebracht. Aber so wie es aussah, konnte er das kommende freie Wochenende streichen, da er sich mal wieder bei den Ratzeburgern einzuquartieren hatte. Die Absperrung kam in Sicht. Conni war nicht zu übersehen. Ihre Haare glänzten ihm auf hundert Meter entgegen.

Sie sah so aus, wie sie immer aussah. Jeans, T-Shirt, Turnschuhe, Wildlederjacke. Einfach phantastisch. Conni hätte auch einen Kartoffelsack und Gummistiefel tragen können, es hätte den Eindruck nicht geschmälert. Jetzt noch eine angemessene Begrüßung. Leif schob die Sonnenbrille nach oben und blinzelte sie gegen das Sonnenlicht an. «Meine Lieblingskollegin. Schön, dich zu sehen.» Er verzichtete auf einen Handschlag.

Sie lächelte. Na also. «Hallo Leif. Du rauchst wieder?»

Die Frage musste ja kommen. «Hast du mich tatsächlich ertappt.» Er trat die Zigarette auf dem Boden aus, hob sie sogleich wieder auf und steckte die Kippe ein. Es ging schon los mit der Unkonzentriertheit. Verunreinigende Spuren beim ersten Angriff. Ein Anfängerfehler. «Vielleicht habe ich einfach zu viel um die Ohren in letzter Zeit. Ich weiß auch nicht. Es sollte nur eine zur Beruhigung sein, und abends war die Schachtel plötzlich leer.» Sie bohrte nicht weiter. «Wie lange seid ihr schon hier?», fragte er.

Conni reichte ihm zwei Füßlinge aus Plastik und schaute zur Uhr. «Gute Stunde, würde ich sagen.» Sie deutete zur Absperrung und verscheuchte eine Wespe mit der Hand. Gemeinsam gingen sie zum Feld mit den mannshohen Sonnenblumen, vor dem Schweims Leute eins ihrer zweckentfremdeten Partyzelte aufgebaut hatten. «Ist wahrscheinlich überflüssig», meinte sie, als er die Füßlinge überstülpte. «Peter meint, es gibt keine verwertbaren Spuren. Zumindest hat er bislang nichts gefunden.»

«Und der Tote?»

«Timo Schlohmann, Alter sechsundzwanzig, wohnt in Boizenburg. Ausweispapiere, Geld, Schlüsselbund und Handy haben wir in seinen Taschen gefunden.»

«Man sagte mir etwas von gefesselten Händen?»

Conni nickte. «Schau's dir selber an.» Sie zeigte auf ein Markierungsband auf dem Boden, das zwischen den Sonnenblumen verschwand. «Damit wir uns nicht verlaufen.»

«Fast so wie bei Hänsel und Gretel», entfuhr es Leif. Auf dem Weg ins Labyrinth begegneten sie an mehreren Stellen den Kollegen von der Spurensicherung, die den Boden immer noch nach möglichen Hinweisen absuchten. «Wenn nur die ganzen Viecher nicht wären.» Ständig schwirrten irgendwelche Fliegen und Käfer, Schmetterlinge und andere Insekten vor ihren Köpfen herum. «Völlig idiotischer Tatort», murmelte er.

«Magst du keine Sonnenblumen?»

«Nicht wenn sie in Überzahl sind», entgegnete Leif. Dann blieb er stehen und betrachtete die riesigen Blüten. «Ist doch ganz einfach», meinte er schließlich. «Die Orientierung verliert man nicht, wenn man weiß, dass alle Blüten immer in die gleiche Richtung zeigen. So kennt man die grobe Richtung.»

«Sehr schlau.» Conni verdrehte die Augen. «Ich kann die Markierung ja mal wegnehmen und die Zeit stoppen, wie lange du brauchst, um wieder herauszukommen.» Nach etwa fünf Minuten hatten sie das Ziel erreicht. Vetter stand zusammen mit Peter Schweim und drei weiteren Kollegen neben dem Leichnam, den man mit einer weißen Folie abgedeckt hatte. Das Trüffelschwein, wie der Chef der Spurensicherung aufgrund seines Familiennamens intern genannt wurde, schüttelte den Kopf, als er Leif erkannte. Der Gerichtsmediziner kam ihnen ein paar Schritte entgegen.

«Tach, die Kollegen.» Vetters Händedruck war unsympathisch feucht. Wahrscheinlich Schwitzwasser, dachte Leif, und wischte sich reflexartig die Handfläche an der Hose ab. Bei diesen Temperaturen hatte der schwergewichtige Mediziner nicht nur mit seiner Kurzatmigkeit, sondern bestimmt auch mit seinem Wasserhaushalt zu kämpfen. «Na, was hat der Medizinmann für mich?»

Vetter beugte sich über den Toten und schlug die Folie zurück. «Sieht nicht nach einer Allergie gegen Sonnenblumen aus, oder?» Auf der Stirn des Toten war deutlich das Einschussloch zu erkennen. Die Haut drumherum war dunkel gefärbt.

«Aufgesetzt?», fragte Leif.

Vetter nickte. «Kaliber 7.65, da bin ich mir ziemlich sicher. Scheint eine regelrechte Hinrichtung gewesen zu sein. Austrittsöffnung neben der Wirbelsäule.» Er deutete auf die Arme des Toten, die mit Kabelbindern auf dem Rücken fixiert waren. «Der Mann hat gekniet, als er erschossen wurde. Darauf weist auch der Eintrittswinkel hin.»

«Aber nicht hier», ergänzte Peter Schweim. «Wir haben nichts gefunden. Weder Hülse noch Projektil. Nicht einmal Schmauchreste oder Blutpartikel auf dem Boden. Wenn du mich fragst, dann handelt es sich hier nicht um den Tatort.»

«Bemerkenswert ist auch das hier.» Vetter schob den Hemdsärmel des Toten etwas nach oben und zeigte auf mehrere dunkle Punkte auf dem Unterarm. «Außerdem hat der Mann eine etwa drei Wochen alte Platzwunde am Hinterkopf. Wurde fachmännisch mit fünf Stichen genäht.»

«Das sind Folterspuren», meinte Conni.

«Richtig. Wunden von Zigarettenglut. Ich schätze, ein, zwei Tage alt.»

«Wie abartig», entfuhr es Leif. «Kannst du schon etwas zum Todeszeitpunkt sagen?»

«Zwölf Stunden, würde ich sagen», entgegnete der Mediziner. «Verbindliches wie immer später. Aber ich werde dir auf die Stunde genau ausrechnen können, wie lange er hier liegt.» Vetter grinste vielversprechend. «Ich sage nur: Zustand der Larven im Wundfleisch, Mikroorganismen. Das lässt sich ziemlich exakt bestimmen.»

Leif wendete sich demonstrativ ab. «Is gut, Vetter. Kannst eintüten und mitnehmen.»

«Und – hast du den Computer schon gefüttert?» Leif stand direkt hinter Conni. Er konnte den Duft ihrer Haare riechen. Irgendeine Zitrusfrucht. Oder war das ihr Parfüm?

«Suchfunktion zurzeit nicht möglich. Wartungsarbeiten am Server. Versuchen Sie es später noch einmal», las sie vom Bildschirm ab und schüttelte den Kopf. «Das glaub ich jetzt nicht.»

«Immer mit der Ruhe. Das kennen wir doch schon.» Leif setzte sich an den Tisch gegenüber. «Bauen wir in der Zwischenzeit einen vorläufigen Fragenkatalog auf. Für eine Profilskizze dürften die bisherigen Informationen noch nicht ausreichen. Also, was haben wir überhaupt?» Er wartete, bis Conni sich zu ihm umgedreht hatte, lächelte sie an, legte den Kopf etwas schief und hob fragend die Augenbrauen, so wie Gero es immer tat, wenn er jemanden aus der Reserve locken wollte. Conni merkte, dass er Gero nachäffte und musste unweigerlich lachen. «Wo steckt der Chef überhaupt?», fragte Leif.

«Gero? Der ist mit Hauptmeister Bude in Klein Klöritz und ermittelt in Sachen Kanalleiche. Du weißt doch ...»

«Die tote Landwirtin, ja. Habt ihr ihn informiert?»

Conni nickte. «Er weiß Bescheid. Schöne Bescherung, hat er gesagt, und ich soll dich grüßen. Dann hat er aufgelegt.»

«Tja, zwei Tote innerhalb einer Woche. Ist wohl nicht das, was er sich als Provinzkriminaler vorgestellt hat. Er hat mich verständigt, als ihr die Tote aus dem Kanal gezogen hattet, aber er meinte, ihr kommt vorerst alleine klar. Und Staatsanwältin Wissmann hat bislang auch nicht interveniert. Aber jetzt könnt ihr das Süppchen wohl doch nicht alleine auslöffeln, und er muss mit meiner Anwesenheit vorliebnehmen.»

«Ich glaube, es gibt Schlimmeres.» Conni blickte ihm direkt in die Augen. «Und Gero denkt bestimmt genauso», fügte sie hinzu.

Ein Wunschdenken, das wusste er. Gero und er waren immer noch enge Freunde, klar. Aber sein ehemaliger Vorgesetzter bei der SEK machte ihm gegenüber keinen Hehl daraus, dass er beruflich gut auf ihn verzichten konnte. Sie hatten einfach zu viel miteinander erlebt. Und an einige Einsätze und Vorfälle wollte Gero nicht ständig erinnert werden, wie er sich ausdrückte. Auch deswegen hatte er sich in die Provinz versetzen lassen, ein geruhsames Leben vor Augen. Da wollten Leichen nicht so recht ins Bild passen. Im Dienst sahen sie sich eben immer nur dann, wenn es um Mord ging. Ein vorbildlicher Polizist war er dennoch, und wenn es drauf ankam, konnten sie sich, wie früher, immer noch hundertprozentig aufeinander verlassen – und nur das zählte.

«Also, wir haben seine Identität – mehr dazu wird uns gleich Kollege Computer sagen –, wir kennen den Tatzeitpunkt und wissen, dass der Fundort mit ziemlicher Sicherheit nicht der Tatort ist. Das Opfer wurde mit großer Wahrscheinlichkeit gefoltert, und die Tat glich nach Vetters Ansicht, da gebe ich ihm recht, einer Hinrichtung. Das Bild, das mir dabei im Kopf herumschwirrt, gleicht diesen Gräueltaten, die irgendwelche Fotojournalisten im Vietnamkrieg festgehalten haben, wo ein Offizier einem knienden Vietcong in den Kopf schießt. Oder stammt das aus dem Koreakrieg? Ist auch egal.» Leif merkte, wie er mal wieder dabei war, sich in Rage zu reden, und stoppte.

«Mit dem kleinen Unterschied, dass unser Killer seinem Opfer wahrscheinlich in die Augen gesehen hat. Aufgesetzter Schuss in die Stirn.»

Leif war beruhigt. Conni schien der gleichen Meinung zu sein. Es war ein geplanter, kaltblütiger Mord. «Also entweder ein Profi oder jemand, der es genossen hat, sein Opfer zu erniedrigen und zu quälen. Wobei das eine das andere nicht unbedingt ausschließt. Das würde auch mit den Folterspuren in Einklang zu bringen sein.»

«Und was fällt dir zum Fundort ein? Warum hat man die Leiche im Labyrinth deponiert? Ein versteckter Hinweis?»

«Oder Zufall», entgegnete Leif. «Vielleicht war es der nächstgelegene Ort. Eine andere Möglichkeit wäre, dass der Tote gefunden werden sollte. Der oder die Täter haben sich ja nicht einmal die Mühe gemacht, seine Identität zu verbergen. Das würde exakt zum Fundort passen. Ein Platz, von dem man weiß, dass es in einem bestimmten Rhythmus Publikumsverkehr gibt. Bis dahin bleibt die Tat unentdeckt. Außerhalb der Öffnungszeiten kommt wohl kaum einer auf die Idee, sich dort aufzuhalten. Wenn jemand Sonnenblumen klauen will, dann macht er das am Rand des Feldes.»

«Gefällt mir, die Idee des Spektakulären – man kann sicher sein, dass die Tat in der Öffentlichkeit entsprechend Beachtung findet. In jedem Käseblatt wird über den Toten im Labyrinth berichtet werden. Die Leute werden sich das Maul zerreißen …» Ein Piepton von ihrem Computer forderte Connis Aufmerksamkeit. Wahrscheinlich signalisierte er das Ende der Wartungsarbeiten. Sie rollte mit ihrem Bürostuhl quer durchs Zimmer und startete die Suchanfrage erneut. «Was anderes ist es, wenn ich jetzt herausfinde, dass seine Frau die Betreiberin des Labyrinths ist, oder so was … – Bingo! Es funktioniert. Timo Schlohmann, ledig … Jetzt weiß ich auch, warum mir der Name bekannt vorkam. Letzten

Monat wurde doch dieser Spielsalon in Boizenburg überfallen …»

Leif zuckte mit den Schultern. «Keine Ahnung.»

«Schlohmann hat dort als Aufsicht gearbeitet!»

«Und er ist vergangenen Freitag nicht zur Arbeit erschienen!» Jörn Lüneburg hatte den Kopf zur Tür hereingesteckt und machte mit zwei Fingern ein Siegeszeichen. «Zwei Dumme, ein Gedanke.» Er lächelte, was wirklich selten vorkam. «Gerade haben sich die Kollegen aus McPomm gemeldet. Scheint, dass Schlohmann Besuch gehabt hat. Seine Wohnung in Boizenburg wurde vollständig durchwühlt. Da ist nichts mehr an seinem Platz. Ich habe ihnen gesagt, wir schicken jemanden vorbei. Peter wird begeistert sein.»

«Mal der Reihe nach für die Unwissenden.» Leif war aufgestanden und studierte die Angaben auf Connis Rechner. «Die Täter haben ihn von hinten niedergeschlagen und sind mit den Tageseinnahmen getürmt. – Daher also die Platzwunde am Hinterkopf. Angeblich zwei bewaffnete Südeuropäer … bislang keine Fahndungserfolge», las er weiter. Die Schlussfolgerung fiel nicht schwer. «Möglich, dass er mit den Räubern unter einer Decke gesteckt hat.»

«Diese Variante sollten wir zumindest nicht ausschließen.» Conni griff zum Telefon. «Ich fordere mal die Akte an. Bin gespannt, wie hoch die Tageseinnahmen waren.» Das Faxgerät spuckte einige Blätter aus. Conni überflog die erste Seite und reichte den Stapel an Leif weiter. «Bericht von Peter. Das sind die Daten von Schlohmanns Handy.»

Leif studierte die Liste. Einträge, Zeiten, Kalender

und Telefonate. Alles hatten Peters Leute herauslesen können. Ein Chip in einem Handy war etwas Unheimliches. Er speicherte sozusagen das vollständige Profil eines Menschen. Alles was irgendwie wichtig war, lag in Form digitaler Adressen vor. Zusammen mit den Funknetzdaten des Providers konnte nicht nur der Kommunikationsverlauf, sondern auch das Bewegungsbild eines Menschen über den gesamten letzten Monat nachgezeichnet werden. Obwohl jedermann seit dem Irakkrieg wusste, dass man durch die Funkwellen des Handys nahezu auf den Meter genau lokalisiert werden konnte, weltweit, scherte sich kaum einer um die Gefahren und den möglichen Missbrauch. Das Bewegungsbild setzte allerdings voraus, dass das Handy eingeschaltet war. Timo Schlohmann hatte das Gerät am Freitagabend um Viertel nach zehn ausgeschaltet. Standort Boizenburg. Auf Peters Liste waren trotzdem über vierhundert Telefonkontakte aufgeführt. Der gesamte Abrechnungszeitraum, den die Betreibergesellschaft aus datenrechtlichen Gründen genauso lange speichern durfte. Keine Sekunde länger. Aber es reichte auch so schon. Um die knapp siebzig Rufnummern durchzuforsten und zuzuordnen, war ein Kollege mehr als einen Tag beschäftigt. Hinzu kamen die nicht im Register abgelegten Nummern sowie die eingehenden Anrufe auf der Mobilbox. Wirklich alles war gespeichert. Leif beneidete den Kollegen nicht, der sich der Sache annehmen würde. Plötzlich stutzte er. Die vorletzte Nummer von der Mobilbox stach ihm förmlich ins Auge. Er reichte Conni den Zettel und tippte auf die entsprechende Spalte. «Sag mal, kommt dir die Nummer bekannt vor?»

Conni blickte ihn verdattert an. «Ja, aber … das ist jetzt nicht dein Ernst, oder?»

«Doch, doch», antwortete Leif. «Ich weiß zwar auch nicht, was das zu bedeuten hat, aber so ein Chip ist unbestechlich. Die Nummer wurde gespeichert. Es ist seine. Ich bin gespannt, wie Gero uns das erklärt.»

## Kapitel 9

«Ich möchte nicht, dass Charlotte da irgendwie mit reingezogen wird, verstehst du mich?» Lena lief wie ein aufgescheuchtes Huhn durchs Wohnzimmer, auf und ab, die Hände hinter dem Kopf verschränkt.

«Sei lieber froh, dass sie da nicht schon drinsteckt», entgegnete Gero. «Sie hat mir doch die Nummer gegeben. Es hätte nicht viel gefehlt und …»

«Und was?», unterbrach Lena.

«Genau das müssen wir ja herausfinden. Was hat dieser Timo Schlohmann gemacht? Er war Aufseher in einer Spielhalle in Boizenburg. Wie kommt der dazu, junge Mädchen für eine angebliche Modelkarriere zu kobern? War das 'ne Masche, um die abzuschleppen, oder was? Wir brauchen den Kontakt zu dieser Manu. Charlotte muss ja mit ihr gesprochen haben. Oder Rebecca. Ohne Charlottes Hilfe kommen wir da jedenfalls nicht ran.»

Lena fuhr sich mit den Fingern durch die Haare. «Ich habe es immer befürchtet. Immer befürchtet, dass unser Job irgendwann in unser Familienleben eindringt. Ich will das nicht.» Sie blickte ihn vorwurfsvoll an. «Und du warst bislang auch dieser Meinung. Wir waren uns einig, das zu trennen.»

«Das tun wir doch auch.» Er wollte Lena beruhigend in den Arm nehmen, aber sie entzog sich seiner Geste mit einer kurzen Drehung und stellte sich dicht vor eines der kleinen Fenster. Es war lange her, dass sie sich einer zärtlichen Berührung verweigert hatte. Gero wusste es noch genau. Sie hatten noch die Wohnung in Hamburg, und er war gemeinsam mit Leif in irgendeiner Bar versackt und hatte bei seinem Freund geschlafen. Es war die Zeit, als die Probleme mit Miriam begonnen hatten und Leif von einer Beziehung in die nächste gestolpert war. Lena stand am nächsten Morgen bei Leif vor der Tür, weil sie sich Sorgen gemacht hatte, und Leif war aus unerfindlichen Gründen nicht da – dafür lagen zwei splitternackte Schönheiten im Schlafzimmer. Sämtliche Erklärungsversuche, er habe im Wohnzimmer auf der Couch geschlafen, hatte er sich sparen können. Lena war schnurstracks zur Tür hinaus. Drei Tage hatte sie nicht mit ihm gesprochen, und es wäre fast das frühzeitige Ende ihrer Ehe gewesen. Irgendwann hatten sie dann gemeinsam über die Szene gelacht. Er beobachtete, wie sie langsam mit der Fingerspitze auf der staubigen Fensterscheibe herumfuhr und unleserliche Zeichen hinterließ. «Genau genommen hat Charlotte doch mich aufgefordert, dort anzurufen. Das hatte nichts damit zu tun, dass ich Polizist bin.»

«Erklär das mal einer Fünfzehnjährigen», beharrte Lena. Ihre Stimme klang trotzig, ihre starre Körperhaltung signalisierte Uneinsichtigkeit.

«Und es ist reiner Zufall, dass der Kerl tot ist. Leif meinte, als ich angerufen habe, lebte Schlohmann noch.»

Keine Reaktion. Lena malte weiter im Staub auf der

Scheibe herum. Es musste der Mutterinstinkt sein, dachte Gero. Sonst war sie nicht so stur. Es lag doch klar auf der Hand, womit sie es zu tun hatten. Drogen, vielleicht Prostitution, irgendetwas mit mafiosen Strukturen. Dazu passte auch die Art und Weise, wie man diesen Schlohmann getötet hatte.

«Wir können doch nur froh sein, dass noch nichts passiert ist.»

«Einen Mord nennst du *nichts passiert*? Sehr komisch!»

«Du weißt genau, wie ich das meine. Es bezog sich auf unsere Tochter. – Wie heißt diese Manu mit vollem Namen? Du bist doch die Elternsprecherin in der Klasse.»

Lena drehte sich um, und Gero erkannte, dass sie Tränen in den Augen hatte. «Manuela Holzbrink. Ein Problemkind. Nicht dumm, aber schwierige familiäre Verhältnisse. Der übliche Hintergrund also: Arbeitslosigkeit, Alkoholismus, Kontakte zum kriminellen Milieu …»

Gero nickte. «Jetzt, wo du den Namen sagst. Kai Holzbrink. Der hat doch in dieser Werkstatt gearbeitet, wo sie geklaute Autos umlackiert haben, oder bin ich auf der falschen Spur? So ein kleiner Giftzwerg, der Vater?»

«Ja. Lackierer, arbeitslos, Lungenkrebs. Ich habe mehrmals versucht, Kontakt aufzunehmen, da sich die Eltern natürlich nie auf den Elternabenden sehen lassen. Von denen kümmert sich keiner. Manuela ist zweimal sitzengeblieben – das ist jetzt ihre letzte Chance auf der Realschule.»

«Fünfhundert Euro Tagesgage.» Er blickte sie ernst an. «Wenn es stimmt. – Das klingt nicht gerade nach Werbeaufnahmen. Und eine große Modelkarriere startet auch anders.»

«Du hast ja recht.» Um Lenas Mund zeichnete sich so etwas wie ein Lächeln ab. Ein zaghaftes, aber besorgtes Lächeln. «Natürlich müssen wir etwas unternehmen. Ich möchte nur nicht, dass bei Charlotte der Eindruck entsteht, dass sie etwas mit dem Tod von diesem Schlohmann zu tun hat, weil sie jemanden kennt, der ihn kannte, und weil sie seine Telefonnummer hatte. Sie soll nicht das Gefühl haben, eine Zeugin zu sein oder eine vermeintliche Freundin zu verraten und der Polizei auszuliefern. Ich möchte mit ihr als Mutter über solche Sachen sprechen, ganz allgemein, ganz nüchtern. Über die Gefahren, die auf eine junge Frau lauern. Und das ist in diesem Fall schwer, weil wir den Hintergrund noch nicht kennen – ich kann sie vor keiner konkreten Gefahr warnen. Wir haben sie aufgeklärt, wir haben sie vorm bösen schwarzen Mann gewarnt und ihr auch zu verstehen gegeben, dass ein Mitschnacker nicht zwangsläufig böse aussehen muss. Wir haben ihr beigebracht, *nein* sagen zu können. Wir haben ihr gepredigt, niemals in fremde Autos einzusteigen …» Lena blickte ihn hilfesuchend an. «Haben wir dennoch etwas vergessen?»

Gero schüttelte demonstrativ den Kopf. «Ich kann deine Sorge ja verstehen. Glaub mir, mir geht es doch auch nicht anders. Aber sie ist kein kleines Mädchen mehr. Auf eine junge Frau lauern eben andere Gefahren, und die Situationen, in denen sie für sich alleine entscheiden muss, werden zunehmen. Wir sollten aber auch beruhigt sein, weil sie ja genau richtig reagiert hat, als sie sich nicht sicher war, und mit mir darüber gesprochen hat.» Noch während er die Worte aussprach, merkte er, dass es nur die halbe Wahrheit war. Charlotte hatte ihn lediglich gefragt, ob sie ein wenig Modell stehen dürfe. Es hatte nichts in ihrer Stimme gelegen, was darauf hingedeutet hatte, dass ihr die Sache nicht geheuer war. Erst nachdem er seine Skepsis an den Tag gelegt hatte, war sie mit der Sprache herausgerückt. Ihr *und solche Sachen* klang ihm noch im Ohr. Hatte sie vielleicht doch gewusst, was auf sie zukam? Wusste sie vielleicht sogar mehr über Timo Schlohmann? Es war wirklich wichtig, dass sie dazu befragt wurde. Sowohl aus elterlicher als auch aus polizeilicher Sicht. Gero versuchte sich an einer beruhigenden Geste, schließlich hatte Lena so gut wie eingelenkt. «Was hältst du davon, wenn Conni mal ein Wort mit ihr redet? Sie hat einen guten Draht zu Charlotte und besitzt genug Einfühlungsvermögen.»

Lena presste die Lippen aufeinander und nickte zaghaft. «Ich möchte aber zuerst selbst mit ihr reden», meinte sie schließlich. «Ganz vorsichtig. Über Timo Schlohmann werde ich kein Wort verlieren. Und dann frage ich sie auch, ob sie sich nicht mal mit Conni darüber unterhalten möchte.» Sie blickte zur Uhr. «Ich muss gleich los ins Institut. Wenn sie aus der Schule kommt, bin ich zurück. Dann rede ich mit ihr.» Beim Hinausgehen drückte sie Gero einen schnellen Kuss auf die Wange. Bevor er Gelegenheit hatte, sie zu fragen, ob er vielleicht Mundgeruch hätte oder warum sie ihn wie einen guten Bekannten auf die Wange küssen würde, war sie schon verschwunden. Gero versuchte, alle bösen Gedanken hinunterzuschlucken.

Am Nachmittag hatte die Tiefdruckfront, über die seit Tagen in den Nachrichten berichtet wurde, endlich auch das Lauenburgische erreicht. Der Himmel verfinsterte sich bedrohlich. Es sah aus, als würde eine düstere Walze langsam über das Land hinwegrollen. Alles schaute erwartend nach oben, aber die Wolken weigerten sich beharrlich, ihre Fracht abzulassen. Es war unerträglich schwül und fast windstill. Die Wagen, die Gero auf der Landstraße entgegenkamen, fuhren alle mit Abblendlicht. In jeder Sekunde erwartete man einen ungeheuren Wolkenbruch, aber nichts geschah. Als Klein Klöritz in Sicht kam, hatte sich der Himmel dunkelgrün verfärbt. Die Wolken hingen beunruhigend tief, und den Stand der Sonne konnte man nur noch erahnen. Gero fragte sich, ob unter diesen Umständen das Training überhaupt stattfinden würde. Gegen halb fünf wäre er am Sportplatz, hatte Lukas Timmermann am Telefon gesagt. Um diese Zeit begann das Training der Fußball-B-Knaben, die er betreute.

Von Lukas, dem Bruder von Jaqueline Timmermann, versprach sich Gero, etwas mehr über Carola Schönborn zu erfahren. Vor allem darüber, zu wem sie in letzter Zeit Kontakt gehabt hatte. Über ihren Werdegang wusste er ja schon so einiges, und Jörg Bude hatte ihm gestern auch den Grund dafür genannt, warum sie sich so resolut von ihrem Elternhaus abgewendet hatte. Ewald und Brigitte Schönborn hatten mit Carola nämlich bereits die zweite Tochter verloren. Carola hatte eine zwei Jahre ältere Schwester gehabt, die mit sechzehn an Krebs gestorben war. Gero brauchte nicht nachzurechnen. Es war genau der Zeitpunkt, als sich bei Carola Schönborn der Wandel vollzogen hatte. Sie hatte nicht rebelliert, man hatte ihr einfach keine Aufmerksamkeit mehr geschenkt, weil sich Liebe und Zuneigung der Eltern auf ihre kranke Schwester konzentriert hatten. Niemand hatte Zeit dafür gehabt, sie auf den richtigen Weg zu bringen, niemand hatte ihr Vorbild sein wollen. So hatte sich Carola ihren Weg selbst suchen müssen. Und dabei war sie an die falschen Gefährten geraten. Gero dachte an die herausgerissenen Bilder im Fotoalbum. Dann musste er an Charlotte denken und daran, zu welchem Zeitpunkt es einem Kind eigentlich bewusst wird, was es den Eltern alles zu verdanken hat und in welcher Form sich Kinder bei ihren Eltern dafür zu bedanken hatten. Einigen wurde es sicherlich nie bewusst. Andere hatten keinen Grund, dankbar zu sein. War es bei Carola Schönborn so gewesen? Wenigstens einen kleinen Teil der Wahrheit würden sie aus den alten Tagebüchern erfahren, die Peter Schweim aus den persönlichen Sachen von Carola Hansen zutage gefördert hatte. Matthias Rörupp war gerade dabei, die Bücher auszuwerten.

Wirklich Interessantes oder Unerwartetes hatten Peter und seine Leute bei Hansen nicht finden können. Allerdings wäre die Sache fast ins Wasser gefallen, denn der Vater von Hansen hatte einen ziemlichen Aufstand gemacht, als die Spurensicherung gleich mit zwei Wagen auf den Hof gefahren war. Der Umstand, dass man keinen Durchsuchungsbeschluss vorweisen konnte, hatte ihn irritiert, wobei irritiert falsch ausgedrückt war. Er hatte letztlich damit gedroht, den Hund auf die Beamten zu hetzen, und die Sache wäre fast eskaliert, wenn Thor Hansen nicht in letzter Minute vom Feld zurückgekommen wäre und seinem Vater erklärt hätte, dass er es erlaubt habe und die Polizei nicht den Hof, sondern nur die Privatsachen der Toten inspizieren würde. Gero konnte es kaum glauben, dass Matthias die Nerven behalten hatte. Normalerweise war er eher ein unbeherrschter Typ, und in diesem Fall hatten genug Gründe vorgelegen, Hans Hansen eine saftige Anzeige zu verpassen und ihn als kleinen Vorgeschmack für einen Tag in Arrest zu nehmen. Widerstand, Beleidigung, Androhung von Gewalt – das reichte für einen gehörigen Denkzettel.

Außer den Tagebüchern hatte Peter einen ganzen Haufen alter Sachen aus Carolas Kinder- und Jugendzeit gefunden. Poesiealben, Briefe und andere Erinnerungen, die sie in einem Umzugskarton aufbewahrt hatte. Aus der Gegenwart war so gut wie nichts zu finden, und das, obwohl Carola Hansen ein eigenes Zimmer gehabt hatte, in dem sogar ein zweites Bett stand. Hansen hatte ihnen das Zimmer gezeigt und war gleich darauf wieder raus aufs Feld. Der Roggen müsse vorm Regen vom Feld, mehr hatte er nicht gesagt und sie alleine gelassen. So hatte Peter auch einige Textil- und Faserproben nehmen können, schließlich war es keine offizielle Haussuchung. Die weitere Suche hatte sich auf die persönlichen Dokumente und Unterlagen von Carola Hansen konzentriert, aber es war überhaupt nichts zu finden gewesen, weder ein Personalausweis, noch ein Reisepass, keine Scheckkarten, nicht einmal eine Handtasche. Gero war sofort die Sache mit der Geburtsurkunde eingefallen, von der Carolas Vater berichtet hatte, aber Peter hatte keine Dokumente gefunden. Auch keine Hinweise auf ihre Urlaubsreisen, keine alten Flugtickets, keine Postkarten, nicht einmal Fotos gab es. Dafür Videos und DVDs. Von der Sorte, die Vaddern normalerweise vor Muddi versteckt hielt – hier war es umgekehrt.

Bei den Utensilien, die Carola Hansen in ihren Schubladen aufbewahrte, hatten Peters Leute bestimmt so einige Zoten abgelassen. Neben ein paar extrem kleinformatigen Dessous gab es ein ganzes Arsenal von Sexspielzeug. Alle Formen und Größen, wie Matthias sich ausgedrückt hatte. Auch den Intimschmuck von Carola Hansen hatten sie schließlich gefunden. Die Stecker und Ringe lagen zusammen mit anderen Schmuckstücken in einer kleinen Schatulle im Badezimmer – ein bisschen Silber, billiger Modeschmuck, nichts Besonderes, bis auf den Umstand, dass sich auch der Ehering der Toten in dem Kästchen befand. Aber wenn Conni mit ihrer Vermutung richtig lag und Carola Hansen das Fitnesscenter unter anderem aufgesucht hatte, um Bekanntschaften mit Männern zu machen, dann war es durchaus verständlich, dass sie ihren Ehering zu Hause ließ. Und das Sexspielzeug, das sie gefunden hatten, vermochte Gero auch nicht wirklich zu überraschen. Es bestätigte vielmehr, was der dicke Vetter bereits vermutet hatte und was auch Thor Hansen gegenüber Conni eingestanden hatte, dass Carola Hansen unter anderem einen Hang zu ausgefallenen Sexpraktiken gehabt hatte. Bis auf das Fehlen der Dokumente gab es also keine wirklich neuen Erkenntnisse.

Gero parkte neben dem Gebäude der Freiwilligen Feuerwehr. Als er die Tür des Wagens öffnete, schlug ihm die Hitze wie eine Faust entgegen.

Wenn der Mann im Trainingsanzug, der vor einem der Tische des Sportlerheims stand und sich mit einem rothaarigen Mittvierziger in schwarzem Nadelstreifenanzug unterhielt, Lukas Timmermann war, dann mochte er Anfang bis Mitte dreißig sein, hatte struppige schwarze Haare, buschige Augenbrauen und einen Schnurrbart. Er trug Stollenschuhe und ein Trikot in den Vereinsfarben, braun-weiß gestreift. Als Gero näher kam, verabschiedete sich der Rothaarige und stieg in einen schwarzen Audi, der direkt vor der Gaststätte am Straßenrand parkte.

«Herr Timmermann?»

Der Angesprochene nickte und reichte Gero die Hand. «Und Ihr Name war?»

«Herbst, Kriminalpolizei Ratzeburg. Schön, dass Sie Zeit für mich haben.»

Timmermann zeigte auf das Bierglas vor sich. «Möchten Sie auch eins, oder …» Er grinste. «Oder sind Sie im Dienst?»

«Seit es alkoholfreies Bier gibt, trinken auch Polizisten wieder in der Öffentlichkeit. Und bei der Hitze allemal.» Gero nickte. «Ja, gerne. Vielen Dank.»

Timmermann machte ein paar Schritte in Richtung der grünen hölzernen Baracke und stützte sich auf den Tresen der Ausgabe. «Manni! Machst du uns noch zwei

Kleine? Eins mit, eins ohne.» Als er an den Tisch zurückkam, merkte Gero, dass Lukas Timmermann das eine Bein leicht nachzog. «Stimmt es wirklich, was gemunkelt wird?», fragte er. «Dass Caro umgebracht wurde?» Er hielt Gero auffordernd eine Schachtel Lucky Strikes entgegen.

«Danke, ich habe aufgehört.»

Timmermann zündete sich eine Zigarette an und machte einen tiefen Lungenzug. «Sollte ich auch längst.» Er deutete auf die Schachtel. «Seit zwanzig Jahren die gleiche Sorte. Denen verdanke ich meinen Spitznamen, Lucky.»

«Momentan müssen wir davon ausgehen», sagte Gero. Es gab keinen Grund, Timmermann gegenüber irgendwelche Details zu verraten. «Wie ich am Telefon schon sagte, bräuchte ich ein paar Auskünfte über Carola Hansen oder Schönborn, wie sie früher hieß. Ich habe von ihrem Vater erfahren, dass Ihre Schwester, Jaqueline, eng mit ihr befreundet war.»

Lukas Timmermann nickte und blies den Rauch der Zigarette durch die Nase aus. «Ja, das ist aber ein paar Jahre her. Meine Schwester wohnt schon lange nicht mehr hier. Jackie heißt jetzt Adorny. Sie hat vor sieben Jahren einen Bauunternehmer aus Prag geheiratet. Aber ich kann ihnen genauso viel über Caro erzählen. Wir waren ja früher sozusagen alle eine Clique, auch wenn Caro und Jackie sich mehr für die Älteren interessiert haben. Na ja, ist ja normal, oder? Wenn Sie ein paar Minuten früher gekommen wären ...» Timmermann blies wieder den Rauch aus der Nase, und für einen kurzen Augenblick war sein Gesicht in eine Rauchwolke gehüllt. «Der Nick, der war eben hier. Nico Wirth, mit dem war die Caro mal 'ne Zeit zusammen. Der ist fast zehn Jahre älter – Mensch, wie die Zeit verstreicht. Wenn dem früher einer gesagt hätte, was mal aus ihm wird … Der hätte nur gelacht. Ein richtiger Rocker war das, der Nick. Und nun? Klinkenputzer. Rollläden und Garagentore …» Timmermann schüttelte den Kopf.

Gero notierte den Namen. «Wohnt er noch hier?»

«Der Nick? Nee, hat in Müssen ein Haus gebaut. Schaut nur ab und an hier vorbei, wenn er inner Gegend ist. Man ist ja noch gut Freund – und so weit ist Müssen nicht weg. Einen Moment, bitte.» Timmermann machte eine entschuldigende Geste, als zwei Knirpse in kurzer Hose und Trikot auf ihn zukamen. «Hey, Marvin. Leo! Ihr seid früh dran heute.» Er hielt den beiden Jungen die rechte Hand zum begrüßenden Abklatschen entgegen. «Macht euch nicht kaputt bei der Hitze. Langsam zwei Runden warm laufen, und dann dehnen. Geht in den Schatten. Kein Gebolze, bevor die anderen da sind. – So, wo war ich stehengeblieben? Ach ja, bei Nick. Der wusste auch schon von der Sache mit Caro. War völlig fertig. Spricht sich schnell rum, so was.» Timmermann griff in die Tasche seiner Trainingshose und legte einen Stapel Visitenkarten auf den Tisch. «Ich geb Ihnen mal 'ne Karte von ihm. Die verteilt er überall … Mal sehen, ich müsste doch …» Wider Erwarten schien er die passende Karte nicht zu finden. Timmermann drückte seine Zigarette im Aschenbecher aus. «Am besten ist es, wenn Sie übermorgen Vormittag herkommen. Dann ist Monatstreffen. Das lässt sich Nick nie entgehen. Bestimmt kommen auch Thomas, Torte und Freddy. Das ist der Rest der Clique, der hier nicht weggekommen ist. Garsten und Klein Klöritz – wir waren eine ziemlich eingeschworene Gang.»

Der Wirt vom Sportlerheim stellte zwei kleine Biere auf den Tisch. «Und Thor Hansen? Gehörte er auch mit zu dieser Clique?» Gero dachte an seine eigene Jugend, die Zeit, bevor er Großstadtluft geschnuppert hatte und nach Hamburg gegangen war. Auch er war in einem Dorf jenseits des Hamburger Speckgürtels groß geworden, war gezwungenermaßen mit Gleichaltrigen umhergezogen, die nur ihre topographische Herkunft verband. Er hatte längst keinen Kontakt mehr zu ihnen, wusste nicht, was aus seinen damaligen Freunden geworden war. Alles hatte sich aufgelöst, als er nach Hamburg gezogen war. Und er hatte auch nicht rückwärts blicken wollen. Keine Ehemaligentreffen, keine Besuche.

«Na ja, schon. Aber nicht so richtig. Thor war ja schon immer so, wie soll ich sagen …»

«Ein Außenseiter?»

«Nee, er war schon mit dabei, aber er nahm immer alles so ernst. Er war nicht locker genug, verstehen Sie?»

«Ehrlich gesagt, nein.» Gero prostete Lukas Timmermann zu. Das Bier war erfrischend herb und kühl.

Timmermann lächelte. «Ich gebe Ihnen mal ein Beispiel. Also, wenn eine Scheibe zu Bruch gegangen ist, dann ist Thor hin und hat das gemeldet. Nicht gepetzt – er hat das dann auf seine Kappe genommen.»

«Thor Hansen hatte also Verantwortungsbewusstsein.»

«Kann man so sagen», entgegnete Timmermann. «Aber wir waren fünfzehn. Da ist so was doch nicht normal.» Er merkte, dass sein Zuhörer seiner Einschätzung nicht folgen mochte. «Eigentlich ist Thor schon ganz okay», fügte er schnell hinzu. Es klang nicht sonderlich überzeugend.

«Sie sind zusammen mit Hansen zur Schule gegangen?»

«Am Anfang schon. Wir sind nur ein Jahr auseinander, und hier gibt's ja nur eine Schule. Aber Thor ist dann auf die Hauptschule. War ja klar, dass er den Hof von seinem Alten übernimmt, obwohl …»

«Obwohl?»

«Auch wenn er's nie gesagt hat. Ich kann mir vorstellen, dass er lieber was anderes gemacht hätte. Aber das kam für den alten Hansen nicht in Frage. Hans Hansen ist ein ziemlicher Choleriker, ein Landwirt vom alten Schlag eben. Inzwischen macht Thor sein Ding ja auch ganz gut. Es geht ihm zumindest nicht schlecht, wie man hört. – Abgesehen von der Sache mit Caro jetzt», fügte Timmermann schnell hinzu und zündete sich eine neue Zigarette an.

«Haben Sie denn noch engeren Kontakt?»

«Nein, schon lange nicht mehr. Wir sehen uns höchstens mal auf dem Löschwagen. Aber Kontakt kann man das kaum nennen. Er ist nur bei der Wehr, weil er Landwirt ist und sich das traditionell für Bauern so gehört. Er hat mit den Kameraden nix am Hut. Thor kommt nicht zum Fußball, trinkt keinen mit uns. Für den gibt's doch nur den Hof.»

«Waren Sie auch mit von der Partie, als die Kameraden an besagtem Abend in Breitenfelde zum Kegeln waren?»

«Nein, ich hatte an dem Tag ziemlichen Stress in der Firma und bin abends hundemüde ins Bett gefallen.»

«Dann können Sie mir wahrscheinlich auch nicht sagen, wer alles mit dabei war, ich meine, aus der alten Clique?»

«Doch. Torte und Freddy müssten auch da gewesen sein. Entschuldigung, Detlef Torstensen, der hat hier die Hühnerfarm und ist stellvertretender Wehrführer, und Friedrich Haubein. Freddy ist unser Oldie. Der ist schon siebenundvierzig. Er arbeitet als Schleusenwärter am Kanal.»

Gero notierte sich die Namen. «Hatten die auch mal was mit Carola Hansen? Ich meine, als sie noch Schönborn hieß?»

«Ja, wissen Sie ...» Timmermann errötete und blickte verlegen zu Boden. «Also mit Caro hatte doch jeder ... Nun, wie soll ich sagen, eigentlich war es eher umgekehrt. *Sie* hatte mit jedem hier mal was. Caro war keine Kostverächterin.» Er lächelte vorsichtig. «War eben ein ziemliches Naschkätzchen.» Das Lächeln wechselte in ein Grienen.

«Mit Ihnen auch?», fragte Gero.

«Nein.»

Gero spürte den Vibrationsalarm seines Handys in der linken Hosentasche. «Sie entschuldigen?» Er ging ein paar Schritte zur Seite und nahm das Gespräch an. Es war Dr. Vetter, der wissen wollte, wie er Lena erreichen könne, da sie ihr Handy ausgeschaltet hatte. Gero verkniff sich die Frage, ob sie denn heute nicht im Institut gewesen sei. Nein, er wisse auch nicht, wo sie stecken würde, erklärte er und trennte die Leitung. Gero spürte seinen Herzschlag. Langsam fand er Lenas Verhalten wirklich beunruhigend. Irgendetwas stimmte da nicht.

«Wie ist denn Carola mit Thor Hansen klargekommen?», fragte er, als er zu Timmermann zurückgekehrt war. «Ich meine, sie war doch wohl eine lebenslustige, unternehmungslustige Frau. Das höre ich von allen Seiten. Und wenn Hansen sich nur für den Hof interessiert hat?» Gero merkte, dass er unkonzentriert war. Seine Gedanken waren bei Lena. Bislang hatte sie noch nichts von ihrer Fortbildungsveranstaltung erzählt. Ein lautes Klacken setzte ein. Vereinzelt schlugen riesige Regentropfen auf die Wachsdecken der Stehtische.

Lukas Timmermann blickte besorgt nach oben. Am Rande des Fußballplatzes bogen sich einige Baumwipfel. «Tja, das haben wir uns auch alle gefragt», erklärte er. «Selbst Jackie war völlig verblüfft, als Caro damals erzählte, sie würde Thor Hansen heiraten. Alle hatten zuerst an einen Scherz geglaubt.» Eine rote Staubwolke wurde vom Grandplatz aufgewirbelt und zog über sie hinweg. Aus der Ferne war ein finsteres Grollen zu vernehmen. Timmermann beugte sich vertrauensvoll über den Tisch. «Unter uns: Der hatte vor Caro bestimmt noch keine Frau, war sozusagen eine männliche Jungfrau.» Die Sonnenschirme über den Tischen wurden wie von Geisterhand umgerissen, und das Krachen des Blitzes, der irgendwo in dem Wäldchen hinter ihnen eingeschlagen hatte, war markerschütternd. Innerhalb weniger Sekunden setzte sintflutartiger Platzregen ein, sodass man die Hand vor Augen nicht mehr erkennen konnte.

## Kapitel 10

Conni hatte keine Ahnung, was Lena Herbst genau mit ihrer Tochter besprochen hatte, aber Charlotte wusste noch nicht, dass Timo Schlohmann tot war, so viel hatte Lena ihr anvertraut und sie gebeten, behutsam vorzugehen. Charlotte schien jedoch zu ahnen, dass es sich um etwas Wichtiges handeln musste und dass die Einladung in die Eisdiele nur ein Vorwand war. Sie hatte trotzdem eingewilligt, als Conni sie gefragt hatte, und obwohl sie sich Mühe gab, inmitten der Gleichaltrigen, die sich regelmäßig nach der Schule im Venezia trafen, möglichst locker zu wirken, war ihre Anspannung nicht zu übersehen gewesen.

Ständig hatte sie sich umgeschaut, um zu kontrollieren, ob sie eventuell jemand beobachtete, war sich nervös durch die Haare gefahren und hatte jeden vorbeifahrenden Wagen gemustert. Nach einer riesigen Portion Spaghettieis – Conni hatte ihr geschmeichelt und gemeint, dass sie sich das aufgrund ihrer Figur ruhig erlauben könne – hatte Charlotte ihr Handy aus der Tasche gezogen und begonnen, sich gelangweilt durch die einzelnen Menüs zu klicken. Über das Handy war fast jeder Teenager zu kriegen, das wusste Conni, und so hatte sie Charlotte um ihre Nummer gebeten und sie auch sofort eingespeichert – mit Foto, verstand sich. Als Charlotte Connis Motorola-Handy sah, war sie sofort Feuer und

Flamme gewesen, schließlich handelte es sich um den superflachen Black RAZR, das aktuelle Topmodell auf den Wunschlisten der Generation Zahnspange. Sie selbst hatte das Gerät als Gratisoption für eine Vertragsverlängerung erstanden, aber das brauchte sie Charlotte ja nicht unter die Nase zu reiben. Das Eis war gebrochen, ein Thema ergab das nächste, und nach kurzer Zeit waren sie zu einem Spaziergang aufgebrochen, denn das Venezia hatte sich zusehends gefüllt, und was es zu besprechen gab, war nicht für jedermanns Ohren gedacht.

So hatte Conni erfahren, was Charlotte gerade beschäftigte, was sie interessierte, wie es in der Schule lief, welche Klamotten und welche Statussymbole momentan angesagt waren, und auch über Männer hatten sie gesprochen, Typen, wie Charlotte sich ausgedrückt hatte. Conni wusste nicht recht, ob sie beruhigt sein sollte, als Charlotte ihr ganz im Vertrauen beichtete, dass sie noch keine so richtige Erfahrung mit Männern gehabt hätte. Nicht mal ein bisschen geknutscht oder gestreichelt. Das gehörte wahrscheinlich eher zu den Dingen, für die sich ihre Mutter interessierte, aber Conni gab sich ganz gelassen und zeigte Verständnis, als wäre sie Charlottes große Schwester. Außerdem näherten sie sich dabei elegant dem Thema, über das Conni mit ihr eigentlich sprechen wollte. Aber zuvor hatte sie sich die romantisch verträumten Vorstellungen von Liebe anhören müssen, so wie sie wahrscheinlich bei fast jedem fünfzehnjährigen Teeny üblich waren, und Conni hatte mit Schmunzeln an sich selbst denken müssen. Auch wenn alle Welt davon redete, offenbar hatte sich doch nichts wirklich verändert.

Sie war etwa in Charlottes Alter gewesen, völlig naiv und unerfahren, obwohl sichtlich frühreif und mit allem gesegnet, was Männer anzog. Ihre Unschuld hatte sie nur aus Neugier verloren. Aus Neugier und als Mittel zum Zweck, und der Zweck hieß Bertram. Wie hatte sie den älteren Bruder ihrer Freundin Simone damals angeschmachtet. Selbst dann noch, als sich Bertram längst nicht mehr für sie interessierte. Für ihn war sie nur die kleine FDJ-Maus gewesen, die sich ihm im Sommerlager auf dem Darß bereitwillig hingegeben hatte, nachts, irgendwo in den Dünen vor Prerow. In Gedanken spürte sie den Sand immer noch zwischen ihren Schenkeln. Es hatte noch ein paar Jahre gedauert, bis sie die komplizierten Mechanismen zwischenmenschlicher Beziehungen durchschaut hatte, vor allem die Tatsache, dass Sex nicht unbedingt etwas mit Liebe zu tun haben musste, was speziell bei ihr daran gelegen hatte, dass die Männer ihr eigentlich zu jeder Zeit förmlich nachgelaufen waren. Irgendwie schien sie in jedes männliche Beuteschema zu passen.

Nachdem Conni auch ein wenig von sich erzählt hatte, hatte sich Charlotte ihr gegenüber immer weiter geöffnet und sie sogar ins Vertrauen gezogen, was ihre Komplexe betraf. Jeder Teenager hatte diesen messerscharfen, selbstkritischen Blick, der den gesamten Körper nach möglichen Missständen absuchte, jeden Tag aufs Neue. Neben den pubertären Tatsachen wie Akne oder Schuppen erfreuten sich dabei an erster Stelle doch die eingebildeten Unzulänglichkeiten, Brustgröße, Haarfarbe und Struktur, Körpergröße, Nasenlänge, ja eigentliche alle Dimensionen einzelner Körperteile, einer ewigen Beliebtheit. Bei Charlotte waren es die Augen, die ihrer Meinung nach viel zu weit auseinanderstanden, sowie ihre Knie, die viel spitzer wären als die ihrer Freundinnen und der anderen Mädchen, weshalb sie nur ungern in kurzen Shorts herumlief. Conni versuchte gar nicht erst, es ihr auszureden. Sie wusste, dass es keinen Sinn hatte. Sie hätte auf ihre eigenen Hände verweisen können, die vom jahrelangen Karatetraining gezeichnet waren und nicht unbedingt dem femininen Ideal entsprachen, stattdessen fing sie an zu lachen und fragte Charlotte, warum sie sich als so hässliches Entlein denn gerade Chancen auf dem Modelmarkt ausgerechnet hätte.

Erst hatte Charlotte geschwiegen und betreten auf den Boden geschaut. Der Blick, der Conni dann traf, wirkte nicht überrascht, eher entschuldigend, als wenn sie sich bereits selbst Gedanken darüber gemacht hatte. «Ich habe mir schon gedacht, dass es deswegen ist», hatte Charlotte gesagt und hinzugefügt: «Mein Vater hat mit dir gesprochen, nicht?»

«Natürlich», hatte sie geantwortet und gefragt, was Charlotte über die Sache wisse.

«Nicht so viel», hatte sie erklärt. Manu, ein Mädchen aus ihrer Klasse, habe ihr davon erzählt und gesagt, dass sie das schon öfter gemacht habe, es wäre ganz einfach, würde einen riesen Spaß machen und zudem auch noch super bezahlt werden. Man käme richtig auf der Welt rum und würde tolle Leute und coole Typen kennenlernen.

Ob diese Manu ihr denn erzählt habe, was sie genau gemacht habe, hatte Conni gefragt, und Charlotte hatte leise etwas von Fotos gemurmelt. Wo die denn aufgenommen wurden? In Budapest und Prag, im Sommer auch auf den Balearen. Damit war klar, worum es ging. Auf jeden Fall nicht um seriöse Mode- oder Werbeaufnahmen. Aber das hatten sie ja auch nie wirklich angenommen. Ob Manu ihr denn die Fotos gezeigt hätte? Nein. Auch nicht gesagt, um welche Art Fotos es dabei ginge? «Hauptsächlich Klamotten», hatte Charlotte geantwortet, schon sehr leise. «Und wohl auch so erotische Sachen», hatte sie noch leiser hinzugefügt.

Eine ganze Zeit waren sie dann stumm nebeneinanderher gelaufen, und Conni hatte gegrübelt, ob es ihr überhaupt zustand, Charlotte zu warnen, sie zu loben und ihr Ratschläge zu geben. Wollte sie nicht nur, dass Charlotte den Kontakt zu dieser Manuela herstellte, und zwar so, dass sie auch etwas erfuhren? Es war ganz dünnes Eis, auf dem sie sich bewegten. Eigentlich hätte eine offizielle Vorladung unter Anwesenheit aller möglichen Amtspersonen durchgeführt werden müssen. Wenn die Eltern keine Einwände hatten, dann war eine solche Vernehmung einer Minderjährigen ungefähr frühestens nach einer Woche zu realisieren. Spielten die Eltern nicht mit, dann konnte sich die Zeitspanne deutlich verlängern. Viel zu viel Aufwand jedenfalls. Sie wollten Manu ja nur ein paar Fragen stellen. Am Ende des Marktplatzes steuerte Conni auf ein kleines italienisches Café zu. Die Stühle und Tische standen im Schatten, und alle waren leer. Conni bestellte zwei Milchkaffees. Charlotte schwieg immer noch.

«Weißt du», begann Conni, nachdem der Kellner die Schalen auf den Tisch gestellt und den beiden *bella signorinas* mit einem schmeichlerischen Lächeln und betont italienischem Akzent guten Appetit gewünscht hatte, «ich könnte dir jetzt eine Menge erzählen, und wenn du möchtest, dann können wir uns auch darüber unterhalten, aber erst mal möchte ich dir sagen, dass ich es ganz toll finde, dass du da nicht mitgemacht hast, ohne vorher mit deinem Vater, mit deinen Eltern zu sprechen.»

Charlotte nickte stumm und verrührte den Schaum in ihrer Milchschale.

«Du hast doch selbst gesagt, du hättest noch nicht so viel Erfahrung … mit Männern.»

Charlotte blickte sie erschreckt an, schwieg aber immer noch. Schließlich nickte sie.

Wie beginnen? Verdammt, Conni hatte keine Routine im Umgang mit Fünfzehnjährigen. Es fehlte am Vokabular. Sie hielt doch hier keinen Aufklärungsunterricht ab. Unter Erwachsenen konnte man den Teufel beim Namen nennen, aber hier? «Weißt du, es gibt Männer …» Sie musste vorsichtig sein, behutsam. Sie wollte nichts kaputt machen, keine Illusionen rauben. «Sei einfach froh, dass du noch keinem von ihnen begegnet bist.» Als wenn es die Regel wäre. Es klang, als wenn man in seinem Leben irgendwann zwangsläufig solchen Ärschen begegnen würde. So ging das nicht. «Sie erzählen dir einfach einen vom Pferd, wie toll du aussiehst, wie anmutig du dich bewegen würdest, was du für eine Ausstrahlung hättest …» Schon besser. «Du fühlst dich geschmeichelt. Du fühlst dich gut. Du fühlst dich stark und anderen Frauen überlegen. Dann ist es nur noch ein ganz kleiner Schritt, bis sie dich fragen, ob du schon mal daran gedacht hättest, dich fotografieren zu lassen, zufällig kenne man da einen wirklich erstklassigen Fotografen ...» So ging es. Es war ja auch die Wahrheit. Conni blickte Charlotte ernst an. «In Wirklichkeit haben sie nicht das geringste Interesse an dir – nicht so, wie du dir das vorstellst, wie du dir das wünschst. Du musst nicht einmal schön sein. Sie sind auf der Jagd. Irgendein Kriterium werden sie immer finden, weshalb gerade du es bist, aber sie lügen.» Sollte sie Fetischismus und solche Sachen ins Spiel bringen? Davon sprechen, was für perverse Gelüste es gab und was davon alles im Internet herumschwirrte? Gerade hatte sie davon gehört, dass es eine Plattform im Netz gab, wo Nacktbilder von Exfreundinnen und geschiedenen Frauen veröffentlicht wurden. Eine Art Racheforum, Rosenkrieg im globalen Zeitalter. In anderen Foren brüsteten sich Jugendliche mit ihren neuesten Aufrissen. Geschlechtsteile im Großformat. Jedes Handy machte solche Bilder. Und wenn man frisch verliebt war, dann stimmte man doch fast jedem Blödsinn zu. War es nicht so? In Amerika gab es schon die ersten Straftaten im Zusammenhang mit solchen Veröffentlichungen. Nein, sie wollte um Gottes willen nichts zerstören. «Sie reduzieren dich auf ein Lustobjekt. Nichts mit Erotik, nichts mit Liebe, keine Anerkennung. Nichts von dem, was du gerne hast, was du gerne magst, wirst du dort finden.»

«Hat Manu etwas Verbotenes getan?»

Sie schüttelte den Kopf. «Nein, ich glaube nicht. Aber andere vielleicht mit ihr. Sie ist noch nicht volljährig.»

«Ach, hör auf!» Charlotte machte eine abwertende Handbewegung. «Jetzt fängst du auch an mit der Masche. Manu hatte recht. Sie hat gesagt, ich soll bloß mit niemandem darüber sprechen, weil alle sagen, wir sind noch keine achtzehn.»

Fehler. Alles mühsam Errichtete drohte einzustürzen. Warum hatte sie nur das Alter ins Spiel gebracht. Es war doch bekannt, dass Teenager, gerade was die Volljährigkeit betraf, besonders empfindlich reagierten. Sie war eben kein Profi. «Ich glaube, dass das mit dem Alter recht wenig zu tun hat», entgegnete Conni und gab sich Mühe, ruhig zu bleiben. Sie lächelte Charlotte zu. «Auch wenn du so alt wärst wie ich, wirst du bestimmte Dinge nicht tun wollen.» Bloß jetzt nicht mit Gesetzen anfangen, das war fast genauso falsch wie die Altersfrage. «Es geht doch um Selbstbestimmung.» Falsches Wort, blödes Wort. «Man sollte solche Sachen mit jemandem teilen, den man mag. Sonst ist es nämlich nicht schön.» Das saß. Jetzt kein Wort zu viel. Komm zur Sache, dachte Conni. «Ich will ehrlich zu dir sein. Es gibt einen Grund, dass wir hier sitzen.»

«Ich weiß, der Grund heißt Manu.»

«Aber nicht, wie du denkst. Es geht überhaupt nicht darum, was Manu gemacht hat, aber wir müssen unbedingt mit ihr sprechen.»

Charlotte zuckte mit den Schultern und trank ihren Milchkaffee aus. «Wo ist das Problem?»

«Sie kann uns helfen.» Conni machte einen tiefen Atemzug. «Es kann aber auch sein, dass Manu in Gefahr schwebt.»

Plötzlich zeichnete sich Angst auf Charlottes Gesicht ab. «Weswegen?»

«Der Mann, dem das Handy gehört, dessen Nummer

dir diese Manu gegeben hat – ist tot. Und er ist auf keine sehr schöne Art ums Leben gekommen.»

«Manu bringt mich um, wenn sie erfährt, dass ich die Nummer weitergegeben habe. Aber sie ist nicht blöd, und sie weiß, dass mein Vater bei der Polizei ist – und bei Mord ... ich meine ... das muss sie einfach raffen.» Sie zeigte auf Connis Handy. «Darf ich von deinem aus anrufen?»

Charlotte war noch nie bei ihrer Klassenkameradin gewesen. Sie kannte auch die Gegend nicht, wo Manuela Holzbrink wohnte. Wenn überhaupt, dann traf man sich in der Stadt, hatte Charlotte erzählt. Conni ahnte, warum. Wahrscheinlich schämte sich Manu ihrer Herkunft wegen.

Das Viertel war alles andere als ein Aushängeschild. Eine alte Arbeitersiedlung am Rand von Mölln. Abgelegen, unbeliebt, heruntergekommen. Keine herausgeputzten Einfamilienhäuser, keine schnieken Gärten und Carports, sondern schlichte Wohnblöcke aus der Nachkriegszeit. Zum größten Teil von einkommensschwachen Familien bewohnt. Das war nett ausgedrückt. Hier wohnten Sozialhilfeempfänger und Arbeitslose, viele Russlanddeutsche. Conni war das Quartier aus der letzten internen Erhebung bekannt. Fünfmal so viele Polizeieinsätze wie andernorts. Die Müllcontainer an der Straße quollen über. Irgendjemand hatte die Verkehrsschilder in der Siedlung übermalt. Anstelle der Geschwindigkeitsbegrenzung stand «Hartz IV» auf den Verbotsschildern. Von den Fassaden der Häuser bröckelte der Putz, andere waren mit maroden, teils eingeschlagenen Eternitplatten verkleidet. An jedem Balkon hing eine Satellitenschüssel. Der Rasen hinter den Ligusterhecken war von der Sonne verbrannt.

Manu hatte zuerst nicht gewollt. Wie erwartet, war sie sauer, als Charlotte ihr den Grund ihres Kommens erklärt hatte. Aber Geros Tochter hatte sich nicht beirren lassen. Sie hatte auf einmal wie eine Erwachsene gewirkt, hatte alle Einwände ihrer Freundin hartnäckig weggewischt und auf dem Treffen bestanden. Conni merkte, dass sie helfen wollte. Vielleicht hatte sie auch Angst. Manu konnte nicht weg. Sie musste auf ihre zwei kleinen Geschwister aufpassen. Schließlich hatte sie eingewilligt. Ganz wohl war Charlotte nicht bei dem Gedanken, ihrer Freundin in Begleitung einer Polizistin gegenüberzutreten. Conni konnte es ihr ansehen, als sie durch die Siedlung fuhren.

Vor dem Haus stand eine kaputte Kinderschaukel, dahinter stapelte sich jede Menge Unrat. Es sah aus, als wären mehrere Sperrmülltermine übergangen worden. Im Treppenhaus roch es nach billigem Essen. Die Wohnungstür stand offen. Charlotte drückte auf die Klingel und rief gleichzeitig den Namen ihrer Klassenkameradin. Nach einem kurzen Moment erschien Manuela Holzbrink hinter der Tür. Conni erschrak. Das Mädchen wirkte verwahrlost. Ihre Gesichtszüge waren ausgemergelt, sie hatte dunkle Ränder unter den Augen, sodass sie nicht wie eine Siebzehnjährige, sondern eher wie ein abgemagerter dreißigjähriger Junkie aussah. Arme und Beine waren viel zu dünn für ihre Größe, zwischen ihren schmalen Schultern sprangen die Schlüsselbeine wie knochiges Geäst hervor. Die blondgefärbten Haare trug Manuela Holzbrink zu einem strengen Pferdeschwanz zusammengebunden, ihre Fingernägel hatte sie hellblau lackiert.

«Hi, Manu», begrüßte Charlotte sie. «Das ist Frau Sonntag. Eine Kollegin von meinem Dad.»

Manuela warf Charlotte einen missbilligenden Blick zu. Conni merkte, wie sie um Beherrschung rang. «Kommt rein.»

«Sind deine Eltern nicht da?», fragte Conni, und gemeinsam betraten sie die Wohnung. Im Flur hatte anscheinend eine Katze die Tapete von den Wänden gerissen. Trotz der sommerlichen Temperaturen roch es muffig und sah elend aus.

«Meine Mutter is zur Arbeit, und meinen Vater hab ich seit drei Tagen nich gesehen. Keine Ahnung, wo der is. Ich muss hier auf die beiden Lütten aufpassen. Jennifer is sieben und Mandy fünf. Kümmert sich ja sonst keiner.»

Conni blickte sich um. Von Manuelas Geschwistern war weder etwas zu sehen noch zu hören. Sie folgten dem Mädchen in die Küche. Die Wohnung war völlig heruntergekommen. Auf dem Boden lagen Spielsachen verstreut, neben der Spüle standen mehrere gelbe Abfallsäcke mit dreckigem Verpackungsmüll, und auf dem Küchentisch stapelten sich Geschirr und Essensreste. Conni beherzigte alle guten Vorsätze und machte gute Miene zu bösem Spiel. Es fiel ihr schwer, sich zu beherrschen.

«Es geht um die Nummer, die du mir gegeben hast», meinte Charlotte, die sich verwirrt umschaute. Man merkte, dass sie am liebsten davongerannt wäre, und

Conni bereute es bereits, dass sie überhaupt hergekommen waren.

Manu stand an den Rand des Herdes gelehnt und hatte die Arme vor der Brust verschränkt. «Zigarette?» Sie deutete auf eine Schachtel neben sich, dann fingerte sie umständlich eine Zigarette heraus und zündete sie an.

«Nein, danke», antwortete Conni, und auch Charlotte lehnte ab. «Es handelt sich um Timo Schlohmann.» Conni betrachtete Manuelas Hände. Es waren schlanke Kinderhände, und die lackierten Nägel wirkten künstlich. Bei genauerer Betrachtung konnte man erkennen, dass sich winzige gemalte Miniaturen auf den Nägeln befanden. Bonsai-Airbrush hatte Paul Dascher diese Kreationen aus dem Nail-Studio kürzlich genannt. Für Conni war es die Krönung des schlechten Geschmacks.

«Kenn ich nicht», antwortete Manuela und zog gierig an der Zigarette, an der sich ein langer Glutkegel bildete.

«Aber du hast mir seine Nummer gegeben», erklärte Charlotte und schaute ihre Klassenkameradin fordernd an.

Manuelas Blick war hart. Er gab zu erkennen, dass ihre Augen bereits mehr gesehen hatten, als es für eine Siebzehnjährige üblich war. «So?», sagte sie und schüttelte den Kopf. «Der Kerl, den ich kenne, heißt Gerry.»

«Und weiter?», fragte Conni.

«Keine Ahnung. Nur Gerry», entgegnete Manu.

«Und wie bist du an die Nummer gekommen?»

Manu blies Conni den Rauch der Zigarette ins Gesicht. «Er hat sie mir gegeben. Ist aber schon 'ne Weile her. Hat mich mal angequatscht. Wer weiß, vielleicht hat er sein Handy ja verschenkt?»

Conni zog ein Foto aus der Tasche. Es war eine Aufnahme des Polizeifotografen, die Timo Schlohmann im Profil zeigte. Das Einschussloch auf der Stirn war nicht zu sehen. Dennoch war zu erkennen, dass der Mann tot war. Sie hielt es Manu hin. «Ist das Gerry?»

Manuela warf einen flüchtigen Blick auf das Bild. Zu flüchtig, wie Conni fand. Dann wendete sie sich ab. «Kenn ich nicht.» Sie log. Conni merkte es sofort. Der Blick des Mädchens huschte haltsuchend durch die Küche. Manuela war eine schlechte Lügnerin. Sie kannte Schlohmann, und sie hatte auch gesehen, dass er tot war. Aber sie war geprägt durch das Milieu, in dem sie aufgewachsen war. Allem Anschein nach hatte sie gelernt, dass es besser war, Unwissenheit vorzutäuschen, wenn es um Straftaten ging. Wer konnte ihr diese Erfahrung übelnehmen. «War's das?», fragte sie, nachdem Conni das Bild wieder eingesteckt hatte. «Ich muss nämlich jetzt mal die beiden Lütten einsammeln.»

«Ja, das war's dann schon.» Es hatte keinen Sinn, weiter zu bohren. Wenn Manuela es schon leugnete, Schlohmann überhaupt gekannt zu haben, dann machte es erst recht keinen Sinn, nach dem Hintergrund zu fragen. Jedes weitere Wort hätte nur Charlotte geschadet. Sie musste Manuela ja nicht unter die Nase reiben, was Charlotte ihr schon alles erzählt hatte. Sie hielt Manu eine Karte von sich entgegen. «Vielen Dank», meinte sie und verkniff sich jegliche zweideutige Geste. «Und wenn dir trotzdem noch was zu der Handynummer einfällt, was du loswerden möchtest ... Kann ja sein, oder? Denn wie du bestimmt gesehen hast, handelt es sich hier nicht um irgendwelche Kavaliersdelikte … Dann kannst du mich jederzeit anrufen. Ich verspreche dir, dass ich das vertraulich behandeln werde.»

Gero verhielt sich merkwürdig. Wegen irgendetwas schien ihr Chef besorgt zu sein. Gleichzeitig wirkte er abwesend, als Conni ihm von Manuela Holzbrink erzählte. War es wegen seiner Tochter? Immerhin wäre Charlotte diesem Schlohmann fast in die Hände gefallen. Sie hatte richtig erleichtert gewirkt, als sie von Manu aufgebrochen waren, fast dankbar. Conni wusste immer noch nicht, was Lena mit ihrer Tochter besprochen hatte, aber Charlotte schien sich plötzlich darüber im Klaren zu sein, in was sie da fast hineingeschlittert wäre. Die Emotionen würden sich in den nächsten Tagen legen, und danach würde sie die ganze Angelegenheit aus einer anderen Perspektive sehen. Auch wenn der Besuch bei Manuela ermittlungstechnisch für die Katz gewesen war, Charlotte hatte er die Augen geöffnet.

Es war unwahrscheinlich, dass sich Manuela Holzbrink von sich aus bei ihr melden würde. Wenn sie dem Mädchen aus dem Sumpf, in den sie wahrscheinlich über diesen Schlohmann hineingeraten war, heraushelfen wollte, dann musste sie irgendetwas vorweisen können, mit dem sie Manuela konfrontieren konnte. Irgendetwas Handfestes, am besten ein paar von den Fotos, die man von ihr gemacht hatte. Vielleicht würde sie dann verraten, was Timo Schlohmann für eine Rolle gespielt hatte. Aber wie kam man an solche Fotos?

«Peters Leute haben den Wagen von Carola Hansen durch. Jede Menge Spuren. Fast zu viele.» Gero reichte ihr den Bericht. «Fingerabdrücke ohne Ende. Von allen Hansens, und noch jede Menge mehr. Der Computer ist schon gefüttert, aber bislang ergebnislos. – Wie weit bist du mit der Liste vom Fitnesscenter?»

«Gut die Hälfte habe ich durch», antwortete Conni und fühlte sich ertappt. Es war schamlos übertrieben. Durch Schlohmanns Tod hatte sie die Liste der Recherche hintenangestellt. Erst drei Kontakte hatte sie bearbeitet. Alle Männer hatten zugegeben, mal kurz etwas mit Carola Hansen gehabt zu haben, aber alle konnten ein Alibi für die Tatzeit vorweisen. Ein schlechtes Gewissen brauchte sie nicht zu haben, da Gero sie ja darum gebeten hatte, mit Charlotte zu sprechen. Sie hätte genauso eingewilligt, wenn der Fall nicht bei Leif gelegen hätte. Nur musste sie aufpassen, dass sie nicht plötzlich zwischen den Stühlen saß. Kontinuität in der Bearbeitung hatte höchste Priorität. Wo hatte sie diese verflixte Liste. Es war eine Sache von höchstens einem Tag Arbeit. Conni blickte zur Uhr. In zwei Stunden war Feierabend. Sie konnte wenigstens noch ein wenig Vorarbeit leisten.

Es klopfte, und Leif steckte den Kopf zur Tür herein. «Störe ich?»

«Nein, du kommst gerade recht», sagte Conni und bemerkte, wie ihre Pulsfrequenz anstieg. «Ich habe mit Charlotte gesprochen und war mit ihr zusammen bei dieser Manu. Sie behauptet, Schlohmann nicht zu kennen. Aber was sie Geros Tochter erzählt hat, hört sich anders an. Fotoshootings in Prag, Budapest und am

Mittelmeer. Was das für Fotos waren, hat sie zwar nicht erwähnt, aber man kann es sich bei den Örtlichkeiten ja denken. Timo Schlohmann scheint der Kontaktmann gewesen zu sein.»

«Pornobranche», murmelte Leif. «Haben wir ja schon vermutet. Der hat minderjährige Mädchen gekobert.»

«Wahrscheinlich. Siehst du eine Möglichkeit, das zu prüfen?»

Leif machte ein nachdenkliches Gesicht. «Haben wir ein Foto von dieser Manu?» Er blickte Gero fragend an.

«Ich könnte Charlotte um ein Klassenfoto bitten.»

«Das würde reichen», erklärte Leif. «Erinnerst du dich an den Grapscher, diesen Voigt?»

«Frank Voigt?» Gero nickte. «Was ist aus dem geworden?»

«Betreutes Wohnen.» Leif lächelte.

«Könntet ihr mich aufklären?», bat Conni und schaute abwechselnd zu Gero und Leif.

«Na klar», begann Leif. «Voigt ist so was wie der König der Wichser.» Er räusperte sich verlegen und wurde rot, als er merkte, dass das Vokabular der Situation etwas unangemessen war. «Er wurde nach seiner Verhaftung von den Medien so genannt», erklärte er entschuldigend, «weil man tonnenweise pornographisches Material in seiner Lübecker Wohnung sichergestellt hat. In dem Umfang, dass man zuerst davon ausging, einen richtig dicken Fisch bezüglich der Verbreitung von Kinderpornographie an der Angel zu haben, aber während des Prozesses hat sich dann herausgestellt, dass er mit dem Material gar nicht gehandelt hat. Der hat das nur zum … also für den Privatgebrauch gesammelt, über Jahre. Er muss von morgens bis abends vorm Computer gesessen haben, anders ist das nicht denkbar. Millionen von Bildern hatte er archiviert. Alles junge Mädchen. Du machst dir keine Vorstellungen. Und geschnappt haben wir ihn, weil er zufällig zum falschen Zeitpunkt auf einem observierten Server gelandet ist. Während des Verfahrens hat er sich selbst als süchtig bezeichnet und meinte, es gäbe keine Pornoseite im Internet, die er nicht kennen würde. Seither sitzt er in der Geschlossenen, gilt als nicht therapierbar.»

«Unglaublich. Und was versprecht ihr euch von diesem Voigt?»

«Dem drückst du ein Foto in die Hand, und er sagt dir, ob er das Gesicht kennt. Er ist immer kooperativ. Voigt ist richtig stolz auf seine Kenntnisse. Er meint, er hat jedes Mädchen, das sich irgendwann und irgendwo im Netz mal ausgezogen hat, gesehen. Meistens kann er dir sogar noch eine zugehörige Domain nennen.»

«Pervers.» Mehr fiel Conni dazu nicht ein.

Im gleichen Moment kam Matthias zur Tür herein und knallte einen Aktenordner auf den Tisch. «Diese verdammte Sau! Er hat seine Töchter gevögelt, alle beide!»

Alle drei blickten ihn fragend an. «Wovon redest du?», fragte Conni.

Matthias machte ein angeekeltes Gesicht. «Von unserem hochangesehenen Bürgermeister, dem Vater von Carola Hansen. Was in den Tagebüchern steht, ist ziemlich eindeutig. Ein Kinderficker ist das!» Er machte mehrere schwere Atemzüge. «Ich sag's euch gleich:

Wenn ihr den hopsnehmt, dann ohne mich. Da kann ich für nix garantieren. Ich hab mir die Scheiße jetzt zwei Tage lang reingezogen. Klasse Lektüre, sag ich euch! Wenn der in meine Reichweite kommt, hau ich ihm aufs Maul.»

## Kapitel 11

Leif hatte absichtlich den Umweg über den Schaalsee gemacht. Gemächlich fuhr er die idyllische Strecke zwischen Seedorf und Zarrentin entlang und genoss die Morgenstimmung, die einen zarten Nebelschleier über die Felder legte. Der Boden kämpfte immer noch mit der Feuchtigkeit der sintflutartigen Regenfälle, die es während der letzten Tage gegeben hatte. Das Tiefdruckgebiet war inzwischen über das Lauenburgische hinweggezogen, und die großen Regner verrichteten wieder ihre Arbeit. An einigen Stellen spritzten die hohen Wasserfontänen bis auf den Asphalt der Straße.

Er liebte die Strecke, vorzugsweise um diese Uhrzeit, wenn die Straße auf seiner Seite leer war, weil der Berufsverkehr in die entgegengesetzte Richtung fuhr. Die B 195 war bis Boizenburg fast unbefahren, und Leif konnte es zwischen den Dörfern richtig krachen lassen. Der Spaß begann immer dann, wenn der Zeiger des Drehzahlmessers die 5 überschritt. Leider tauchte nach kurzer Zeit schon das nächste Dorfschild auf und zwang ihn zur Mäßigung. Dann dachte Leif an Conni, die immer allergisch auf schnelle Landstraßenfahrten reagierte, dabei war sie doch sonst der sportliche Draufgängertyp. Aber im Auto wurde sie ängstlich – was wahrscheinlich daran lag, dass sie erlebte, wie die alten Alleen in der DDR innerhalb kurzer Zeit zu Friedhöfen ihrer Generation umgestaltet wurden. Sie käme aus dem Land, wo die Bäume Namen hätten, hatte sie ihm damals erklärt, als sie Leif gebeten hatte, nicht ganz so schnell zu fahren. Die Bäume würden Andrea, Jürgen, Dennis und Rico heißen. Und sie hatte recht. Wenn sich Leif umblickte, dann konnte man erkennen, dass kaum eine der alten Eichen rechts und links der Allee auf den unteren zwei Metern eine unverletzte Rinde hatte. Fehlten größere Stücke, stand meist ein hölzernes Kreuz mit einem kleinen Strauß Blumen davor. Am Ortsausgangsschild schaltete er dennoch einen Gang zurück und gab Vollgas. Noch elf Kilometer bis Boizenburg. Er ärgerte sich, denn der schönste Teil der Strecke begann, wenn er am Ziel war. Der Abschnitt zwischen Teldau und Dömitz gehörte mit zum Schönsten, was es hier an Straßen gab. Dort, wo sich der Elbstrom in einer langen Geraden hinstreckte, bis er auf Höhe Hitzacker auf einmal anfing, wilde Haken zu schlagen, dort schlängelte sich die 195 am Geestrücken zwischen Kiefernwäldern und flachen, von Gräben durchzogenen Auen entlang, unterbrochen von einzelnen Gehöften in den Elbniederungen und verträumten Dörfern mit alten, teils liebevoll restaurierten Fachwerkbauten. Das Besondere war auch die Qualität des Straßenbelags, die auf der gesamten Strecke eine zügige, fast geräuschfreie Fahrt erlaubte. Verkehrte Welt, dachte Leif und ärgerte sich zum hundertsten Mal, dass er diesen Wahnsinn zwangsweise mitfinanziert hatte. Während in den alten Bundesländern inzwischen selbst die neuen Autobahnen aus Kostengründen im Stil der alten, holprigen Betonpisten aus der Transitzeit erbaut wurden, waren die

Landstraßen im Osten ganz in der Tradition des deutschen Straßenbaus saniert worden. Aber wofür, fragte sich Leif, während er an der ersten roten Ampel anhielt. Wahrscheinlich, um die Leerstände miteinander zu verbinden, schloss er zynisch. Sein Blick fiel auf die mehrheitlich unbewohnten Häuser an der Straße, in deren Fenstern Schilder den Verkauf offerierten. Boizenburg war ein malerischer Ort mit einer verträumten Altstadt. Sicher konnte man hier eine Immobilie zum Schnäppchenpreis erwerben. Vor den restaurierten Fassaden der Altstadt hingen die Schilder der Maklerbüros. Stadtvilla zu verkaufen, Gewerbeflächen frei. Aber so idyllisch die Stadt auch war, was wollte man hier?

Leif parkte den Porsche am Rand der Fußgängerzone zur Wallstraße. Freie Plätze gab es zur Genüge. Er studierte kurz den Stadtplan, steckte Handy und Zigaretten ein und schlenderte am Markt entlang, bis er die gesuchte Hausnummer gefunden hatte. Die Spielhalle, in der Timo Schlohmann gearbeitet hatte, lag direkt an der Hauptstraße. Gegenüber gab es eine kleine Bäckerei. Leif bestellte einen Kaffee, kaufte eine Zeitung und setzte sich an einen der Tische, die man vor dem Geschäft auf dem Bürgersteig aufgestellt hatte. Zwei Stühle weiter saß eine ältere Dame mit einem weißen Pudel an der Leine. Beide waren frisch frisiert. Der Hund blickte verstört zur Seite, als Leif ihn anschaute, als wenn er sich für sein Frauchen oder die Frisur schämen würde. Sie trug trotz der sommerlichen Temperaturen einen braunen Trenchcoat, nippte an ihrer Tasse und tat, als bemerke sie ihn nicht.

Er beobachtete die Spielhalle aus dem Augenwinkel

und schlug die Zeitung auf. Über dem Eingang hing ein großes Neondisplay. *Pinball No.1* entzifferte er den schnörkeligen Schriftzug. Leif fiel der alte Who-Titel *Pinball wizard* ein. Vergeblich versuchte er, sich an die Melodie des Songs zu erinnern. Es war Urzeiten her, dass er zuletzt eine Spielhölle betreten hatte. Zu Schulzeiten, irgendwo in Südengland zwischen Hastings und Brighton. Er erinnerte sich an die rappelvollen Bingohallen mit Rentnerinnen in schrillen Kostümen. Damals hatten sie ihr Taschengeld an den Flippern und Groschengräbern verspielt. In die Pubs hatten sie nicht gedurft, die Andenkenläden waren abends geschlossen und das Angebot in den Restaurants war indiskutabel gewesen, also waren nur die Spielhallen übriggeblieben. Etwas anderes hatte es an den Uferpromenaden nicht gegeben. Er zündete sich eine Marlboro an. Die hatte er damals auch schon geraucht.

Die Fenster des Pinball waren mit großen Werbetafeln verstellt. Cashpoint, Top Risc, Superbonus und andere Slogans prangten in leuchtend roter Schrift über stilisierten Spielkarten, Kronen und Geldscheinen. Leif überlegte, was früher wohl in dem Ladengeschäft beheimatet gewesen war. Ein Schuhladen? Eine Schlachterei? Ein Fischgeschäft? Was immer es gewesen war, es war nichts mehr davon zu erkennen. Aber lohnte sich der Betrieb einer Spielhalle überhaupt, zumal hier im Osten, wo das Geld doch nun wirklich knapp und die Arbeitslosenquote hoch war? Wahrscheinlich war das genau die Klientel, die man damit ansprechen wollte. Wer sein Glück im Lotto suchte und Rubbellose kaufte, der war sicher auch für das Amüsement in einer Spielhölle empfänglich. Trotz der extrem hohen Abgaben und Steuern musste sich noch genug Geld damit verdienen lassen. Man hatte knapp 7000 Euro erbeutet, als man Schlohmann niedergeschlagen und die Tageseinnahmen des Pinball geraubt hatte. Leif blickte zur Uhr. Noch eine halbe Stunde, bis die Spielhalle öffnete. Er war gespannt, auf was für ein Publikum er dort treffen würde. Bestimmt waren es keine Spieler, wie man ihnen im Casino begegnete. Eher Arbeitslose und Alkis, die auf das große Glück hofften und hier am Monatsanfang innerhalb eines Tages die ganzen staatlichen Zuwendungen versenkten. Richtige Zocker gingen bestimmt nicht in solche Spielotheken, sondern trafen sich in irgendwelchen dunklen und verrauchten Hinterzimmern. Wie früher auch schon.

Ein Big Deal war unter staatlicher Aufsicht so oder so nicht zu machen, und Boizenburg war nicht Las Vegas. Der Sieger stand von vornherein fest. Egal ob Klassenlotterie, Spielbank oder Sportwetten. Den Hauptgewinn sackte der Staat ein. Danach kam der Betreiber, in diesem Fall ein gewisser Vitali Perenko. Perenko war gebürtiger Russe, Ende vierzig, verheiratet und wohnte seit über zehn Jahren in Mölln. Er betrieb 28 Spielhallen in Norddeutschland. Mehr hatte Leif bislang noch nicht herausgefunden, aber für morgen Nachmittag war er bei Perenko angekündigt. Gemeinsam mit Gero, den er um seinen heutigen Job nicht beneidete.

Den Vater von dieser Hansen nach seinem Alibi für die Tatzeit zu fragen war kein Zuckerschlecken. Sexueller Missbrauch hin oder her – in diesem Fall würde man es ohnehin nicht mehr beweisen können, ob es wahr war, was in den Tagebüchern stand. Selbst wenn es stimmen sollte, war der Tatbestand für ihre Arbeit völlig irrelevant, da es keine Zeugen mehr gab. Als mögliches Motiv war die Sache jedoch von außerordentlichem Interesse. Es ging um Mord. Und für einen unbescholtenen Bürgermeister war eine Verleumdung oder Erpressung vielleicht ein Tatmotiv. Wie dem auch war, Gero besaß genügend Erfahrung und Fingerspitzengefühl. Er würde diesem Schönborn bestimmt nicht die Pistole auf die Brust setzen und ihn voreilig mit dem Verdacht sexueller Nötigung, Kindesmisshandlung, Missbrauch von Abhängigen, Schutzbefohlenen oder womit auch immer konfrontieren. Der Mann hatte immerhin seine beiden Töchter verloren. Vor dem Hintergrund eines möglichen Tatverdachts hieß es deswegen einmal mehr, Schönborn mit Glacéhandschuhen anzufassen. Vorerst zumindest.

Ein tiefer gelegter Golf mit zwei riesengroßen Auspuffrohren hielt vor dem Pinball, und ein Mann stieg aus, warf die Beifahrertür schwungvoll ins Schloss und winkte dem Fahrer durch die abgedunkelte Scheibe kurz zu. Dann schloss er die Eingangstür der Spielhalle auf, und kurze Zeit später flackerte das Licht hinter den Werbetafeln. Leif beschloss, noch ein wenig zu warten, und bestellte einen weiteren Kaffee und eine Laugenbrezel. Den spielsüchtigen Zocker zu mimen war ihm an sich schon peinlich genug. Da musste er nicht auch noch der erste Kunde im Laden sein.

Eine gute halbe Stunde später hatte immer noch niemand die Spielhalle betreten. Leif überquerte die Straße. Gedämpftes Licht empfing ihn im Inneren des *Pinball*

*No.1*. Enttäuscht stellte er fest, dass es nicht mal einen Flipper gab, wie es der Name des Ladens suggerierte. Wenigstens keinen echten, den man richtig mit Hüften und Armen malträtieren konnte. In Leifs Jugendzeit hatte in fast jeder Kneipe ein Flipper gestanden. Game over, tilt! Die Begriffe und Geräusche hatten die Jahrzehnte überlebt und waren für Leif noch unmittelbar präsent. Genauso das mechanische Feeling, der korkgedämpfte Federstoß, mit dem die Stahlkugel ins Spiel katapultiert wurde, die elektromagnetischen Impulse, die den Glaskasten früher hatten vibrieren lassen, und dann natürlich das kurze und satte Schnapp-Schnapp der Flipper. Das Digitalzeitalter hatte auch die Flipper überrollt. Im Vorbeigehen warf Leif einen sentimentalen Blick auf das Gerät. Auf dem Touch Screen leuchteten ihm Figuren und Phantasielandschaften aus Tolkiens *Herr der Ringe* entgegen. Auf dem Gerät daneben waren die Helden von *Harry Potter* zu sehen.

Der Laden war schlicht und zweckmäßig eingerichtet. In der Raummitte standen Bistrotische und Barhocker, zu den Wänden hin hohe Rollstühle billigster Machart vor den Spielgeräten. Dazwischen Pflanzen aus dem Gartencenter oder Restpostenmarkt, Yuccapalmen und dergleichen in Zinkeimern, die mit grünem Granulat gefüllt waren. Zwischen den Spielgeräten hingen kitschige Plakate und Neondisplays an den Wänden. Das größte davon über dem Kassenstand. Über 43 000 Euro waren im Jackpot, wie die blinkenden Ziffern versprachen.

Der junge Mann hinter der Sicherheitsscheibe lächelte ihn freundlich an. «Ein neues Gesicht? Man kommt zurecht?»

«Danke, ich melde mich, wenn es Probleme gibt.» Neben der Aufsicht standen ein Geld- und ein Wechselautomat. «Irgendwelche Empfehlungen?»

Der Mann deutete auf zwei Terminals in der hintersten Ecke des Raumes. «Die Cashpoints und Tipomaten laufen ganz gut.»

Momentan lief hier gar nichts, fand Leif, der sich die Geräte genauer anschaute. Er überlegte, wie lange es dauern würde, bis sich die ersten richtigen Kunden hier blicken ließen. Sportwetten? Nein, wenn er schon Geld zum Fenster rauswarf, dann musste es blinken und rattern. «Ist der Timo gar nicht mehr hier?», fragte Leif nebenbei und blickte gelangweilt auf die Anzeige des Wettautomaten.

«Keine Ahnung», entgegnete der Mann. «Ich bin erst seit drei Wochen hier.»

Leif ließ den Blick über die Geldspielgeräte an der Wand gleiten, als suche er etwas Bestimmtes.

«Den Hellraiser kann ich empfehlen. Ganz neu. Von letzter Woche. Superbonus, Gewinnerhöhung und Top Risc auf der Stairway, Teilgewinn … Total geil die Kiste. Na ja …» Er zeigte über sich auf die blinkende Anzeige. «Und dann der Jackpot.»

Leif hatte keine Ahnung, wovon der Mann gesprochen hatte, er begriff nur, dass es einer Aufforderung gleichkam, endlich loszulegen. Auf der anderen Seite der Box standen zwei Dart-Maschinen. Scheiben konnte man die Kabinen-gleichen Monstren ja wirklich nicht mehr nennen. Auch hier alles elektronisch. Die Pfeile hatten stumpfe Spitzen aus Kunststoff. Er kannte die kleine Variante für den Hausgebrauch. Finn hatte so etwas von seinem Großvater zum letzten Geburtstag bekommen. Leif erinnerte sich an den Schottland-Urlaub, den er vor etlichen Jahren zusammen mit Miriam gemacht hatte. In den dortigen Pubs war Dart ein richtiger Volkssport gewesen. Mit einem Guinness oder Malt-Whisky in der Hand wurde auf die Pappscheiben geworfen. Wider Erwarten hatte es nie Verletzte gegeben, obwohl der Zustand einiger Gäste das hätte vermuten lassen. Irgendwo zu Hause musste er noch einen Satz echter Dartpfeile herumliegen haben. «Na, dann werd ich mal mein Glück probieren.» Leif schob einen Fünfzig-Euro-Schein in den Wechselautomaten und blickte an die Decke. «Kameraüberwachung?», fragte er neugierig.

«Ist ganz neu», meinte die Aufsicht. «Wurde letzte Woche installiert. Dient nur der Sicherheit.»

Leif überlegte, ob so etwas in der Nähe eines Geldautomaten überhaupt gestattet war, schließlich konnte man vielleicht auch erkennen, welche Geheimzahlen eingegeben wurden. Aber so streng, wie Spielhallen vom Staat kontrolliert wurden, war ein Missbrauch wohl auszuschließen. Und mit ziemlicher Sicherheit war die Videoüberwachung aufgrund des Überfalls installiert worden. «Nicht viel los hier», murmelte er und steckte die Münzen in die Hosentasche.

«Das kommt schon.»

Leif orderte ein Bier. Alkoholfrei. Dann zündete er sich eine Zigarette an und inspizierte die unterschiedlichen Spielgeräte in den Nischen. Von jedem zweiten Gerät lachte ihm diese komische Sonne entgegen, und ihm war so, als hätte es dieses Zeichen auch früher schon auf den Spielautomaten gegeben, als ihm sein Vater immer eine Mark in die Hand gedrückt hatte, wenn der mit seinen Kumpels an der Theke seine Ruhe haben wollte. Gauselmann, jetzt fiel es ihm wieder ein. Die Firma musste so etwas wie der Marktführer unter den Glücksspielautomatenherstellern sein. Leif steckte einen Euro in den Geldschlitz, und sofort fing das Gerät an, sich zu regen. Lampen blinkten auf, Farblichter zuckten hinter der Glasscheibe wild hin und her, und Walzen begannen zu rotieren. Einer der drei großen Knöpfe leuchtete auf, aber bevor er draufdrücken konnte, war das Licht bereits wieder erloschen. Es war genauso wie früher. Er wusste eigentlich gar nicht, was er hier tat. Ein Heulton ertönte, ein zischendes Piepen. Aus. Game over. Leif steckte das nächste Geldstück nach und wartete, bis der Knopf erneut aufleuchtete. Klick. Eine Fanfare ertönte. Die Multiplayanzeige leuchtete auf. 20 Bonusspiele. Toll. Leif drückte die grüne Taste. Die Zeit verging.

Nach einer dreiviertel Stunde fielen die ersten Geldstücke in den Gewinnschacht. Acht Euro. Nicht schlecht. Er rechnete nach. Neun Euro hatte er investiert, machte einen Euro Verlust bei einer knappen Stunde Amüsement, falls man auf blinkende Lampen und rotierende Zahlen und Symbole stand. Wenn das so weiterging, kam er vielleicht mit plus minus null über den Tag.

Es ging aber nicht so weiter. Leif orderte ein zweites Bier. Wieder alkoholfrei. Immer noch war er allein, und inzwischen saß er schon über zwei Stunden in der Spielhalle. Vor seinen Augen flimmerte es bereits. Er wechselte das Gerät. Auch hier lächelte ihn die Merkursonne unübersehbar an. Leif studierte den Text auf der Anzeigetafel, wo die Features des Gerätes zusammengefasst waren: «Action-Spiele, die bei Gelb- und Blaufeld 25 S, bei Krone 12 S mit Actionrisiko bis maximal 50 MM sowie bei Schwarzfeld 2 S mit Crownrisiko bieten. Rückversicherung von 12 S bei Risikoverlust von 50 M ebenfalls mit Actionrisiko. Freispiel jeweils bei Risikoverlust von 160 Cent bzw. 200 Cent. Starke Doppelausspielungen bei 3 × Krone, Teilgewinn-Übernahme ab 5 S auch bei 4 A.» Ach so. Leif runzelte die Stirn. Das musste man hoffentlich nicht verstehen. Er steckte einen Euro in den Schlitz und betätigte den Startknopf. In dem Moment signalisierte ein akustisches Signal das Eintreten eines Besuchers. Leif musterte ihn aus dem Augenwinkel. Die Scheiben vor ihm rotierten wie wild. Wahrscheinlich verpasste er gerade die Chance seines Lebens, den Jackpot.

Der Mann war etwa Mitte dreißig, unrasiert, trug eine Tchibo-Weste und Turnschuhe. Mit hängendem Kopf ging er zum Wechselautomaten, hob wortlos grüßend die Hand. Dann setzte er sich vor eines der Geräte, die Leif noch nicht ausprobiert hatte. Routiniert steckte er ein Geldstück in den Automaten und drückte auf einen Knopf. Es sah aus, als reagierte der Mann in Trance. Es bimmelte. Nach zwei Minuten ratterten die ersten Geldstücke aus dem Gerät. Ein Profi, dachte Leif. Der Mann kannte sich aus. Immer schneller drückte er auf die Tasten, seine linke Hand schien den Takt vorzugeben. Kopfschütteln. Wieder ein Geldstück. Und noch eins. Nach zehn Minuten war der Mann wieder draußen. Leif fragte sich, ob das die typische Klientel war, auf deren Geld man hier angewiesen war. Glaubten die Besucher wirklich, dass man hier etwas gewinnen konnte, dass die Chancen hier höher standen als im Lotto, Toto oder Rennquintett, weil man hier Knöpfe drücken und den Lauf der Maschine angeblich beeinflussen konnte? Oder war es eher eine Sucht, die sie zum Automaten trieb? So sehr es Leif auch versuchte, sich in einen Spieler hineinzuversetzen, er konnte der Sache doch nichts abgewinnen. Nach insgesamt vier Stunden hatte er die 50 Euro verdaddelt. Es war bei dem einmaligen Gewinn geblieben. Wahrscheinlich so eine Art Mutmacher, der den Spieler bei der Stange halten sollte.

«Da sind noch über zehn Bonusspiele im Gerät», meinte die Aufsicht, als Leif an die Scheibe trat.

Er schüttelte den Kopf. «Kein Glück heute. Was zahl ich fürs Bier?»

Der Mann lächelte. «Geht aufs Haus.»

«Danke, vielleicht schau ich heute Abend nochmal rein.» Leif tippte mit zwei Fingern an die Stirn und verließ das Pinball. Mit Sicherheit würde er heute Abend nochmal hierherkommen. Wenn das Pinball dann immer noch leer war, würde er eine kleine Anfrage bei den Kollegen von der Wirtschaft machen. Siebentausend Euro Tagesumsatz. Er war vier Stunden hier gewesen, und der Laden hatte keine hundert Euro Umsatz gemacht. Entweder das Geschäft fand nur abends statt, oder hier war irgendetwas oberfaul.

Die Wohnung von Timo Schlohmann war nur einen Katzensprung entfernt. Sie lag im dritten Stock eines roten Klinkerbaus aus dem vorletzten Jahrhundert.

«Eingang über den Hof» stand auf einem angelaufenen Pappschild, das hinter der Scheibe der ehemaligen Eingangstür klebte. Auch dieses Haus war zu verkaufen. Dem Zustand des anderen Schildes im Fenster nach zu urteilen schon seit längerer Zeit.

Das Siegel vor der Tür war unbeschädigt. Er hatte sein Kommen bei den Mecklenburger Kollegen angekündigt, aber die hatten nur mit den Schultern gezuckt und sich nicht zuständig gefühlt, da der Fall Schlohmann ermittlungstechnisch in Schleswig-Holstein lag. Die Nachbarwohnungen schienen unbewohnt zu sein. Leif zerstörte das Siegel und schloss die Tür auf. Vor ihm offenbarte sich das Chaos, das die Spurensicherung bereits vorgefunden hatte. Irgendjemand hatte Schlohmanns Wohnung förmlich auf den Kopf gestellt, und das vor nicht allzu langer Zeit, wie man anhand der Staubspuren festgestellt hatte. Wonach hatte man hier gesucht? Wertgegenstände konnten es nicht gewesen sein, denn die Beamten hatten einen Laptop sichergestellt. Auf der Festplatte hatten sie außer Spielen jedoch kein verwertbares Material gefunden. Leif betrachtete die Sachen auf dem Boden. Kleidungsstücke, Bücher, Geschirr, alles lag durcheinander. Die Wohnung war klein. Zwei Zimmer, Küche und Bad. Das Bett im Schlafzimmer war zerwühlt. Leif setzte sich und betrachtete das Chaos. Es musste eine Verbindung zwischen Schlohmann und diesem Labyrinth in Fredeburg geben. Peters Leute hatten Reste von Sonnenblumenblüten auf der Fußmatte von Schlohmanns Golf gefunden. Der Wagen hatte hier unten im Hof gestanden. Schlohmann war also mit ziemlicher Sicherheit zuvor schon einmal in Fredeburg gewesen. Oder war der Täter mit Schlohmanns Wagen hierhergefahren und hatte die Wohnung nach der Tat durchsucht? Das war insoweit unwahrscheinlich, da man die Schlüssel vom Wagen bei dem Toten gefunden hatte. Am Schlüsselbund waren der Wohnungsschlüssel, Wagenschlüssel und noch ein Schlüssel für ein Vorhängeschloss gewesen, das man bisher noch nicht ausfindig gemacht hatte. Was hatte es mit dem Labyrinth auf sich? Leif rekapitulierte in Gedanken, was sie bislang über Schlohmann wussten.

Seit fünf Jahren war Timo Schlohmann hier gemeldet. Genauso lange, wie das *Pinball No.1* existierte. Vorheriger Wohnsitz von Schlohmann war Frankfurt (Oder) gewesen, geboren war er in Leipzig. Keine Vorstrafen. Verwandte hatten sie bislang nicht ausfindig machen können, und die Recherchen über seine Sozialversicherungsnummer waren noch nicht abgeschlossen.

Leif hob die Schublade vom Boden auf und schob sie zurück in den kleinen Schrank neben dem Bett, auf dem Taschentücher, eine unbenutzte Packung Billy's und ein Filmstreifen Aspirin lagen. Er griff die Fernbedienung und schaltete den Fernseher ein, der auf einem Schwenkarm an der gegenüberliegenden Wand stand. Man hatte den Strom noch nicht abgeschaltet. Auf der Mattscheibe erschien das Videosignal, aber der Schacht des Recorders war leer. Irgendwo mussten Kassetten sein. Niemand besaß einen Videorecorder und hatte keine Kassetten im Haus. Die Regale an der Wand und den großen Schrank neben dem

Fenster hatte man ausgeräumt, aber auf dem Boden waren nirgendwo Videokassetten zu finden. Ein paar Comics, alte Zeitschriften und massenhaft CDs und Musikkassetten, das war alles, was Leif in dem Durcheinander entdecken konnte. Es gab überhaupt nichts Außergewöhnliches in der Wohnung. Alles schien normal – fast zu normal. Leif ging in das andere Zimmer. Ein Esstisch, ein Stuhl, eine billige Stereoanlage, an den Wänden ein paar halb heruntergerissene Poster, ein umgeworfener Halogenstrahler, das war alles. In der Küche herrschte die größte Unordnung, aber auch hier fand er kaum persönliche Dinge, und nichts, was einen Hinweis darauf gab, dass Schlohmann irgendwelche Kontakte zum kriminellen Milieu gehabt haben könnte. Im Schrank neben der Garderobe im Flur lagen ein paar alte Telefonkarten, ein Stadtplan von Hamburg und ein Stapel alter Werbeflyer vom Pinball. Neben dem Schrank hingen zwei Badmintonschläger an der Wand. Je mehr er darüber nachdachte, desto mehr beschlich Leif das Gefühl, dass die Wohnung nicht durchwühlt worden war, sondern dass sich jemand die Mühe gemacht hatte, hier ganz penibel aufzuräumen. Nicht im Sinne von Ordnung, sondern um Spuren zu verwischen. Es gab so gut wie keine persönlichen Dinge in der Wohnung, die ein Bild davon lieferten, womit Schlohmann sich beschäftigt hatte. Es gab einen Videorecorder, aber keine Videos. Leif hatte das Ladegerät und den Akku einer Digitalkamera gefunden, aber nirgendwo die dazugehörige Kamera entdecken können. Dazu passte auch ein Computer, auf dem sich nur Spiele befanden.

Als Leif die Wohnung verließ, kontrollierte er noch die anderen Türen auf der Etage, aber die gegenüberliegende Wohnung war leer, und die zweite Tür führte zum Wäscheboden. Außer ein paar Tauben und zwei leeren Kleiderschränken befand sich dort nichts. Auch die alten Kohlenverschläge im Keller waren leer. Kein Vorhängeschloss, zu dem Schlohmanns Schlüssel gepasst hätte. In einem der Kellerräume hatte jemand alte Autobatterien entsorgt, sonst gab es nur jede Menge Staub und Schmutz. Es war ein allerletzter Versuch, und Leif war selbst überrascht, als er in einem der Briefkästen, die im Erdgeschoss des Treppenhauses an der Wand hingen, fündig wurde. Die eisernen Klappen waren allesamt verbogen, und es war ein Leichtes, sie zu öffnen. Neben einer vergilbten Karte, die den Ablesetermin des Gaszählers ankündigte, fand Leif zwei Briefumschläge, die an Schlohmann adressiert waren, und einen weiteren Umschlag an einen gewissen Gerry Klotz c/o Schlohmann. Zustellung und Haussuchung mussten sich überschnitten haben, andernfalls hätten die Kollegen von der Spurensicherung die Briefe gefunden. Wahrscheinlich hatte der Postbote den Sperrvermerk überlesen, oder die hiesigen Kollegen hatten geschlampt.

Der eine Brief kam von einem Lübecker Reisebüro und enthielt zwei Faltblätter mit Sonderangeboten zu Last-Minute-Flügen sowie die Buchungsbestätigung zu einem Flug. Der zweite Brief kam von Schlohmanns Autoversicherung. So wie Leif das Schreiben interpretierte, musste Schlohmann die bestehenden Verträge bei der Versicherung vor kurzem gekündigt haben. Als er den dritten Umschlag öffnete, staunte er nicht schlecht. Er enthielt den neuen Mitgliedsausweis eines Fitnesscenters, ausgestellt auf den Namen Gerry Klotz. Das Bild auf der Scheckkarte zeigte eindeutig die Gesichtszüge von Timo Schlohmann.

## Kapitel 12

«Nicht totmachen!» Max kam aufgeregt über den Rasen auf ihn zugelaufen, und Gero ließ schuldbewusst den Spaten sinken.

«Hatte ich ja auch gar nicht vor», meinte er scheinheilig. Es war gelogen. Am liebsten hätte er den Maulwurf an Ort und Stelle gevierteilt. Eine Woche lang hatte er auf der Lauer gelegen, und endlich hatte er den lästigen Quälgeist auf frischer Tat ertappt. Wutentbrannt blickte er auf die Spur der Verwüstung, die der Maulwurf hinter sich gelassen hatte. Nicht nur die gescheiterten Versuche, das Tier auszubuddeln, hatten Lenas englischen Rasen in einen Schützengraben verwandelt.

«Die stehen unter Naturschutz», erklärte Max und legte sich das flauschige Etwas auf die Hand. Der blinde Kanalarbeiter streckte ihm kampfeslustig einen weitgeöffneten Kiefer entgegen. «Schau mal, wie weich der ist.» Max strich vorsichtig mit dem Finger über den Bauch des Tieres, worauf sich der Maulwurf tot stellte und nicht mehr rührte.

«Und jetzt?», fragte Gero. «Den willst du doch wohl nicht als Haustier halten.»

Max zuckte mit den Schultern. «Ich weiß auch nicht.»

«Na gut», murmelte Gero. «Nimm dein Rad, und dann setzt du ihn auf irgendeinem Feld aus. Aber fahr mindestens einen Kilometer weit. Ich weiß nicht, wie schnell so ein Vertriebener die Heimatfährte aufnimmt und sich womöglich zurückgräbt.» Konnte es sein, dass er mit diesem Vorschlag vielleicht eine Familie auseinanderriss und sich jetzt eine Maulwurfswitwe und zwei Halbwaisen auf die Suche nach dem Verschollenen begeben und den restlichen Rasen umpflügen würden? Aber er beschloss, dass der Maulwurf keine Familie gehabt hatte, brachte den Spaten zurück ins Gartenhaus und machte es sich auf einem der alten Liegestühle bequem. Lena würde Augen machen, wenn sie vom Einkauf zurückkam. Er überlegte, welche Belohnung er für die erfolgreiche Großwildjagd verlangen konnte, und fand, dass eine Woche lang doppelte Nachspeise und Befreiung vom Abwasch wohl angemessen waren. Dann fiel ihm ein, dass sie ja jetzt einen Geschirrspüler hatten, und die Geschichte mit der Nachspeise würde an Lenas Einspruch scheitern, zumal sie ihn neulich schon wieder mit seinen Hüftpolstern aufgezogen hatte. Gero blinzelte gegen die Vormittagssonne zur Uhr. Eine gute Stunde konnte er noch entspannen und sich von der Jagd erholen, dann musste er sich auf den Weg machen, wollte er pünktlich in Klein Klöritz sein, wenn sich die ehemalige Dorfgang um Lukas Timmermann zu ihrem sogenannten Ehemaligentreffen am Fußballplatz einfand.

Gero beobachtete, wie sich die Schwalben über ihm eine wilde Jagd zwischen den Dächern des Hofes lieferten. Von Jahr zu Jahr wurden es mehr, und er überlegte, ob die Nistplätze unter dem Dach der alten Scheune nicht allmählich alle besetzt sein müssten. Dann schloss

Gero die Augen und überdachte den weiteren Ablauf des Tages. Um kurz vor sechs hatte er sich mit Leif in der Dienststelle verabredet, von wo aus sie gemeinsam zu Vitali Perenko fahren wollten. Wenn genug Zeit blieb, würde er vorher noch einen Abstecher nach Garsten machen. Gero hatte sich schon einen Plan zurechtgelegt, um möglichst dezent zu erfahren, ob der Vater von Carola Hansen für die Tatzeit ein Alibi hatte. Er würde Ewald Schönborn erzählen, dass seine Tochter am Tag ihres Todes vorgehabt hatte, ihn zu besuchen. So würde er erfahren, was Schönborn am Abend gemacht hatte, und konnte gleichzeitig dessen Reaktion beobachten.

Das ganze Dorf schien auf den Beinen zu sein. Als Gero kurz vor zwölf durch Klein Klöritz fuhr, torkelten schon einige angetrunkene Gestalten über die Straße vor dem Sportplatz. Vor dem Sportlerheim hatte man zwei Bierzelte aufgebaut, aber der Großteil der Besucher drängte sich entlang des Grandplatzes und feuerte die Fußballer an. Es roch nach Grillkohle und Bratwurst. Gero beobachtete das Treiben einen Augenblick lang aus dem Wagen, dann stieg er aus und mischte sich unter die Menge. Hinter dem Grill standen drei Kameraden von der Freiwilligen Feuerwehr Klein Klöritz, und Gero fragte sich, wie man es bei der Bruthitze in den dunklen Latzhosen und den schweren Stiefeln aushalten konnte, zumal so dicht an der Glut des Grills. Die Regengüsse der letzten Tage waren vorbei, und die Bierzelte dienten wieder als Sonnenschutz. Vor ihm standen zwei ordengeschmückte Senioren aus dem örtlichen Schützenverein, die sich mit hochroten Köpfen über ihre Bratwürste beugten und sich hin und wieder mit zwei kleinen Biergläsern zuprosteten. Unter dem Tisch warteten ihre Jagdhunde sehnsüchtig darauf, dass endlich ein Teil einer Wurst herunterfiel. Die ruckartigen Bewegungen ihrer Köpfe zeugten von der krampfhaften Anspannung des Beobachtens. Gero kämpfte sich bis zum Spielfeld vor. Einige Leute hatten es sich auf den Stufen des Walls jenseits des Spielfeldes gemütlich gemacht, der die Funktion einer kleinen Tribüne hatte, aber die große Menge stand auf dieser Seite in der prallen Sonne, weil der Weg zur Gastronomie hier kürzer war. Ein Raunen ging durch die Menge, dann schrie jemand aus vollem Hals Klausi entgegen, er solle endlich sein Ding machen. Andere taten es ihm gleich. Wenn die Anzeige auf der antiquierten Stecktafel stimmte, dann führten die Gastgeber mit einem Tor. Gero hielt weiter nach ihm bekannten Gesichtern Ausschau. Ein wenig hatte er sich bereits schlau gemacht und die Namen, die Lukas Timmermann ihm genannt hatte, überprüft.

Außer Timmermann selbst hatten auch Nico Wirth und Friedrich Haubein nicht am Kegelabend in Breitenfelde teilgenommen. Der siebenundvierzigjährige Haubein, der als Schleusenwärter in Witzeze arbeitete und den alle Freddy nannten, hatte die Veranstaltung frühzeitig verlassen. Warum, wusste niemand. Vielleicht war er ja hier. Aber interessanter war Nico Wirth, den er neulich schon kurz mit Lukas Timmermann zusammen gesehen hatte. Der frischgeschiedene Mittvierziger mit Spitznamen Nick wohnte seit drei Jahren in Müssen und war vorbestraft wegen Körperverletzung. Worum es genau gegangen war, hatte Gero noch nicht in Erfahrung bringen können. Alle anderen aus der Clique waren in der Tatnacht in Breitenfelde gewesen. Gero erkannte Timmermann, der mit vier anderen Männern etwas abseits stand. Nico Wirth war unter ihnen. Der korpulente Rotschopf war nicht zu übersehen. Lukas Timmermann hatte Gero auch erkannt. Er machte die anderen gerade auf ihn aufmerksam. Die Gesichter der Männer erstarrten, während man in seine Richtung blickte. Timmermann versuchte zu lächeln. Der Pausenpfiff des Schiedsrichters kam gerade passend. Gero ging langsam auf die Gruppe zu.

«Guten Tag, Herr Timmermann.» Gero setzte seine Sonnenbrille ab und verstaute sie in der Brusttasche seines Hemdes. Er blickte die anderen Männer der Reihe nach an. «Na, da haben wir dann wohl alle aus der ehemaligen Gang zusammen?» Damit war für alle klar, dass Timmermann ihm erzählt hatte, wer dazugehört hatte.

Lukas Timmermann war die Situation sichtlich unangenehm. Er stellte erst Gero, dann die Männer vor. «Ich hol dann mal Bier», meinte einer in Feuerwehrmontur, den Timmermann als Thomas Lohse vorgestellt hatte. «Sie auch eins, Herr Kommissar?» Die obligatorische Frage, «oder sind Sie im Dienst?», hängte er unmissverständlich an.

Gero nickte und blickte lächelnd an sich herab. «Gerne. Haben Sie schon mal einen Kommissar gesehen, der im Dienst kurze Hosen trägt? Außerdem ist Wochenende.»

«Und was führt Sie dann nach Klein Klöritz?», fragte der Schleusenwärter und blickte ihn listig an. Genau wie Timmermann und Torstensen trug Haubein Feuerwehrkluft.

«Herr Timmermann meinte, heute wären Sie alle zusammen hier, und da mach ich es mir doch einfach … Schließlich kannten Sie alle Carola Hansen recht gut.»

«Scheiß Geschichte, das», murmelte Nico Wirth und blickte zu Boden. Dann schaute er Timmermann an. «Weiß Jackie eigentlich schon davon?»

«Ich hab sie gleich angerufen. Wenn wir wissen, wann die Beerdigung ist, kommt sie her.» Er blickte fragend in die Runde. «Wir kommen doch alle?»

«Na klar», entgegnete Torstensen. Es klang so, als wenn er damit für alle gesprochen hätte. Tatsächlich wagte niemand zu widersprechen. Detlef Torstensen hatte die Führungsrolle in dieser Clique, das war klar. Ob das früher auch schon so gewesen war, wusste Gero nicht, aber für gewöhnlich wechselten diese Rollen nicht. Torstensen war in der Gegend als Hühnerbaron bekannt. Seine Familie besaß seit Generationen eine riesige Geflügelfarm. Außerdem war er Wehrführer bei der Feuerwehr und hatte auch damit so eine Art Befehlsgewalt über die Kameraden. Lohse kam mit dem Bier zurück. Auf dem Spielfeld nahmen die Spieler wieder ihre Aufstellung ein. Alles drängte zum Spielfeldrand.

Die zweite Runde ging auf Gero. Er vermied komplizierte Fragen – die Antworten waren ebenfalls eintönig. Über Caro schienen sich alle einig zu sein. Bei ihrer Freundin Jackie weniger. Wahrscheinlich lag es daran, dass ihr Bruder anwesend war. Weiß nicht, lange nicht gesehen, ist schon so lange her … Die Antworten ähnelten sich in ihrer Bedeutungslosigkeit. Sie wirkten auf Gero wie verabredet. Auch konnte sich keiner erklären, warum gerade Caro und Thor – Schulterzucken war alles, was Gero auf seine Fragen hin erhielt. Carola Hansen hatte ihren Mann vor zehn Jahren geheiratet. Da war sie gerade einundzwanzig Jahre alt. Zuvor hatte jeder der hier Anwesenden, nach eigener Aussage nur Timmermann nicht, irgendwann ein Verhältnis mit der Getöteten gehabt. Gero konnte sich gut vorstellen, dass einer der Freunde immer noch ein heimliches Tête-à-Tête mit ihr gehabt hatte. Kurz vor ihrem Tod hatte Carola Hansen mit einem Mann geschlafen. War es einer von diesen hier? Am einfachsten war es, alle sechs zum Speicheltest zu bitten. Nick, Lukas und Freddy hatten für die Tatzeit kein Alibi. Alle hatten nach eigenen Aussagen entweder vorm Fernseher gesessen oder waren früh zu Bett gegangen. Für Nick und Lukas konnte das nicht einmal jemand bezeugen, da sie allein lebten.

Das Fußballspiel endete 2:0 für die Gastgeber. Nick und Thomas verabschiedeten sich. Gero drückte ihnen eine Karte in die Hand, dann schmiss er für den Rest eine weitere Runde. Die stille Hoffnung, dass einer von ihnen dabei gesprächiger werden würde, erfüllte sich vorerst nicht. Erst als Lukas Timmermann und Friedrich Haubein sich ebenfalls verabschiedet hatten, beugte sich Torstensen schließlich vertrauensvoll über den Tisch. «Ich weiß, was Sie denken», meinte er zu Gero, seine Stimme war vom vielen Bier bereits etwas wässerig, «aber ich sage Ihnen, wir haben da nix mit zu tun. Ehrenwort drauf. Keiner von den Jungs.»

«Warum sind Sie sich da so sicher?»

«Bin ich», antwortete Torte, wie er von seinen Freunden genannt wurde. «Keiner von uns hätte der Caro was antun können.»

Gero blickte interessiert auf und hob die Augenbrauen, sagte aber kein Wort. Torte sprach auch so weiter. Das Bier hatte seine Zunge gelöst.

«Weil keiner einen Grund gehabt hat. Wir hatten früher unseren Spaß mit ihr.» Torstensens Worte klangen frauenverachtend. Der Mann war betrunken. Außerdem war er Gero auf den ersten Blick unsympathisch gewesen, und Gero tat sich immer noch schwer damit, solche grundsätzlichen Antipathien wegzustecken.

«Die Caro und die Jackie», fuhr Torstensen fort, «die haben alles mitgemacht.» Er lächelte Gero an. «Wenn Sie wissen, was ich meine. Die waren total hemmungslos, haben uns auch noch angestachelt. Die beiden zusammen ... Wir hatten alle viel Spaß. Das hätten Sie erleben müssen. Da kam jeder auf seine Kosten.»

«Jeder?», fragte Gero. Er versteckte seine Überraschung routiniert, schließlich hatte er nicht damit gerechnet, dass Torstensen so direkt zur Sache kam.

Detlef Torstensen nickte und leerte sein Bierglas. Gero bedeutete dem Wirt, zwei neue Gläser zu bringen.

«Na klar ... Das heißt – wer wollte. Die kannten überhaupt keine Tabus.»

«Und was war mit Thor Hansen?»

Torstensen lachte abfällig. «Na, der auch. Aber bei dem mussten wir ein bisschen nachhelfen.» Er blickte sich kontrollierend um, ob ihnen jemand zuhörte. «Von alleine wäre der ja nicht ... und wir waren alle ziemlich abgefüllt an dem Abend. Das war anner Kiesgrube, wo wir immer gegrillt haben und schwimmen waren. Und

Jackie hat sich dann einfach ausgezogen und angefangen, mit Nick rumzumachen. Es hat nicht lange gedauert, dann war Caro auch mit dabei und hat den Nick so richtig heiß gemacht.» Torstensen warf Gero einen verschwörerischen Blick zu. Gero sagte keinen Ton. «So 'ne Aufforderung lässt man sich ja nicht entgehen», setzte Torstensen fort. «Und schließlich war das ein ziemliches Gelage da am Kiessee.»

«Wer war denn alles mit dabei», fragte Gero, dem immer noch nicht klar war, was dort genau vorgefallen war. So wie Detlef Torstensen das schilderte, musste es sich um eine Art nächtliche Orgie gehandelt haben.

«Na, wir alle», antwortete Torte und nahm das Bier entgegen.

«Der Bruder von Jaqueline auch?»

«Ja, Lucky war doch unser Scharfmacher. Der war ja auch total in die Freundin seiner Schwester verknallt, aber er war eben der Lütte. Und Caro mochte ihn auch nicht sonderlich. Keine Ahnung, warum.»

«Und Hansen? Was war mit Thor Hansen.»

Torstensen nahm einen großen Schluck. An seiner Oberlippe hingen Schaumreste. «Der brauchte natürlich wieder 'ne Extraeinladung. Hat sich zuerst geziert ... Aber als wir ihm auf die Sprünge geholfen haben, da hat's ihm dann auch Spaß gemacht.»

«Wie, auf die Sprünge?»

«Na ja, wir haben ein bisschen Theater gespielt.»

«Ich verstehe nicht.»

«Meine Güte ... wie soll ich's denn sagen ...», druckste er herum, als wenn ihm plötzlich eingefallen wäre, dass er einem Polizisten gegenüberstand. «Freddy und

Nick haben ihn festgehalten, und wir haben ihm Caro dann auf den Bauch gesetzt.» Er leerte das Glas mit einem Zug. «Die fand das total lustig», fügte er hinzu, als müsse er sich vor seinem Gegenüber rechtfertigen.

Gero fiel es wie Schuppen von den Augen. Wie Torstensen ihm gerade erzählt hatte, hatten sie Thor Hansen mehr oder weniger vergewaltigt, anders konnte man das Vorgefallene kaum bezeichnen. Jetzt konnte er sich auch vorstellen, welche Beweggründe es gewesen waren, die Thor Hansen Carola Schönborn heiraten ließen. Sie war von irgendeinem aus der Gang schwanger gewesen, und Thor Hansen war eine gute Partie. Da kam die Schwangerschaft, die sie ihm unterschieben konnte, genau richtig. Der spätere Schwangerschaftsabbruch zeugte vor diesem Hintergrund von einem abgebrühten Charakter. «Und dann hat Thor Hansen sie geheiratet, weil sie schwanger war?»

Torstensen schaute auf den Boden seines leeren Glases und nickte. Schuldbewusst sah es nicht aus.

«Und danach?», fragte Gero.

Sein Gegenüber schüttelte den Kopf. «Keiner von uns! Thor hat uns allen unmissverständlich zu verstehen gegeben, dass er jeden in Stücke reißt, der Caro nochmal anfasst. Sich an ihr vergreift, hat er gesagt. Er hat das am Kiessee völlig falsch verstanden, hat irgendwie nicht gerafft, dass sie da Bock drauf gehabt hat, schließlich war es mehr oder weniger ihre Idee gewesen. – Auf jeden Fall haben wir seither alle einen Bogen um sie gemacht. Bis auf Lucky. Der hat es dennoch versucht – er war ja bei Caro auch nie zum Schuss gekommen. Kurz darauf hatte er einen unschönen Unfall. Einen Jagdunfall.»

Gero blickte Torstensen ernst an.

«Ein Schuss, der sich versehentlich löste. Luckys Knie ist zwar nicht steif, aber seine Fußballkarriere war trotzdem beendet. Haben Sie nicht bemerkt, dass er sein Bein nachzieht?»

«Doch. Und der Schuss hat sich aus Hansens Gewehr gelöst?»

Torstensen nickte. «Muss ich noch deutlicher werden? Von uns hat sie keiner mehr angefasst. Sind doch nicht lebensmüde. Thor ist da wie sein Alter. Mit dem war auch nie zu spaßen.»

«Wer könnte denn Ihrer Meinung nach einen Grund gehabt haben, Carola Hansen zu töten?»

«Von uns bestimmt keiner», wiederholte Torstensen. «Wenn, dann Hansen selber. Vielleicht hat er sie in flagranti erwischt. Keine Ahnung.»

«Er war zur Tatzeit mit Ihnen zusammen in Breitenfelde beim Kegeln.»

«Jemand anderes fällt mir da nicht ein. Für die Jungs leg ich die Hand ins Feuer.»

Von einem Besuch bei Schönborns hatte Gero abgesehen. Im sommerlichen Freizeitdress und mit leichter Bierfahne konnte er unmöglich bei den Eltern von Carola Hansen anrücken. Und schon gar nicht unangekündigt und mit einem dienstlichen Anliegen. Zu Hause machte er sich einige Notizen und beschloss, dass Timmermann, Haubein und Wirth in den nächsten Tagen eine Vorladung ins Haus flattern würde. Bei den Vorgaben war es nicht schwierig, einen gerichtlichen Beschluss für eine Speichelprobe zu erwirken. Dann fiel ihm ein, dass er vergessen hatte, Haubein danach zu fragen, warum er vorzeitig vom Kegeln aufgebrochen war. Er hatte so einiges zu fragen vergessen, weil ihn Torstensens Geschichte stutzig gemacht hatte. Was hatte der Mann damit bezwecken wollen? Torstensen konnte doch nicht wirklich glauben, dass die Polizei jemanden weniger stark verdächtigen würde, nur weil sich ein Freund für seine Kumpels einsetzte. Aber Torstensen war ziemlich angetrunken gewesen. Er hatte den Verdacht beiläufig auf Thor Hansen lenken wollen und völlig vergessen, dass er selbst mit Hansen zusammen gewesen war. Aber selbst ohne Hansens Alibi hätte das alles nicht zusammengepasst. Wenn einer von ihnen ein heimliches Verhältnis mit Hansens Frau gehabt hatte, dann hätte nach Torstensens Schilderung ja der Nebenbuhler das Opfer sein müssen, nicht Hansens Frau. Die Sache mit dem Jagdunfall musste geklärt werden. Gero hatte versäumt, nach dem Jahr zu fragen. Vielleicht wusste Bude etwas darüber. So häufig schossen sich Jäger nicht ins Knie. Irgendwelche Akten musste es darüber geben.

Gero duschte und legte sich für eine Stunde aufs Ohr. Nach dem Mittagsschlaf griff er zum Telefon. Ewald Schönborn nahm nach dreimaligem Klingeln ab. Er wolle jeder noch so kleinen Spur nachgehen, entschuldigte sich Gero für sein Anliegen. Schönborn schluckte den Köder und zeigte sich kooperativ. Wenn dem wirklich so gewesen wäre, dann müsse seine Tochter vor verschlossener Tür gestanden haben, denn er sei mit seiner Frau bei Freunden in Lübeck gewesen, und sie wären erst kurz vor Mitternacht zurückgekommen, erklärte Schönborn. Einen Schlüssel zum Haus hätte seine Tochter nicht mehr gehabt. Gero bedankte sich und versprach, sich zu melden, wenn es irgendwelche Neuigkeiten gäbe, aber Schönborn war es, der Neuigkeiten hatte. Er berichtete, dass der Leichnam gestern zur Bestattung freigegeben worden sei und dass sie sich jetzt mit Hansen streiten würden, wer die Trauerfeier ausrichten dürfe. Thor Hansen wollte nämlich tatsächlich ein anonymes Grab für seine Frau, und das ginge ja nun überhaupt nicht. Und eine Trauerfeier wolle er auch nicht … So etwas gäbe es ja gar nicht.

Gero suchte nach einem Vorwand, das Telefonat zu beenden. Er hatte keine Lust, zwischen die Fronten zu geraten. Eine etwaige Voreingenommenheit gegenüber Schönborn spielte dabei keine Rolle. Er hatte dessen Alibi zwar noch nicht überprüft, aber es war sehr unwahrscheinlich, dass er nicht die Wahrheit sagte. Als Täter kam er nicht in Frage. Wenn er in der Vergangenheit Schuld auf sich geladen hatte, musste er allein damit klarkommen, denn die Sache war inzwischen verjährt. Gero verabschiedete sich.

Um Viertel vor sechs traf er in der Dienststelle ein. Leif erwartete ihn schon. «Wie lange fahren wir zu diesem Perenko?»

«Höchstens zehn Minuten», erklärte Gero. «Lass uns meinen Wagen nehmen. Müssen da ja nicht mit einem Porsche vorfahren. Ich setze dich nachher wieder hier ab.» Er wartete einen Augenblick, ob Leif etwas einzuwenden hatte, doch der schwieg. «Was hast du in Boizenburg rausgefunden?», fragte er.

«Schlohmann hat offenbar eine zweite Identität gehabt. Ich habe einen Ausweis auf den Namen Gerry Klotz gefunden. Das passt zu der Geschichte, die diese Manu Conni erzählt hat. Mir ist so, als wenn Conni den Namen Gerry erwähnt hat.»

«Hast du sie nicht danach gefragt?» Gero deutete aufs Telefon.

Leif schüttelte den Kopf. «Hab ich schon versucht. Sie nimmt nicht ab, und das Handy ist ausgeschaltet.» Er grinste vielsagend und zwinkerte Gero zu. «Hat wahrscheinlich was vor übers Wochenende. – Aber das hat Zeit. Montagmorgen besuche ich Frank Voigt. Mal sehen, was er mir zu Manuela Holzbrink erzählen kann.» Dann berichtete er von Schlohmanns Wohnung und dem *Pinball No.1*. «Was mir besonders aufstößt, ist die Tatsache, dass der Laden nicht läuft. Ich war abends nochmal dort. Drei Gäste waren da, und das war nicht gerade zahlungskräftige Kundschaft. Bei dem Überfall sollen Tageseinnahmen in Höhe von 7000 Euro erbeutet worden sein.»

«Und was vermutest du?»

«Perenko betreibt einen ganzen Haufen solcher Läden.»

«Du meinst Geldwäsche?»

Leif nickte. «Wäre möglich. Wir können ja mal bei den Jungs von der Wirtschaft anfragen.»

«Ist Perenko denn aktenkundig?»

«Bislang nicht», erklärte Leif. «Sein Name taucht immer nur als Besitzer der Spielhallen auf, wenn es irgendwo Krach gab. Allerdings soll es beim Bau seines Hauses irgendeine Geschichte mit Handwerkern aus dem Osten gegeben haben.»

«Schwarzarbeit?», fragte Gero.

«Ich habe die Akte vom Zoll angefordert. Perenko stammt aus Russland. Da ist es gut denkbar, dass er seine preisgünstigen Handwerker gleich mitgebracht hat. Er besitzt übrigens seit vier Jahren die deutsche Staatsbürgerschaft. Viel mehr gibt es nicht über ihn. Geboren 1958 in Moskau, verheiratet, keine Kinder, lebt seit 1990 in Deutschland. Am Telefon sprach er akzentfreies Deutsch.»

Das Haus der Perenkos stach durch seine Größe und Farbgebung aus der Masse der Einfamilienhäuser in der Straße hervor. Im Unterschied zu den roten Klinkerhäusern oder weißverputzten Bauten war die Fassade vollständig mit hellen Natursteinriemchen verkleidet. Die Dachpfannen glänzten in einem dunklen Blau mit den gleichfarbigen Fensterrahmen und Läden um die Wette. Für ein kinderloses Ehepaar hatte das Haus gewaltige Ausmaße. Gero schätzte allein die zur Straße hin schmalere Fassade auf mindestens zehn Meter Breite, und nach hinten erstreckte sich das Haus bestimmt über die Hälfte des Grundstücks. Der Garten war fachmännisch angelegt. Wenn das Haus vor fünfzehn Jahren gebaut worden war, dann musste Perenko für die Pflanzen und Bäume ein Vermögen ausgegeben haben, da die meisten der exotischen Gewächse bereits eine riesige Höhe hatten. Lena hätte angesichts dieser üppigen Pracht Augen gemacht. Zwischen den Pflanzen schlängelte sich ein von Gartenstrahlern gesäumter Weg aus hellblauen Granitplatten. Das Grundstück war zu allem Überfluss von einem hohen, aber halbwegs transparenten Zaun aus Edelstahl umgeben. Trotzdem wirkte die glänzende Konstruktion durch ihre Sicherheit suggerierende Höhe völlig fehl am Platz. Unter dem großen Carport parkten ein schlichter Golf und ein schwarzer Jaguar. Der Fuhrpark wirkte angesichts des riesigen Hauses fast bescheiden. Als sie zum Eingang gingen, konnte Gero erkennen, dass an der Längsseite des Hauses noch zwei große Garagentore im Untergeschoss lagen.

Vitali Perenko begrüßte sie an der Haustür und bat sie herein. Er war ein eher kleiner und schmächtiger Mann, dessen Alter man schlecht hätte schätzen können. Perenko trug einen hellen Leinenanzug und einfache schwarze Slipper. Das kurze dunkle Haar wies einige graue Strähnen auf. Die buschigen Augenbrauen waren ebenfalls grau durchwachsen. Seine Haut war stark grobporig. Auffällig waren nur ein klobiger Siegelring und die goldene Panzerkette, die er um den Hals trug, sonst hätte Perenkos Erscheinung eher als unscheinbar gelten können.

«Es geht um einen ehemaligen Angestellten von mir?», fragte er und bot den Gästen an, Platz zu nehmen. Sie befanden sich in einem großen Raum, der sich über zwei Stockwerke erstreckte und dadurch fast hallenartige Ausmaße besaß.

Gero und Leif nahmen auf dem Sofa einer cremefarbenen Ledergarnitur Platz. Der gläserne Couchtisch vor ihnen wurde von zwei hölzernen Elefanten flankiert. Überall im Raum standen ähnliche Dekorationsstücke herum, chinesische Vasen, steinerne Tiernachbildungen, eine Wasserpfeife sowie kleinformatiger Nippes.

An den Wänden hingen orientalische Teppiche, die, sollten sie echt sein, sicher ein Vermögen wert waren. «Sagten Sie *ehemaligen*?»

«Ja», bestätigte Perenko. «Herr Schlohmann hat seine Stellung Anfang vorletzter Woche gekündigt.»

«Stand das im Zusammenhang mit dem Überfall?», fragte Leif.

«Das weiß ich nicht», antwortete Perenko. «Er hat es mir gegenüber nicht begründet. Außerdem war er noch krankgeschrieben.» Er lächelte freundlich. «Meine Angestellten sind alle gut versichert. Von mir aus hätte er auch gerne eine längere Auszeit nehmen können, schließlich hatte er bei dem Überfall einiges abgekriegt.» Perenko erhob sich plötzlich und blickte an ihnen vorbei. Eine junge Frau kam mit anmutigem Schritt die Treppe von der Galerie herab. «Meine Frau, Layla.»

Die Frau mochte höchstens Anfang zwanzig sein. Sie hatte leicht orientalische Gesichtszüge und einen atemberaubenden Teint. Auch Gero und Leif erhoben sich zur Begrüßung. Sie trug ein hauchdünnes Sommerkostüm mit einem zarten, pastellfarbenen Blumenmuster. Als sie näher kam, war zu erkennen, dass der Stoff, der ihre filigrane Figur umspielte, annähernd transparent war. Deutlich war zu erkennen, dass sie keinen BH trug.

«Darf ich Ihnen etwas zu trinken anbieten? Einen Orangensaft? Ein Wasser vielleicht?», fragte sie, nachdem man sich vorgestellt hatte. Auch Perenkos Frau sprach fließend Deutsch, obwohl ein leicht rauer Akzent herauszuhören war.

Beide lehnten dankend ab. «Herr Perenko», hob Leif

an, nachdem man sich wieder gesetzt hatte, «ich weiß nicht, ob sie davon gehört haben, aber Timo Schlohmann wurde vor einer knappen Woche tot aufgefunden.»

«Das ist ja schrecklich», entfuhr es Perenko. «Nein, habe ich nicht. – Ein ehemaliger Angestellter von uns», erklärte er an seine Frau gewandt.

«Timo Schlohmann wurde ermordet. Es gab einen kurzen Bericht in der Zeitung. Der Tote im Labyrinth», führte Gero aus.

«Ja, davon habe ich gehört», bestätigte Perenko. «Aber ich wusste nicht, dass es sich dabei um Schlohmann handelte.»

«Können Sie sich vorstellen, dass eventuell ein Zusammenhang zu dem Überfall auf Ihre Spielhalle besteht?», fragte Leif.

«Sie meinen, dass er mit den Tätern unter einer Decke gesteckt hat?» Perenko schlug sich mit beiden Händen auf die Schenkel und schüttelte den Kopf. «Meine Herren, es wurden ein paar tausend Euro erbeutet. Dafür bringt man doch niemanden um.»

Gero hätte anführen können, dass Menschen schon für wesentlich geringere Beträge getötet hatten, aber im vorliegenden Fall hatte Perenko wahrscheinlich recht. Selbst wenn Schlohmann mit den Dieben gemeinsame Sache gemacht hatte, dann hatten Risiko und Umfang der Beute von vornherein festgestanden. Ein nachträglicher Streit beim Aufteilen der Beute gehörte ins Reich der Spekulation. Vor allem bei einer Summe von 7000 Euro. Etwas anderes war es, wenn dieser Überfall einen ganz anderen Hintergrund gehabt hatte. Aber das würden sie von Perenko ganz sicher nicht erfahren, sonst hätte er diesen Verdacht als Besitzer bereits damals zu Protokoll gegeben. Vielleicht war der Überfall ein Denkzettel gewesen. Herrschte zwischen Spielhallenbetreibern womöglich ein Bandenkrieg wie bei ähnlichen Geschäften, die sich auf dem Kiez oder sonstwo am Rande der Legalität bewegten? Schlohmanns Tod hatte einer Hinrichtung geglichen. Das passte zur organisierten Kriminalität. «Ist Ihnen der Name Gerry Klotz bekannt?»

«Nein», meinte Perenko nach einem Moment des Überlegens, dann blickte er fragend zu seiner Frau. Auch sie verneinte.

«Wie sind Sie denn zu Schlohmann gekommen?», fragte Leif. «Wie lange hat er für Sie gearbeitet?»

Perenko legte drei Finger an die Stirn. «Da müsste ich ...» Er machte Anstalten aufzustehen, ließ sich dann aber wieder in den Sessel fallen. «Warten Sie. Jetzt fällt es mir ein. Er war ja von Anfang an mit dabei. Das muss dann vor fünf Jahren gewesen sein. Sie entschuldigen, aber ich habe so viele Geschäfte ... Ein Freund empfahl ihn mir. So etwas läuft ja meistens auf Empfehlung.»

«Was verdiente Schlohmann bei Ihnen?»

«Das Gleiche, was alle Aufsichten verdienen. Ich habe das nicht im Kopf. Wenn Sie genaue Zahlen brauchen ... mein Lohnbüro wird Ihnen Auskunft geben. Warum fragen Sie?»

«Es bestünde schließlich die Möglichkeit, dass Schlohmann finanzielle Sorgen gehabt haben könnte», warf Gero ein.

«Ich bezahle sehr gut.» Perenko lächelte überlegen. «Dafür verlange ich allerdings auch die Bereitschaft, Überstunden zu machen.»

«Sie haben 28 Spielsalons. Kann man davon leben?»

Perenko schaute sich demonstrativ im Raum um. «Wie Sie sehen ... Allerdings läuft es zurzeit weniger gut», warf er ein. «Die wirtschaftliche Lage im ganzen Land ... die Leasingverträge mit den Spielgeräteherstellern ... Das Geld sitzt bei den meisten eben nicht mehr so locker. Ich brauche Ihnen das wohl nicht näher zu erklären.»

Leif winkte ab. «Wir kommen nicht von der Steuer. Wir bearbeiten einen Mordfall.»

Perenko zuckte mit den Schultern und hob beide Arme. «Ich würde Ihnen ja gerne helfen.»

Gero erhob sich. «Wir danken Ihnen für ihre Bereitschaft, uns zu helfen. Falls wir noch Fragen haben», er bedeutete Leif aufzubrechen, «werden wir auf Ihr Angebot zurückkommen.»

Sie verabschiedeten sich, und Perenkos Frau begleitete die beiden zur Haustür. Unter dem Stoff ihres Kostüms konnte Gero erkennen, dass sie eine Tätowierung an den Lenden hatte.

«Verdammt, der Kerl ist wirklich aalglatt», meinte Leif, als sie in die Dienststelle zurückgekehrt waren. «Ich glaube nicht, dass wir bei ihm fündig werden. So einer macht sich nicht die Finger schmutzig. Eine kleine Anfrage werde ich trotzdem veranlassen.» Er machte eine winkende Handbewegung vor Geros Gesicht.

«Entschuldige», meinte Gero, der an Perenkos Frau gedacht hatte. «Ich war in Gedanken.»

«Das mit der Kündigung wirft auf einmal ein ganz anderes Licht auf die Sache.»

«Ja?»

«Ja. Schlohmann hat auch seine Autoversicherung gekündigt. Ich fand das Bestätigungsschreiben in seinem Briefkasten, wo mir auch der Ausweis mit dem Namen Gerry Klotz in die Hände gefallen ist. Wir sollten uns erkundigen, ob er noch mehr gekündigt hat. Seine Wohnung vielleicht. Wenn jemand den Job hinwirft und seinen Wagen abmeldet, dann hat er entweder etwas Besseres gefunden ...»

«... oder er will umziehen», ergänzte Gero. «Warte mal einen Augenblick.» Er ging zu seinem Schreibtisch und suchte den Ordner mit den Bildern heraus, die Vetter nachgereicht hatte. «Das Bild von Manuela Holzbrink habe ich dir gegeben. Wenn du morgen zu Voigt fährst, kannst du ihm auch das hier zeigen? Vielleicht fällt ihm etwas dazu ein.» Er steckte Leif eine Fotografie zu.

Leif blickte prüfend auf das Foto.

«Ist nur so eine Idee», schob Gero hinterher.

## Kapitel 13

Das Quietschen ihrer Sohlen auf dem frischgebohnerten Flur klang fast unheimlich, so still war es im Kommissariat am Montagmorgen. Bestimmt war sie die Erste in der Dienststelle. Selbst von Jörn Lüneburg, der sonst zuverlässig eine halbe Stunde vor Dienstbeginn in seinem Büro saß, war noch nichts zu sehen oder hören. Conni kramte in der Schreibtischschublade nach ihrem Handy, das sie ganz zufällig am Freitag hier liegengelassen haben musste, und schaltete es wieder ein. Nein, ein schlechtes Gewissen hatte sie nicht. Allein letzte Woche waren wieder elf neue Überstunden hinzugekommen, und außerdem hatte sie schon letztes Wochenende Bereitschaft gehabt. Irgendwann war Schluss. Es verstieß zwar gegen die Dienstregel, aber selbst Gero schaltete sein Gerät hin und wieder ab, wenn es ihm zu viel wurde und er seine Ruhe haben wollte. Funkloch, Akku leer oder defekt, das kam schon mal vor. Die Gewissheit, dass es jeder im Team ohne böse Hintergedanken akzeptierte, war beruhigend.

Die Luft war einfach rausgewesen, und Conni hatte mal ein Wochenende für sich gebraucht. Ausschlafen und ausspannen. Samstag hatte sie sich aufs Mountainbike gesetzt und hatte einfach nur Kilometer abgekurbelt, bis der Kopf frei war. Dann hatte sie eine kalte Dusche genommen und danach ausgiebig Körperpflege betrieben. Seit sie täglich nach Ratzeburg pendelte, war das morgendliche Badezimmerprogramm auf das Notwendigste zusammengeschrumpft. Nachdem sie sich von ihrer Gesichtsmaske befreit hatte, ärgerte sie sich zum hundertsten Mal, dass ihre Wohnung keinen Balkon hatte. Die untergehende Sonne stand nämlich genau richtig, um die letzten wärmenden Strahlen mit einem Longdrink in der Hand von einem Liegestuhl aus einzufangen. Außerdem fehlte ein Gesprächspartner. Es war seit langem der erste Sommer, den sie ohne eine Beziehung verbracht hatte. Conni kam sich langsam albern vor, ständig ihrem Kater mit ihren Sorgen im Ohr zu liegen. Orpheus hatte ihr einen verständnislosen Blick zugeworfen, weil sie es gar nicht witzig fand, dass er die Gurkenscheiben auf ihrem Gesicht als Spielaufforderung verstand, dann hatte er sich missbilligend abgewendet und war auch später nicht dazu bereit gewesen, wieder unter dem Sofa hervorzukommen und Conni Gesellschaft zu leisten.

Also war sie zum Italiener gegangen und hatte sich eine viel zu große Portion Pasta gegönnt – eine richtige Sportlermahlzeit. Luigi hatte sie nach dem dritten Glas Chianti gefragt, ob sie etwa Liebeskummer hätte, was sie eindeutig verneint hatte, weil ihr dazu das Wichtigste fehlen würde, ein Mann. Das war selbstverständlich einer Aufforderung zum Süßholzraspeln gleichgekommen, und Komplimente und Lobpreisungen waren über sie hereingebrochen, gemischt mit jenen eindeutigen Zweideutigkeiten, die nur die übertriebene Lautstärke als harmlose Frivolitäten enttarnte. Luigi hatte seinen Spaß. Jedes Mal wenn Conni das Restaurant betrat, trällerte er ihr als Anspielung auf ihren Nachnamen die Melodie eines Schlagers mit dem Titel *Immer wieder sonntags* entgegen und war stets aufs Neue erstaunt, dass sie mit den Namen Cindy & Bert nichts anzufangen wusste. Luigi gehörte noch zur ersten italienischen Gastarbeitergeneration und hatte sicher mehr Jahre seines Lebens in Deutschland als in seiner Heimat zugebracht. Bestimmt war er längst im Rentenalter, aber das tat seiner südländischen Flirtbereitschaft keinen Abbruch. Beide hatten herzhaft lachen müssen, bis seine Frau Maria, die wie immer hinter dem Tresen stand und so tat, als bekäme sie nichts mit, ihren Mann mit einem Schwall italienischer Wortkaskaden zurückbeordert hatte. Selbst auf dem Rückzug hatte er noch herumgewitzelt, womit er die gestrenge Maria nur verdient habe, worauf sie ihm laut und deutlich auf Deutsch zugerufen hatte, dass die Frau Kommissarin fast zwei Köpfe größer sei als er und sein Werben allein deswegen aussichtslos wäre.

Tags darauf war sie mit Moni und Kerstin nach Boltenhagen gefahren, Erinnerungen auffrischen und von alten Zeiten und Taten träumen. Selbstredend am FKK-Strand, so wie früher. Voller Vorfreude und albern wie junge Mädchen waren sie aufgebrochen und hatten beschlossen, allen Kerlen *schöne Augen* zu machen, wobei alle drei bei diesen Worten gleichzeitig mit dem Busen gewackelt und sich fast totgelacht hatten. Aber die Realität war nur noch ein träger Abklatsch früherer Jahre gewesen. Die Zeiten hatten sich verändert, und ihre beiden Freundinnen auch. An Kerstin waren die zwei Kinder nicht spurlos vorübergegangen. Zudem hatte sie ihren Körper seither auch vernachlässigt. Moni hatte sich nach kurzer Zeit in den Schatten zurückgezogen, aus Angst vor einem Sonnenbrand. Beide hatten neidisch auf Conni geschaut, die auch die meisten Blicke auf sich gezogen hatte. Dabei war ihr nur danach gewesen, von alten Zeiten zu quatschen, in einer ihr vertrauten Umgebung. Nun, es hatte nicht sein sollen. Irgendwie hatte keine richtige Stimmung aufkommen wollen, und sie waren dementsprechend schnell wieder aufgebrochen. Kerstin wollte zu ihrem Männe, wie sie es nannte, zurück, den Sonntagsbraten vorbereiten, und Moni hatte angeblich noch ein Date in der Buffalo-Bar in Schwerin. Jemand, der auf ihre Annonce geantwortet hatte: *Abenteuerlustige Mittdreißigerin sucht Globetrotter*. Das war wieder typisch Moni. An der Ostsee Angst vor einem Sonnenbrand haben und gleichzeitig von der australischen Wildnis träumen. Der stoppelbärtige Globetrotter würde bestimmt mit einem chromglänzenden, protzigen Geländewagen vorfahren. Wochentags war er Buchhalter in einem mittelständischen Unternehmen. Und die Mittdreißigerin feierte nächstes Jahr ihren vierzigsten Geburtstag. So war das. Conni freute sich auf ihren Trip an die Algarve. Noch drei Wochen, dann war sie auf sich allein gestellt.

Aber vorerst arbeitete sie im Team. Die Memos auf ihrem Schreibtisch stapelten sich. Klar hatte man versucht, sie zu erreichen. Zuoberst lag eine Notiz von Leif. Als Conni die Zeilen las, war das Wochenende schlagartig vergessen. Manuela Holzbrink hatte sie also angelogen. Sie hatte Timo Schlohmann gekannt, wenn auch unter dem Namen Gerry Klotz. Noch hatte sie keinen Bericht über den Besuch bei Manuela Holzbrink geschrieben, und sie hatte auch gehofft, dass es nicht nötig wäre. Nun sah die Situation anders aus. Es würde eine offizielle Vorladung geben. Sie war gespannt, was Leif von diesem Voigt erfuhr. Dann nahm sie sich die Akte Schlohmann vor. Auf der ersten Seite lächelte ihr Timo Schlohmann auf einem Clubausweis der *FunnyFitness-Farm* entgegen. Auf einmal war Conni hellwach. Wenn die beiden nun ...? Hastig kontrollierte sie die Mitgliederliste und verglich die Adressen. Unter der Mitgliedsnummer 00871 fand sie Gerry Klotz. Allerdings war sein Name nicht wie diejenigen markiert, denen man eine Bekanntschaft mit Carola Hansen nachsagte. Oder hatte man ihn nur vergessen? Conni klemmte sich ans Telefon.

Am Mittag kam Leif in die Dienststelle. Er sah auch übermüdet immer noch phantastisch aus, fand Conni. Und übermüdet war er mit Sicherheit. Die Ränder unter seinen Augen zeugten davon, dass er übers Wochenende nicht viel Schlaf gehabt hatte. «Und?», fragte sie neugierig, nachdem von seiner Seite aus nichts kam.

Er nickte und nahm ihr gegenüber Platz. «Er kennt sie. Fotos und Videos. Vor drei Jahren tauchte ihr Gesicht das erste Mal auf, meint er.»

«Vor drei Jahren?» Conni rechnete nach. «Da war Manuela Holzbrink vierzehn.»

«Genau.» Leif vergrub sein Gesicht zwischen den Händen. «Das sind immer so Momente, wo ich glaube, für den Job nicht geeignet zu sein. Ich habe mich allen

Ernstes gefragt, warum man so einem Perversen nicht die Eier abschneidet.»

«Weil wir nicht mehr im Mittelalter leben», entgegnete Conni mit einem kühlen Lächeln.

«Wenn du Kinder in dem Alter hättest, würdest du anders darüber denken.»

«Denken und Handeln sind zweierlei», meinte sie.

«Ich find's einfach pervers. Das geht gar nicht.»

«In anderen Ländern werden Frauen in dem Alter verheiratet. Da ist das völlig normal», entgegnete Conni. «Dem Bräutigam muss die Kindsfrau doch gefallen, sonst funktioniert das nicht.»

«Ich weiß, es gibt Wissenschaftler, die behaupten, Pädophilie sei eine Veranlagung, die bei einem Großteil der Menschen unterschwellig verankert wäre.»

«Die meisten Männer heiraten doch jüngere Frauen, teilweise deutlich jüngere, und niemand stört sich daran. Nur wenn eine bestimmte Grenze unterschritten wird, dann ist es nach unserem Verständnis plötzlich eine Straftat. Klar muss man zwischen Heirat und Prostitution unterscheiden, aber dennoch geht es vorrangig um Sex.»

«Wahrscheinlich hast du recht», sagte Leif. «Trotzdem wird mir übel bei dem Gedanken. Hauptsächlich, weil das Ganze ja ein Geschäftszweig ist, der durch Angebot und Nachfrage reguliert wird. Kinderprostitution entsteht durch Armut. Aber wenn es keine Nachfrage gäbe, würde kein Kind auf die Idee kommen, sich zu prostituieren.» Er blickte sie fragend an. «Gut», meinte er schließlich, «wie machen wir weiter?»

«Wir sollten herausfinden, ob Schlohmann Manuela

hier angesprochen hat.» Sie hielt ihm Schlohmanns Clubausweis entgegen. «Das ist derselbe Club, in dem auch Carola Hansen Mitglied war. Wenn die beiden sich gekannt haben …»

«Sag mal», unterbrach sie Leif, «wo ist Gero?»

«Der ist in Gudow bei Jörg Bude. Er wollte von ihm etwas über einen Jagdunfall erfahren, der schon ein paar Jährchen zurückliegt. Warum fragst du?»

«Er gab mir vorgestern dieses Foto», erklärte Leif und legte das Bild auf den Tisch. «Voigt sagt, das Tattoo gehöre einer gewissen Olga, die zeitweise bei entsprechenden Produktionen mitwirken würde.»

Conni erkannte das Foto sofort. «Das ist die Tätowierung von Carola Hansen!», entfuhr es ihr. «Moment mal.» Sie stand auf, verließ das Zimmer und klopfte bei Jörn Lüneburg an die Tür.

«Ja?»

«Jörn, wo sind die Sachen von Carola Hansen, die Matthias und das Trüffelschwein gefunden haben?»

«Die Tagebücher müsste Matthias noch haben. Er hat mir nur den Bericht ins Fach gelegt.»

«Nein, ich meine ihr Spielzeug.»

Jörn Lüneburg musterte sie fragend von oben bis unten. «Die Vibratorsammlung?» Er hob eine Augenbraue und deutete ein Grinsen an, das, wäre es von jemand anderem gekommen, durchaus als sexistisch hätte eingestuft werden können. «Ich nehme mal an, das lagert im Keller. Was hast du vor?»

«Das, was du dir schon immer gewünscht hast, Jörn.» Conni war sich sicher, dass der Senior im Kommissariat den Witz auch als solchen verstehen würde. «Wir schauen uns gemeinsam einen Pornofilm an. Sag Paul und Matthias Bescheid, sie sollen in den Medienraum kommen.»

Als Conni und Leif mit den DVDs den Medienraum betraten, herrschte dort ein richtiges Gedrängel. Es war geradezu lächerlich. Fast das gesamte Kommissariat hatte sich eingefunden.

Leifs Anweisungen waren deutlich. Alle, die mit dem Fall nichts zu tun hatten, verließen den Raum. «Unglaublich», murmelte er und schloss die Tür. «Warum wurde das Material noch nicht gesichtet?», fragte er, während er den ersten Film in den Recorder einlegte.

«Hat sich wohl niemand getraut, den Vorschlag zu machen», antwortete Matthias schmallippig.

Wahrscheinlich hatte er sogar recht mit dieser Vermutung. Sie alle hatten sich ja hinter vorgehaltener Hand über den Fund lustig gemacht, und niemand war auf die Idee gekommen, dass das Material eventuell sachdienliche Hinweise liefern konnte. Conni war die einzige Frau im Raum, und sie war sich sicher, dass die Kollegen nur wegen ihrer Anwesenheit mit dem nötigen Ernst an die Sache gingen. Es herrschte eine merkwürdige Stimmung, als der Vorspann ablief. Keiner sagte einen Ton, niemand wagte, eine Bemerkung zu machen. Sie überlegte, wer sich von ihren Kollegen wohl hin und wieder einen Porno ansah. Der Film begann mit Landschaftsaufnahmen. Ein Hubschrauber kreiste über einer Marina mit weißen Motoryachten. Dann ein Schwenk, und eine Stadt mit engen Gassen erschien im Bild. Die große Kirche kam ihr bekannt vor. Palma de

Mallorca. Die Kamera zoomte auf den Dachgarten einer großen Villa. Am Pool lagen mehrere leichtbekleidete Mädchen. Immerhin war es kein Schmuddelfilm, dachte Conni, auch wenn die Handlung wahrscheinlich sehr eintönig werden würde. Ihre Vermutung bestätigte sich während der nächsten Minuten. Keiner der Akteure hatte eine Sprechrolle. Nach zehn Minuten hatten sie gefunden, wonach sie suchten. Auch wenn das Hausmädchen der Villa, das gerade von einem blöd glotzenden, schwarzhäutigen Glatzkopf begattet wurde, stark geschminkt war, konnte man in den wenigen Sequenzen, die ihr Gesicht zeigten, eindeutig Carola Hansen wiedererkennen. Leif stoppte den Film und schaltete das Licht wieder ein.

«Dass wir darauf nicht gekommen sind», meinte Conni vorwurfsvoll, wobei sie sich selbst mit einbezog. «Sie spielt mit.»

«Jetzt wissen wir auch, was das für Reisen waren, die sie gemacht hat», ergänzte Matthias. «Meint ihr, dass Thor Hansen davon wusste?»

«Keine Ahnung. Wir sollten abwarten, bis Gero die Filme gesehen hat. Er hat sich die ehemalige Clique von Carola Hansen vorgeknüpft. Vielleicht taucht da irgendwo noch ein anderes, ihm bekanntes Gesicht auf», sagte Conni. «Mit den Namen der Darsteller können wir höchstwahrscheinlich nichts anfangen. Das sind bestimmt alles Phantasienamen.»

«*Künstler*namen», verbesserte Jörn Lüneburg.

«Ich checke dann mal die Daten», meinte Matthias Rörupp. Er betrachtete das Cover der DVD. «Warenzeichen und Copyright sind eingetragen. Kommt aus den Staaten. Über die Produktionsfirma muss ja was herauszufinden sein. Und vielleicht gibt es eine Spur hierher zurück.»

«Und? Wissen wir jetzt mehr?», fragte Leif, als sie in ihr Büro zurückgekehrt waren.

«Na, überleg doch mal», entgegnete Conni fast empört. «Dass die Hansen ein ausgefallenes Sexleben hatte, wussten wir ja schon. Aber dass sie so etwas wie ein Profi war, ist deutlich mehr als ein i-Tüpfelchen. Schließlich war sie damit erpressbar. Außerdem haben wir jetzt einen möglichen Berührungspunkt zwischen den Fällen Schlohmann und Hansen. Wenn Timo Schlohmann, alias Gerry Klotz, minderjährige Mädchen für die Pornobranche angeworben hat, dann ist es doch ziemlich wahrscheinlich, dass er Carola Hansen kannte. Noch dazu, wo sie beide im gleichen Fitnesscenter waren.»

«Stimmt», meinte Leif. «Wir sollten uns den Laden nochmal genau anschauen.»

«Gut. Hast du Sportsachen mit?»

«Meine Golfsachen liegen im Porsche.» Er grinste.

«Ich kann dir ja was leihen», sagte sie und wartete, wie er auf den nicht ganz ernst gemeinten Vorschlag reagieren würde, aber Leif musterte sie nur und zog eine Grimasse. Am liebsten hätte sie noch einen draufgesetzt und vorgeschlagen, dass er ja alternativ auch in der Sauna auf sie warten könne, aber Conni hielt sich zurück. Vor allem, weil sie die Idee gar nicht mal so schlecht fand.

Am Empfang der *FunnyFitnessFarm* saß ein Mädchen, das Conni noch nicht kannte. Anna Mertens war sicher noch Schülerin, höchstens sechzehn, schätzte Conni. Das rotbraune Haar trug sie zu zwei seitlichen Zöpfen geflochten. Leif zeigte ihr seinen Dienstausweis und fragte nach der Geschäftsführung. Sichtlich irritiert griff das Mädchen zum Telefon. Nach ein paar Minuten erschien Thomas Warnstedt und warf Leif einen skeptischen Blick zu. Dann erkannte er Conni, und seine Miene erhellte sich.

«Es tut mir leid, aber ich hatte noch keine Zeit, Ihrer Vorladung nachzukommen», erklärte er entschuldigend.

«Deswegen sind wir nicht hier», meinte Conni und stellte Leif vor. «Wir kommen wegen eines Mitglieds.» Sie zog Schlohmanns Clubausweis hervor und hielt ihn Warnstedt hin. «Gerry Klotz ist der Name.»

Thomas Warnstedt warf einen flüchtigen Blick auf die Karte. «Den Gerry kenne ich seit Jahren. Ist ein Stammkunde», sagte er und gab ihr den Ausweis zurück. «Von der Geschäftsleitung ist niemand im Haus, aber ich kann jemanden verständigen ...»

«Wir benötigen nur ein paar Auskünfte.»

«Die kann ich Ihnen auch geben. Hat er etwas ausgefressen?»

Leif ignorierte die Frage. «Wie lange ist Gerry Klotz hier schon Mitglied im Club?»

«Da reicht ein Blick in die Datenbank», meinte Warnstedt und ging zum Computer. «Einen Moment ... Seit etwas über vier Jahren.»

«Und wie meldet man sich als Mitglied an?», fragte Conni.

«Sie beantragen einen Mitgliedsausweis», erklärte

Warnstedt und setzte ein charmantes Lächeln auf, während er ihr ein Aufnahmeformular überreichte.

«Einen Personalausweis muss man dafür nicht vorlegen?»

«Nein.» Warnstedt stockte einen Moment und überlegte. «Warum auch», ergänzte er schließlich. «Man kann sich hier ja nichts erschleichen, also warum sollte man falsche Angaben machen. Wenn Sie eine Ermäßigung in Anspruch nehmen wollen, dann verlangen wir allerdings einen Nachweis, eine Schülerkarte oder so etwas.»

«Wann haben Sie Gerry Klotz das letzte Mal gesehen?», fragte Leif. «Ich meine, wann war er das letzte Mal hier? Kann man das irgendwie feststellen?»

«Nicht bei allen Kunden, aber wenn man Mitglied ist, dann geht das. Man erhält ja einen gehörigen Nachlass, wenn man sich ausweist.» Thomas Warnstedt tippte etwas in das Gerät ein. «Am Donnerstag vorletzter Woche. Komisch, sonst ist er fast jeden zweiten Tag hier. Aber wo ich es jetzt lese ... Ich habe ihn tatsächlich schon eine Zeit lang nicht mehr gesehen. Vielleicht ist er im Urlaub.»

«Das ist er leider nicht», sagte Conni. «Gerry Klotz, oder besser Timo Schlohmann, wie er in Wirklichkeit hieß, ist tot. Er wurde ermordet.»

Warnstedt blickte sie sprachlos an. Er schien gar nicht sofort zu registrieren, dass dies bereits der zweite Todesfall innerhalb kurzer Zeit unter den Mitgliedern seines Clubs war. Vielmehr schien es ihm irgendwie unangenehm zu sein, dass Klotz hier unter falschem Namen gemeldet war. «Davon habe ich nichts gewusst», meinte er schließlich. «Aber wo Sie es sagen, hier bei seiner Adresse … da taucht der Name Schlohmann auf. Sieht so aus, als würde er dort zur Untermiete wohnen. Ist mir noch nie aufgefallen.»

«Gehörte Timo Schlohmann, also Gerry, auch zu denjenigen, die engeren Kontakt zu Carola Hansen pflegten?», fragte Conni.

Warnstedt brauchte einen Augenblick, um die Verbindung herzustellen. Dann schien bei ihm der Groschen endlich zu fallen. «Nein, eher nicht», entgegnete er. «Also der Gerry, der … war ja noch jünger. Der …» Er stockte, als überlege er, was er über Schlohmann preisgeben dürfe.

Leif half ihm auf die Sprünge. «Sie scheinen sich ja, was die Verhältnisse unter den einzelnen Mitgliedern betrifft, sehr gut auszukennen.»

«Man beobachtet eben dies und jenes.»

«Kann man es vielleicht so ausdrücken, dass sich Gerry, wie er sich hier nannte, mehr für jüngere Frauen interessiert hat?», fragte Conni vorsichtig. Wenn ihre Vermutung zutraf und Schlohmann hier minderjährige Mädchen angesprochen hatte, dann würde Thomas Warnstedt, falls er davon wusste, und Conni zögerte keinen Augenblick zu glauben, dass dem so war, es ihnen bestimmt nicht freimütig erzählen; zumindest nicht, dass es sich dabei um Minderjährige gehandelt hatte.

Warnstedt gab sich bedeckt. «So in etwa», meinte er zögerlich. «Aber ich kann selbstverständlich nicht ausschließen, dass sie hin und wieder mal ein Wort miteinander gewechselt haben, schließlich waren beide schon ein paar Jahre Mitglied, gehörten sozusagen zur VIP-Crew des Clubs.»

«Was zeichnet denn die VIPs aus?» So, wie Leif es betonte, fand auch er diese Bezeichnung, mit der man inzwischen allerorts wichtigtuerischen Emporkömmlingen durch einen Hauch von Hollywood das Gefühl des Besonderen geben wollte, nicht nur überheblich und unpassend, sondern einfach lächerlich. Auch Conni assoziierte das Wort unweigerlich mit dem gesetzten Familienvater, der einmal im Monat großspurig die goldene Kreditkarte zum Bezahlen der Benzinrechnung an der Tankstelle zückte, um gleichzeitig zu fragen, ob es für ADAC-Mitglieder irgendwelche Vergünstigungen oder sonstige Bonuspunkte gäbe.

Warnstedt setzte ein wissendes Lächeln auf. «Na ja, man kann eben den besonderen Status genießen, als Stammgast angesehen zu werden. Jeder hier kennt einen, man kann schon mal was anschreiben lassen und man wird exklusiv zu den besonderen Events des Clubs eingeladen, etwa wenn neue Geräte vorgestellt werden oder wenn es eine Party gibt … Einmal im Monat haben wir unseren legendären Crazy Day, da haben nur VIP-Mitglieder zutritt.»

«Crazy Day?»

«Ja, das läuft immer unter einem anderen Motto, etwa Gozilla-Party, Jump and Drunk oder Aero Big …, moderierte Wettbewerbe, Drinks im Wellnessbereich und solche Sachen.»

Conni verzichtete darauf, *solche Sachen* näher zu hinterfragen. Sie besaß genügend Phantasie, sich eine ausgelassene und ungezwungene Stimmung im Saunatrakt eines Fitnesscenters vorzustellen, besonders wenn auch noch Alkohol mit im Spiel war. Die Frage war, ob bei diesen geschlossenen Gesellschaften die Grenze der Legalität überschritten wurde. Spätestens wenn minderjährige Mitglieder an solchen Veranstaltungen teilnahmen, war das der Fall. Sie musste an Manuela denken. War Manuela Holzbrink etwa auf einer solchen Veranstaltung von Timo Schlohmann angesprochen worden? Und was war mit Carola Hansen? War sie auch eine VIP gewesen? Hatten sie und Schlohmann vielleicht sogar gemeinsame Sache gemacht, oder hatte Gerry auch sie geködert?

«Außerdem haben unsere Stammgäste die Möglichkeit, sich eigene Spinde einzurichten, damit sie nicht jedes Mal ihren ganzen Krempel ...»

«Gerry hat so einen Schrank?», unterbrach Conni ihn sofort.

«Ja, klar», antwortete Thomas Warnstedt.

Leif hatte schon den Schlüsselbund von Schlohmann in der Hand. «Umkleideschränke mit Vorhängeschlössern?», fragte er.

Warnstedt nickte, und Leif warf ihr ein triumphierendes Lächeln zu. «Den Spind hätten wir uns dann gerne mal angeschaut.»

Der Schlüssel passte tatsächlich. Das Erste, was ihnen beiden ins Auge stach, war eine Fotografie mit Sonnenblumen, die mit Klebeband an der Rückseite der eisernen Schranktür befestigt war. Eigentlich hätten sie das Trüffelschwein rufen müssen, aber der Schrank bot nicht so viel Inhalt, dass ihnen eine Benachrichtigung der Spurensicherung notwendig erschien. Ein Paar Sportschuhe, zwei Handtücher, ein Sportdress und eine Flasche Aufgusskonzentrat für die Sauna war zunächst alles, was sie fanden. Schließlich fischte Leif aber noch ein flaches Notizbuch hervor, das in der hintersten Ecke im obersten Fach des Spinds gelegen hatte. Warnstedt stand etwas abseits und beobachtete sie stumm, während Leif interessiert durch die Seiten blätterte. Conni schaute ihm über die Schulter. Was sie erkennen konnte, waren Mädchennamen und Telefonnummern, auf den einzelnen Seiten notiert.

«Können Sie mir sagen, ob es sich bei den Namen hier um Mitglieder des Clubs handelt?», fragte Leif endlich und reichte Warnstedt das Notizbuch.

«Das sind ja nur Vornamen», stellte er fest, als könne er die Mitgliedschaft ohne die Familiennamen nicht zuordnen. Dann schien er zu merken, dass zwei fordernde Augenpaare auf ihn gerichtet waren. «Ich kann ja mal sehen, ob es da Übereinstimmungen gibt», erklärte er sich zögernd bereit. «Das sind alles Frauennamen, die durchaus geläufig sind ...»

Leif runzelte die Stirn. «Aber anhand der Telefonnummern werden Sie das wohl schon herausbekommen, oder muss man die bei der Anmeldung auch nicht angeben?» Er brauchte nicht deutlicher zu werden. Warnstedt gab sein Einverständnis, die Sache zu kontrollieren. «Hatte Carola Hansen übrigens auch so einen Privatschrank?», fragte Leif beiläufig, während sie zur Anmeldung zurückgingen.

Warnstedt deutete auf die Tür am Ende des Korridors. «Bei den Damen – der Schrank war aber leer.» Ein

Lächeln huschte über seine Lippen. «Sonst hätten wir Sie natürlich sofort verständigt.»

«Natürlich», wiederholte Conni spitz. Sie bestand trotzdem darauf, den leeren Spind inspizieren zu dürfen, aber wie erwartet war der Schrank leer. Nur auf der Türinnenseite entdeckte sie Reste von Klebestreifen, und aus irgendeinem Grund beschlich sie das Gefühl, dass auch hier ein Foto mit Sonnenblumen gehangen hatte.

Der Abgleich mit dem Mitgliederverzeichnis des Fitnesscenters brachte sie nicht weiter. Auch Manuela Holzbrink war darin nicht geführt. Warnstedt war die Erleichterung anzusehen. Ob er sonst noch etwas für sie tun könne, fragte er mit scheinheiliger Höflichkeit, bevor er sich verabschiedete. Conni schaute auf ihre Armbanduhr. In der Dienststelle wartete genügend Arbeit, aber es waren nur noch knapp zwei Stunden bis zum Feierabend. In der Zeit würden sie nicht mehr viel herausfinden, und noch mehr Überstunden kamen für sie momentan einfach nicht in Frage. Außerdem fand sie den Gedanken, Leif beim Schwitzen zuzuschauen, nach wie vor reizvoll.

«Wenn wir schon einmal hier sind», begann sie und warf Leif einen auffordernden Blick zu, der ihrer Meinung nach unmissverständlich war. Sie überlegte kurz, ob er einen Rückzieher machen würde. «Dann sollten wir doch die Gelegenheit beim Schopfe packen und noch ein wenig für die Gesundheit tun.»

Als sie sich das verschwitzte Hemd vom Körper zog, wurde Conni erst richtig bewusst, was sie gerade machte. Das *bis gleich dann*, das Leif ihr auf dem Weg zu den Umkleideräumen zugerufen hatte, klang ihr immer noch im Ohr. So ein Irrsinn. Damit war er ihr doch tatsächlich zuvorgekommen. Conni deutete es als eindeutiges Signal. Oder war es seinerseits nur Neugierde? Vermutlich beides. Genauso, wie es sie gereizt hatte, sich von Leifs Kondition ein Bild zu machen. Achtzig Kilo hatte er zum Schluss aufgelegt und dabei versucht, sich nichts anmerken zu lassen. Wie idiotisch. Sie hatte sofort gemerkt, dass er nicht im Training war. Schon auf dem Ergometer hatte er nicht mithalten können. Und bei den letzten zwanzig Hüben waren ihm fast die Augen aus dem Kopf gequollen. Sie hatte ihm den Erfolg gelassen, wenigstens an der Kraftmaschine als Sieger ihres unausgesprochenen Wettkampfs hervorgegangen zu sein. Männer waren doch so leicht zu durchschauen. Da machte Leif keine Ausnahme. Und sie selbst? War ihr Anliegen hier nicht genauso offensichtlich? Und wenn schon. Sie streifte ihren BH ab. Einen Moment überlegte sie, ob sie Orpheus genug Fressen in die Schale gelegt hatte, dann verwarf sie den Gedanken. Es war an der Zeit, mit dem Säbelrasseln aufzuhören und den Absichten endlich Taten folgen zu lassen. Außerdem war der Kater gut bei Futter und konnte gut und gerne eine Nacht ohne sie auskommen. Eine Nacht. Eine Nacht mit Leif. Genau das. Sie würde es ausprobieren. Conni ging zu den Duschen. Fünf Minuten kaltes Wasser sollten reichen, um den Kopf freizubekommen. Ihr Herz klopfte.

Er trug das weiße Handtuch lässig um die Hüften geschlungen und hatte die Arme vor der Brust verschränkt. Conni hatte seinen Körper, einem Scanner gleich, im Bruchteil einer Sekunde gemustert. Leif hatte keine athletische Figur und für seine Größe bestimmt ein paar Gramm zu viel. Dennoch wirkte er nicht dicklich oder unproportioniert. Ganz im Gegenteil. Leif lächelte sie an, und sein Blick blieb an ihren Augen kleben, obwohl sie ihr Handtuch ebenfalls nur um die Hüften geschlagen hatte. Sympathisch, dachte sie und hoffte gleichzeitig, dass ihm der Rest trotzdem nicht entgangen war.

Keine der Ruheliegen war frei. Der Saunatrakt war deutlich besser besucht als das letzte Mal. Conni nahm es genauso wenig wahr wie den Umstand, dass sich heute vorwiegend junges Publikum in diesem Teil der Fitnessanlage tummelte. Sie hatte nur Augen für Leif. Ihm schien es ähnlich zu gehen. Jedes Mal, wenn sich ihre Blicke trafen, spürte Conni sein Einverständnis. An jedem anderen Ort hätte es keiner weiteren Worte mehr bedurft. Am liebsten hätte sie sich einfach an ihn geschmiegt. Jede noch so flüchtige Berührung kam einem kleinen Stromschlag gleich.

Zwei Saunen und ein Dampfbad standen zur Auswahl. Sie entschieden sich für die Finnische Sauna. Die Eukalyptussauna sei etwas für Schattenparker, meinte Leif und öffnete die Tür. Trockene 95 °C schlugen ihnen entgegen. Conni wählte das mittlere Treppchen und breitete ihr Handtuch auf der Holzbank aus, Leif entschied sich mutig für die höhere Lage und ließ sich über ihr im Schneidersitz nieder. Außer ihnen war nur noch ein junges Pärchen anwesend, das sich in einem stillen Winkel hinter dem offenen Steinofen abwechselnd mit einem dieser kratzigen Kokoshandschuhe den Körper abrieb. Conni konnte die beiden im Augenwinkel beobachten. Sie beneidete die Frau insgeheim. Ihre glänzende Haut signalisierte, dass sie bereits einen Aufguss hinter sich hatten. Nach wenigen Minuten verließen sie die Sauna.

«Was, meinst du, hat es mit den Sonnenblumen auf sich?»

Das durfte doch nicht wahr sein – musste er jetzt damit anfangen? Sie strich sich langsam mit der Hand über die Haut. Noch war alles trocken. Sie war sich sicher, dass er sie im dezent abgedunkelten Licht der Sauna beobachtete. «Keine Ahnung», meinte sie und genoss die Vorstellung, dass ihr Körper ihn erregte. «Vielleicht so etwas wie ein heimliches Erkennungszeichen?»

«Immerhin hat man seine Leiche in einem Sonnenblumenfeld deponiert.»

«Wer weiß.» Conni atmete gegen die heiße Luft an. Ihr war nicht nach Leichen zumute. Nicht jetzt. Nicht hier. Konnte er ihr nicht eine Massage anbieten? Sie streckte sich auf der Bank aus. Langsam wurde ihr heiß. Es sollte doch tatsächlich Leute geben, die behaupteten, eine Sauna wäre ein völlig unerotischer Ort. Für ein Paar wie sie gab es doch fast keinen geeigneteren Ort, um sich auf unverfängliche Art Appetit zu machen.

«Sonnenblumen, Sonnenblumenlabyrinth … Das ist doch naheliegend.»

«Möglich», antwortete sie und reckte ihren Körper erneut. «Glaubst du, in ihrem Schrank waren irgendwelche Sachen von Bedeutung?»

«Wenn, dann hat sie dieser Tommy beiseitegeschafft.»

«Hmm. Er weiß mehr über die beiden, stimmt's?»

In diesem Moment wurde die Tür geöffnet, und eine Gruppe Jugendlicher kam herein. Schade, dachte Conni, rückte automatisch zur Seite und machte die Bank frei. Sie sah, wie Leif sein Handtuch über dem Schoß ausbreitete.

«Ich muss raus», stöhnte sie und erhob sich.

«Ja? Ich komme auch gleich nach», meinte Leif, und Conni war sich sicher, dass er ihr in diesem Moment nicht beweisen wollte, dass er es länger in der Sauna aushielt als sie.

«Wohnst du eigentlich alleine?», fragte Conni, nachdem sie schweigend einige Kilometer hinter sich gebracht hatten. Die Strecke war so gut wie unbefahren, und sie hatte Leifs forschen Fahrstil ausnahmsweise nicht kommentiert. Ihr Herz klopfte aus einem anderen Grund. Sie hatte alle Register gezogen und war sich sicher, dass er verstanden hatte, dass sie für alles offen war. Entweder er lud sie jetzt zu sich ein, oder die Sache war hoffnungslos.

«Ja.» Er lächelte, schaute aber konzentriert auf die Straße. «Ich dachte, das wüsstest du. Ich wohne alleine, es gibt niemanden, der mich erwartet, und ich habe bislang zwischen Abendessen und Frühstück auch noch keine Verabredung.» Sein Handy klingelte. Leif drosselte das Tempo und nahm das Gespräch an, dann steuerte er die nächste Ausbuchtung an und stoppte den Wagen. «Wann?», fragte er in den Hörer. Auf seinem Gesicht zeichneten sich Sorgenfalten ab. «Etwas Ernstes? Gut, ich mache mich gleich auf den Weg.»

Conni traute sich nicht zu fragen, was geschehen war. Wenn es etwas Dienstliches gewesen wäre, hätte er es ihr mitgeteilt, also musste es sich um etwas Privates handeln. Leifs Mundwinkel zuckten nervös. Man konnte ihm die Anspannung ansehen. «Wird nichts, aus deinem Asylgesuch», meinte er nach einiger Zeit und versuchte, ihr ein Lächeln zu schenken. «Meine Frau hatte einen Reitunfall – sie ist vom Pferd gefallen und liegt in der Klinik. Ich muss nach Hamburg, mich um die Zwillinge kümmern. Ich setze dich am Kommissariat ab.» Er zwinkerte ihr zu, aber Conni wusste in diesem Moment nicht, wo ihr der Kopf stand und was das zu bedeuten hatte. Sie wusste nur, dass sie die Nacht alleine verbringen würde.

## Kapitel 14

Gero hatte ein schlechtes Gewissen. Es war das erste Mal, dass er seiner Frau hinterhergeschnüffelt hatte. Er überlegte, was schwerer wog, sein Misstrauen, das sich ja anscheinend als begründet herausgestellt hatte, oder ihre Lüge. Es hatte kein Fortbildungsseminar in Berlin gegeben. Tagelang hatte er sich zu beruhigen versucht, aber letztendlich war der Verdacht immer wieder hervorgekrochen. Er hatte sich eingeredet, die Angelegenheit mit Schweigen und Ignoranz aussitzen zu können, aber es hatte nicht funktioniert. Mehr als fünfzehn Jahre waren sie nun verheiratet, und Gero hatte mit allem gerechnet, aber nicht damit, dass Lena ihn hintergehen würde. Noch mehr aber hatte ihn seine eigene Eifersucht überrascht. Nachdem er auch diese Nacht kaum ein Auge zugemacht hatte, sich in alle erdenkliche Situationen manövriert, in Gedanken sogar schon mehrfach heimtückische Mordanschläge auf imaginäre Arztfreunde seiner Frau ausgeführt hatte, musste das Ganze nun zu Ende gebracht werden. Also hatte er sie gleich nach dem Frühstück, die Kinder waren bereits auf dem Weg zur Schule, mit der Sache konfrontiert, hatte es ihr auf den Kopf zugesagt und sie gefragt, ob und wann sie ihm erzählen wolle, wo sie das letzte Wochenende über gewesen sei.

Nun stand sie vor ihm und schaute ihn überrascht an, ein zaghaftes Lächeln auf den Lippen, aber keinesfalls überrumpelt, verdattert oder ertappt. Ihr Mienenspiel konnte alles Mögliche bedeuten. Es dauerte einen Augenblick, dann blickte sie zu Boden. «Ich weiß, es war ein Fehler.»

«Was?»

«Ich hätte früher mit dir darüber reden sollen.»

Sie war doch tatsächlich noch so unverfroren, ihn anzulächeln. Gero verstand die Welt nicht mehr. «Wo warst du?»

«Ich war in Berlin. Bei einem Kollegen …»

«Mit einem Kollegen.» Also doch, dachte Gero und machte einen tiefen Atemzug. Der Boden schien unter seinen Füßen zu wanken.

Sie machte einen Schritt auf ihn zu, schmiegte ihren Kopf an seine Brust. «Wie süß du bist.» Fast hätte er sie weggestoßen. «Nicht mit, sondern *bei* einem Kollegen. Kein Grund zur Eifersucht also … Und auch kein Grund zur Sorge. Es ist alles okay.»

«Alles okay?» Gero zuckte zusammen. «Was heißt alles okay? Nichts ist okay.»

«Ich hätte mit dir sprechen sollen, ich weiß, aber … Ich hab mich ja schon selbst verrückt gemacht.» Sie lächelte ihn an. «Wir Mediziner sind doch die größten Hypochonder, wenn es um uns selbst geht. Ich wollte dich nicht auch noch damit belasten.»

Langsam schwante Gero, was los war. Er hielt Lena an den Schultern und blickte sie fordernd an. «Und?», fragte er bang.

«Eine Untersuchung, ein klitzekleiner Eingriff …»

Geros Herz pochte wie wild. «Was war? Wie lautet das Ergebnis?»

Sie blickte ihn an. «Negativ. Der Befund ist negativ.»

Für einen Moment war Gero versucht aufzuschreien. Die ganze Welt schien zusammenzubrechen. Dann entsann er sich des arglistigen Vokabulars der Medizin. Negativ war positiv. Seine Gefühle fuhren Achterbahn.

«Es war nur ein unscheinbarer Polyp», erklärte sie. «Man hat ihn bei einer Routineuntersuchung gefunden. Ein Vorstadium eines Myoms ... Ich war bei einem Kollegen in Berlin, einem Spezialisten. Man kann ja nie wissen. Er hat eine Abrasio gemacht. Vor drei Tagen kam das Ergebnis der histologischen Untersuchung. Der zytologische Befund ist eindeutig negativ. Keine Metastasen.»

Der letzte Satz wirkte wie eine Erlösung. Er presste sie an sich. Tränen liefen über seine Wange. «Ich Idiot», stammelte er. «Ich Volltrottel!»

«Nein», korrigierte ihn Lena. «Der Idiot war ich.»

«Und neulich, als mich Vetter anrief und nach dir fragte ...»

«War ich zur Nachuntersuchung. Es ist wirklich alles in Ordnung.» Sie schmiegte sich zärtlich an ihn. Für einen langen Moment verharrten sie in Eintracht, und obwohl Gero dies Gefühl vertraut war, fühlte er sich Lena näher als je zuvor. Es war, als hätte ihm die Angst, die er eben noch verspürt hatte, die Augen geöffnet. Die Angst, Lena zu verlieren. Aber sie war gesund. Alles andere war so unwichtig. Er hatte das dringende Bedürfnis, sie zu lieben. Hier und jetzt. «Musst du nicht langsam in die Dienststelle?», fragte Lena, als sich seine Hände um ihre Hüften schlossen. Ihr Becken erwiderte seinen Druck.

«Alles zu seiner Zeit», hauchte er, dann suchten seine Lippen gierig nach ihrem Mund.

Mit zwei Stunden Verspätung traf Gero im Kommissariat ein. Auf dem Flur begegnete ihm Paul Dascher, der ihm grinsend einen guten Morgen wünschte. Obwohl es durchaus häufiger vorkam, dass er später in der Dienststelle auftauchte, kontrollierte Gero im Spiegel der Toilette, ob der Grund seiner Verspätung eventuell verräterische Spuren hinterlassen hatte, aber er konnte nichts entdecken. Wie in Ekstase waren sie übereinanderhergefallen und hatten sich so heftig wie schon lange nicht mehr geliebt. Als sich ihre Umklammerung endlich gelöst hatte, hatten beide Tränen in den Augen gehabt. Tränen der Erleichterung und Tränen des Glücks. Geros Anspannung, die seine Seele über die letzten Tage wie ein Schraubstock im Griff gehabt hatte, war wie eine Seifenblase zerplatzt. Er fühlte sich befreit, leicht wie ein Vogel. Fast wäre er in Versuchung geraten, den Tag blauzumachen und ihn an Lenas Seite zu verbringen, aber nachdem sie voneinander abgelassen hatten, hatte ihn der Alltag in Form eines Telefonanrufs eingeholt, der seine kriminalistischen Zellen schlagartig wieder zum Leben erweckte. Am Apparat war Vetter gewesen, der ihm mitteilte, dass die Ergebnisse der DNA-Analyse endlich vorliegen würden und dass Schlohmann und Carola Hansen demnach ein Paar gewesen wären. Zumindest stammten die Spermaspuren eindeutig von ihm. Das war natürlich ein Hammer. Gero war gespannt, was die anderen zu dieser Neuigkeit sagen würden.

«Wissen wir schon», schallte es ihm entgegen, als er Conni und Leif die neuesten Erkenntnisse mitteilen wollte.

«Vetter hat vorhin angerufen. Er wollte eigentlich dich sprechen.» Auch Leif grinste Gero anzüglich an, als kenne er den Grund für dessen Unpünktlichkeit. Dabei war es Leif, der aussah, als habe er die ganze Nacht durchgezecht. Auch Conni sah mitgenommen und unausgeschlafen aus. «Und es kommt noch besser.» Leif deutete auf ein flaches Notizbuch. «Das haben wir gestern in diesem Fitnesscenter gefunden. Im Schrank von Timo Schlohmann, alias Gerry Klotz. Er scheint genau Buch darüber geführt zu haben, wen er alles angeworben hat.»

«Wir sind gerade dabei, Namen und Telefonnummern zu durchforsten», ergänzte Conni. «Die meisten von den Mädchen mauern verständlicherweise, behaupten, sie wüssten von nichts. Aber einige von ihnen sind wohl inzwischen volljährig, und zwei von denen sind zu einer Aussage bereit. Ich habe ihnen Diskretion zugesagt.»

«Das wirft ein ganz neues Licht auf die Sache. Wer steckt dahinter?», fragte Gero. «Schlohmann war doch bestimmt nur der Köder.»

«Wahrscheinlich», erklärte Leif. «Matthias hat sich die DVDs von Carola Hansen vorgenommen. Er hat die Produktionsfirma in den Staaten aufgespürt. Halt dich fest, der Name ist *Sunflower Production.*»

«Wer hätte das gedacht.»

«Und die Internetseite, auf denen man die Mädchen bewundern kann, nennt sich *Sunflower Cuties*. Matthias checkt gerade die Domain. So wie es aussieht, läuft das Ganze über einen Server in Bombay.»

«Na prima. Auf nach Indien. Du siehst aus, als könntest du einen Urlaub gebrauchen», meinte Gero, nachdem Leif herzhaft gegähnt hatte.

Leif machte eine abfällige Handbewegung. «Hör bloß auf. Ich bin die ganze Nacht auf Achse gewesen. Erst bekomme ich einen Anruf, dass Miriam vom Pferd gefallen sei und im Krankenhaus liege, und ich mich um die Zwillinge kümmern muss, in Hamburg stelle ich dann fest, dass Annika und Sophie längst bei der Nachbarin untergekrochen sind und selig schlummern. Danach bin ich nach Itzehoe raus, um nach Miriam zu sehen. Im Krankenhaus teilt man mir mit, dass aus dem Krankenbesuch wohl nichts werden würde, weil man die Patientin bereits entlassen hätte. Auf eigenen Wunsch. Zwei Stunden nachdem man ihr das gebrochene Fußgelenk eingegipst habe, sei sie von einem älteren Herrn abgeholt worden. Ich hab dann bei ihrem Vater angerufen, aber Ernst wusste von nichts. Um halb fünf war ich zu Hause. Mahlzeit. Als wenn ich nichts Besseres zu tun hätte. Ich bin echt bedient.»

Gero runzelte die Stirn. Es war ihm nicht entgangen, dass Leif mehr in Connis Richtung gesprochen hatte als zu ihm und sie sich bei seinem letzten Satz ein schadenfrohes Grinsen nicht hatte verkneifen können. Leif war ja auch selbst schuld, dass er nicht endlich für klare Verhältnisse sorgte. Jetzt machte sich schon Kollegin Sonntag über sein Eheleben lustig. Eine Scheidung war doch längst überfällig. Aber wahrscheinlich hatte er Angst davor, dass ihm mit diesem Schritt die Felle davonschwammen. Bestimmt lebte es sich unter der Obhut des Schwiegervaters, des Freiherrn von Gossewitz, ganz entspannt, zumindest hatte Leif das einmal angedeutet.

«Du solltest dir auf jeden Fall diese Filme anschauen», meinte Leif. «Vielleicht spielt noch jemand mit, den du kennst? Du hast doch die Typen aus der ehemaligen Clique von Carola Hansen verhört.»

«Mach ich dann bei Gelegenheit», erwiderte Gero. Ihm war nach allem anderen zumute, als sich Pornofilme anzusehen. In Gedanken ging er die Namen aus dem ehemaligen Freundeskreis von Carola Hansen durch und überlegte, wer von den Typen das Zeug dazu haben mochte, in einem Porno mitzuwirken. Viel interessanter aber war die Frage, wie Timo Schlohmann in dieses Puzzlespiel passte. Die beiden hatten ein Verhältnis gehabt. Kurz vor ihrem Tod hatte Carola Hansen mit Schlohmann geschlafen. Also mussten sie sich entweder vor ihrem Besuch im Fitnesscenter getroffen haben oder direkt danach. War es denkbar, dass Timo Schlohmann Carola Hansen getötet hatte? Vielleicht hatte es einen Streit gegeben, vielleicht wollte sie sich von Schlohmann trennen? Auch wenn Gero diese Variante als sehr unwahrscheinlich einstufte, mussten sie das in Erwägung ziehen. Auch Thor Hansens Rolle musste dann neu überdacht werden. Für den Mord an seiner Frau hatte er ein Alibi, aber was war mit Schlohmann? Konnte es sein, dass er den Liebhaber seiner Frau, vielleicht sogar den Mörder seiner Frau getötet hatte?

Das Öffnen der Zimmertür unterbrach Geros Gedankenspiel. «Störe ich?», fragte Jörn Lüneburg und trat ein, ohne eine Antwort abzuwarten. Er hatte wie so oft einen Aktenstapel unter dem Arm, den er vor ihnen auf dem Tisch ausbreitete. «Ich bin gerade dabei, die beiden Fälle miteinander zu verstricken», meinte er und verschränkte symbolträchtig die Finger seiner Hände, um den Vorgang zu veranschaulichen. «Außerdem habe ich die Daten des Reisebüros und die betreffende Flugnummer überprüft.» Er deutete auf eines der Blätter.

«Das gehört zu den Sachen, die ich im Briefkasten von Schlohmann entdeckt habe», erklärte Leif. «Schlohmann hat seinen Job gekündigt und seine Autoversicherung. Es sieht also alles danach aus ...»

«Nun warte doch mal», schnitt ihm Lüneburg das Wort ab. «Was ich da gefunden habe, ist interessant.» Er deutete auf ein Blatt mit kryptischen Kürzeln. Jeder im Kommissariat hatte schon einmal versucht, Lüneburgs Notizen zu entziffern, aber an seinem Gekritzel waren bislang alle Kollegen gescheitert. «Da ich wie immer systematisch vorgehe, bin ich zuerst nicht darüber gestolpert», erklärte er entschuldigend. «Aber da die beiden Fälle ja anscheinend zusammengehören ... Zwei Tickets zu der entsprechenden Flugnummer wurden auf den Namen Schönborn gebucht.»

«Carola Hansens Mädchenname», entfuhr es Gero.

Lüneburg nickte. «Richtig. Die Buchung lautet aber nicht auf Carola Schönborn, sondern auf den Namen Mareike Schönborn.»

«Das muss ihre Schwester sein», überlegte Gero. «Aber die ist verstorben.» Plötzlich sah er den Zusammenhang. Ewald Schönborn hatte erwähnt, dass seine Tochter, als er sie das letzte Mal gesehen hatte, nach dem Familienbuch gefragt hatte, angeblich weil sie eine Geburtsurkunde benötigte. Und sie hatte nach Schönborns Angaben auch eine gefunden. Oder war es etwas ganz anderes gewesen, was sie gesucht hatte? Womöglich Dokumente ihrer verstorbenen Schwester? Nein, auch mit der Geburtsurkunde einer Toten konnte man sich auf legalem Weg keine neuen Papiere ausstellen lassen. Sie hatten bislang keinerlei Dokumente von Carola Hansen finden können. «Sie wollte sich eine neue Identität zulegen», schloss er sein Gedankenspiel. «Aber warum?»

«Wie es aussieht, wollten sie alle Spuren verwischen», meinte Lüneburg und kramte ein weiteres Papier hervor. «Der Flug ging bis Frankfurt. Anschlussbuchung Erster Klasse nach München auf den Namen Klotz. Wieder zwei Plätze. Einen Tag später ein Charterflug von München nach Bukarest. Zwei Plätze auf den Namen Schlohmann … Weiter bin ich noch nicht gekommen, aber ich denke, das Spiel setzt sich fort. Wisst ihr, wonach das aussieht?»

«Die wollten weg», folgerte Conni. «Weg, und alle Spuren verwischen. Fragt sich nur, wovor sie flüchten wollten. Vor Thor Hansen? Carola Hansen hätte sich doch einfach von ihm trennen können. Irgendwie ergibt das keinen Sinn. Scheidungen sind doch heutzutage nicht mehr das Problem.»

«Und wenn jemand hinter Schlohmann her war?» Leif war rot angelaufen. Connis Seitenhieb war unmissverständlich gewesen.

«Schlohmann war doch nur eine kleine Nummer. Der hat Mädchen für die Pornobranche angeworben.»

«Auch kleine Nummern machen mal einen großen Fang.» Leif sah in die Runde.

«Wie meinst du das?», fragte Conni.

«Wenn Jörn mit seiner Vermutung recht hat und sich die geplante Flucht von Carola Hansen und Timo Schlohmann in der vorliegenden Form fortsetzt, dann frage ich mich, woher die so viel Geld hatten. Die beiden brauchten Pässe auf ihre neuen Namen. Gefälschte Pässe – und das kostet. Schlohmann war Aufseher in einem Spielsalon. Da verdient man keine Unsummen.»

«Vielleicht hat er mit seinem Wissen jemanden erpresst?», spekulierte Conni.

Leif schüttelte den Kopf. «Glaub ich nicht.»

«Mach es nicht so spannend», meinte Gero. «Du denkst an die Spielsalons, nicht wahr?»

«An den Überfall, genau. Ich glaube, der hat Perenko in die Tasche gegriffen. Und damit meine ich nicht die paar tausend Euro Tageseinnahmen, die bei dem Überfall angeblich erbeutet worden sind.»

Das Telefon klingelte, und Conni nahm den Hörer ab. Sie bedankte sich knapp und legte gleich wieder auf. «Sieht so aus, als wenn wir Besuch bekommen», meinte sie und legte die Stirn in Falten. «Das war Hauptmeister Hirsch, unten von der Wache. Soeben sind Polizeidirektor Semmler und drei Kollegen vom LKA zur Tür rein. Und das Beste ist, Van Helsing und die Wissmann waren auch noch dabei.»

«Angriff der Klonkrieger.» Leif rollte mit den Augen. «Das hört sich nicht gut an.»

«Sind wir jemandem auf die Füße getreten?» Jörn

begann, die Unterlagen auf dem Tisch zusammenzusuchen.

Gero musste ihnen recht geben. Ein unangekündigter Anmarsch der Kollegen vom LKA roch normalerweise schon gewaltig nach Ärger. Er mochte gar nicht darüber nachdenken, was es zu bedeuten hatte, dass sie in Begleitung der Staatsanwaltschaft hier anrückten. Von Heiko Hellsink war man es gewohnt, dass er gerne die Nase in Dinge steckte, die ihn nichts angingen, weshalb sich der Spitzname *Van Helsing* allgemein durchgesetzt hatte, aber seine Vorgesetzte war Gero im Allgemeinen wohlgesinnt. Bislang war es noch nicht vorgekommen, dass Oberstaatsanwältin Ines Wissmann sie ohne vorhergehende Ankündigung aufgesucht hatte. Es klopfte, und im gleichen Augenblick wurde auch schon die Tür aufgerissen.

Die Begrüßung fiel knapp aus, um nicht zu sagen schroff. Gero kannte die Kollegen vom LKA nicht persönlich, aber sie bauten sich mit steinerner Miene wie ein Überfallkommando im Raum auf. Ines Wissmann machte hinter Semmlers Rücken eine entschuldigende Geste in Geros Richtung. Staatsanwalt Heiko Hellsink nickte wichtigtuerisch an Semmlers Seite. Er trug wie immer einen seiner peinlichen Zweireiher, heute die Nadelstreifenvariante mit karierter Fliege.

Polizeidirektor Horst Semmler kam ohne Umschweife zur Sache. Allein sein Tonfall war hochoffiziell und duldete keinen Widerspruch. «Das LKA übernimmt ab sofort die Nachforschungen im Fall des getöteten Timo Schlohmann.» Sein Blick wich Gero aus. Er hatte es auf Leif abgesehen, das war unverkennbar. «Was an Akten vorliegt, ist den Kollegen unverzüglich auszuhändigen.» Er zog ein Schreiben hervor und legte es vor Gero auf den Tisch. Eine Verfügung von oberster Stelle. Gero brauchte sie nicht zu lesen. Er erkannte Briefkopf und Landeswappen sofort.

«Darf ich fragen, mit welcher Begründung?»

«Kein Kommentar», entgegnete Semmler barsch.

Gero war lange genug dabei. Er hatte gelernt, seinen Zorn in solchen Situationen hinunterzuschlucken und sich nichts anmerken zu lassen. Die Show, die Semmler hier vor versammelter Mannschaft abzog, war Bestandteil seiner Position. Ein Lackaffe ohne fachliche Kompetenzen, der sich nur auf dem vorletzten Treppchen der behördlichen Hierarchie aalte. Die Wissmann zuckte abermals die Schultern, um Gero zu verstehen zu geben, dass sie an diesem Entschluss keine Verantwortung trage. Gero lächelte freundlich. «Möchten Sie einen Bericht oder eine Einschätzung unsererseits?»

«Danke, das wird nicht nötig sein.»

Selbst schuld, du arroganter Idiot, dachte Gero und lächelte weiter. «Dann wenden Sie sich am besten an den Kollegen Lüneburg, er verwaltet die Akten zum Fall Schlohmann. – Jörn, wenn du so gut wärst, den Kollegen die Akten *zum Fall Schlohmann* zu überreichen?» Gero hatte es so betont, dass Jörn verstanden haben musste, die Akte Hansen auf jeden Fall zurückzuhalten.

«Auch die handschriftlichen Notizen, Herr Hauptkommissar?»

Es war das erste Mal, dass Jörn ihn mit seinem Dienstgrad angesprochen hatte, und Gero musste sich auf die Unterlippe beißen, um nicht loszulachen. «Ja, auch Ihre Notizen.» Nur mit Mühe konnte er sich das Zwinkern ersparen. «Und dann entschuldigen Sie uns bitte», meinte Gero zu Semmler gewandt, «aber wir haben zu tun.» Er streckte dem Polizeidirektor die Hand entgegen. Noch hatte er hier die Hausgewalt.

Semmler nickte nur knapp, dann wendete er sich Leif zu. «Ich hatte Ihnen ausdrückliche Anweisungen gegeben, uns nicht dazwischenzufunken. Noch ein Schritt in diese Richtung, und Sie sind draußen!»

«Ich verstehe nicht ganz», antwortete Leif und warf Gero einen hilfesuchenden Blick zu, aber auch Gero hatte keine Ahnung, wovon Semmler sprach.

«Sie wissen genau, wovon ich spreche.» Semmlers Stimme klang scharf und unnachgiebig. «Und ich wiederhole dies als offizielle Dienstanweisung hier noch einmal: Finger weg von Milans Leuten!»

«Milan?»

«Ich weiß, dass Sie es auf eigene Faust versuchen. Also tun Sie nicht so scheinheilig, als wüssten Sie nichts von der Verbindung! Perenkos Frau, Layla Perenkova, geborene Kravic. Sie ist die Tochter von Milan Kravic!»

## Kapitel 15

Leif musste raus, er brauchte dringend frische Luft. Wie beneidete er Gero um dessen Selbstbeherrschung. Er hätte ausflippen können und stand kurz vor einem Tobsuchtsanfall. Keine Minute länger mit Semmler in einem Raum! Unmöglich. Leif stand auf dem Hof und sog gierig den Rauch der Zigarette ein. Am meisten ärgerte er sich in diesem Moment über sich selbst. Semmler hatte ihn eiskalt erwischt. Warum war er nicht selbst auf die Idee gekommen, Perenkos Umfeld zu checken? Nicht im Traum wäre er auf die Idee gekommen, dass es eine Verbindung zwischen Milan und Perenko gab. Aber er würde es nachholen. Wenn diese heuchlerische Delegation das Kommissariat verlassen hatte, würde er bei Daniel Richter anrufen und sich erkundigen, was es in Bezug auf Milan Neues gebe. Anscheinend hatten die Kollegen vom LKA doch nicht nur Däumchen gedreht. Entweder hatten sie Perenkos Telefon angezapft, oder er wurde bereits rund um die Uhr observiert. Anders konnte Leif es sich nicht erklären, dass man ihre Recherche so schnell nachvollzogen hatte. Vielleicht war es auch die kleine Anfrage bei den Kollegen aus der Abteilung Wirtschaftskriminalität gewesen, die Semmler alarmiert hatte. Die ganze Wut der letzten Wochen hatte Leif innerhalb weniger Sekunden wieder eingeholt.

Die Informationen, die Leif von Richter bekam,

hielten sich in Grenzen. Immerhin verriet der Leiter des Erkennungsdienstes im Dezernat 400, dass es inzwischen eine Soko gab, die in enger Abstimmung mit dem BKA operierte. Demnach musste Perenko zu Milans Clan gehören. Soviel Richter wusste, war der Russe eine Art Statthalter in dessen Organisation. Rauschgift und Prostitution. Der Kreis schloss sich. Zwar wollte Richter von Perenkos genauer Funktion nichts wissen, aber für Leif war die Sache klar. Über die Spielhallen wurden die Gelder gewaschen. Und Schlohmann hatte für Perenko gearbeitet. Mit ziemlicher Sicherheit hatte er sich aus dem Topf bedient – getarnt als Überfall. Um was für eine Summe es sich dabei gehandelt hatte, blieb Spekulation. Groß genug jedenfalls, dass er dafür sterben musste. Die Art und Weise, wie man Schlohmann liquidiert hatte, sprach eine eindeutige Sprache. Aber was war mit Carola Hansen? Hatte sie aus dem gleichen Grund sterben müssen?

«Es juckt mich in den Fingern», meinte Leif, als sie wieder unter sich waren. Gero saß ganz ruhig an seinem Schreibtisch. Von Zeit zu Zeit tippte er mit einem Kugelschreiber auf die Arbeitsplatte, sagte aber kein Wort. «Deine Nerven möchte ich haben …»

«Die halten uns ja wohl für die absoluten Stümper», warf Conni ein. «Was hat es überhaupt mit diesem Milan auf sich?»

«Ein netter Auftritt jedenfalls», fuhr Leif fort, nachdem er Conni in groben Zügen über den Hintergrund aufgeklärt hatte. Was mit Lutz geschehen war, wusste ohnehin jeder Kollege. «So etwas kennt man sonst nur aus dem Kino. Völlig realitätsfremd, könnte man meinen. Kommen hier rein und stauchen uns wie Praktikanten zusammen.»

«So, nun komm mal wieder herunter auf den Boden der Tatsachen.» Gero lehnte sich entspannt zurück. «Es ist nicht zu ändern, im Fall Schlohmann sind uns die Hände gebunden. Aber noch wissen die Kollegen nicht, dass die beiden Fälle aller Wahrscheinlichkeit nach zusammengehören. Kümmern wir uns also um den Fall Hansen.»

«Und wie stellst du dir das vor? Was Leif erzählt hat, zeigt doch, dass Perenko seine Finger im Spiel hat. Wenn er Timo Schlohmann auf dem Gewissen hat, dann ist es naheliegend, dass man Carola Hansen aus dem gleichen Grund umgebracht hat, schließlich war sie ja so etwas wie seine Partnerin.»

«Das wäre eine Variante», überlegte Gero und blickte beide nachdenklich an. «Fassen wir mal die groben Geschehnisse zusammen. Beide wollten weg. Carola Hansen wurde eine knappe Woche vor Schlohmann getötet. Aber sie wurde nicht erschossen, sondern erschlagen.»

«Worauf willst du hinaus?», hakte Leif nach.

«Ich frage mich nur, warum man die Hansen und Schlohmann nicht beide auf die gleiche Weise umgebracht hat, und warum fast eine Woche zwischen den Taten liegt. Wenn Perenko tatsächlich ein Exempel an einem Verräter oder Abtrünnigen hätte statuieren wollen, warum wurden nicht beide zusammen getötet? Warum nicht auf die gleiche Weise? Warum hat man Schlohmanns Leiche so postiert, dass sie auf jeden Fall schnell gefunden werden musste, nicht aber die der Hansen?»

«Nicht zu vergessen, dass Schlohmann vor seinem Tod gefoltert wurde», ergänzte Conni. «Aber nicht in der Form, wie man das im Bereich der organisierten Kriminalität kennt. Sein Leichnam war auch nicht verunstaltet, weder abgetrennte Körperteile noch irgendwelche hinzugefügten Gegenstände mit symbolischem Charakter. Das Einzige mit Symbolwert scheinen die Sonnenblumen zu sein. Und den Zusammenhang haben wir ja geklärt.»

«Warum also hat man ihn gefoltert?», fragte Leif. «Um zu erfahren, wer mit ihm unter einer Decke steckte?» Er schüttelte den Kopf. «Da war die Hansen bereits tot.»

«Also doch die Variante, dass Thor Hansen Schlohmann getötet hat? Der doch nicht», entgegnete Conni. «Wenn du mich fragst, kann der keiner Fliege was zuleide tun.»

«Da wäre ich mir nicht so sicher. Schließlich hat er einem ehemaligen Nebenbuhler das Knie zerschossen. Hast du darüber etwas in Erfahrung bringen können, Gero?»

«Über den Jagdunfall?» Gero wiegte unschlüssig den Kopf. «Es ist zu keiner Anzeige gekommen. Das Verfahren, das damals eingeleitet wurde, ist allein durch den Umstand begründet gewesen, dass Hansen nicht in Besitz eines Jagdscheins war.»

«Dieser Timmermann hat ihn nicht angezeigt?»

«Nein. Ich habe versucht, Erkundigungen einzuholen, bin aber auf eine Mauer des Schweigens gestoßen. Alle Beteiligten haben damals übereinstimmend ausgesagt, dass es ein Unfall war. Thor Hansen soll das Gewehr seines Vaters beaufsichtigt haben, als der mal in die Büsche musste. Er selbst war wohl nur Treiber bei der Jagd. Das Gewehr stand an einen Baum gelehnt, ist umgefallen ...»

«Und die Story hat man ihm abgenommen?», fragte Leif verblüfft.

«Hansen ist mit einer Bewährungsstrafe davongekommen», erklärte Gero.

«Ich kann mir Thor Hansen nicht mit einem Gewehr in der Hand vorstellen. Nach dem Eindruck, den er auf mich gemacht hat, hätte er sich dabei wahrscheinlich eher selbst ins Bein geschossen. Was wissen wir denn über den Vater?», fragte Conni.

«Ein schrulliger Landwirt, mit dem keiner so recht was zu tun haben möchte. Alle gehen ihm aus dem Weg», begann Gero. «Bude hat mir erzählt, dass sich vor gut dreißig Jahren auf dem Hof der Hansens ein Drama abgespielt hat. Hansens Frau ist bei einem tragischen Unfall ums Leben gekommen, beim Rangieren auf dem Hof ist sie unter die Räder eines Treckers geraten. Hans Hansen soll selbst am Steuer gesessen haben. Seither lebt er völlig zurückgezogen, hat auch mit der Dorfgemeinschaft nicht viel am Hut. Entsprechend wird über ihn gemunkelt.»

«Ein Außenseiter wie sein Sohn», warf Conni ein. «Was erzählt man denn über ihn?»

«Alles an Gerüchten, was es so gibt. Da kursieren die dollsten Geschichten. Die älteren Dorfbewohner meinen, er sei gewalttätig, habe früher schon seine Frau geschlagen, und auch bei seinem Sohn sei ihm mehr als einmal die Hand ausgerutscht. Andere meinen, er wäre ein Neonazi. Bei den Wahlen würde einer im Dorf immer rechtsaußen wählen, und das könne eigentlich nur Hansen sein. Na ja, wir haben ihn ja erlebt. Bei seinem Auftritt scheint diese Vermutung nicht ganz unbegründet zu sein. Dann gibt es sogar leise Stimmen, die behaupten, der Tod von Roswita Hansen sei gar kein Unfall gewesen. Aber auf Nachfrage will niemand was gesagt haben. Der übliche Tratsch am Tresen einer Dorfschenke eben. Am Stammtisch wollen alle alles wissen, aber wenn's um die Wurst geht, weiß niemand Genaues.»

Leif fixierte Gero. «Reicht das nicht aus für einen Anfangsverdacht?»

«Ich wollte euch das ja vorhin schon zu verstehen geben, aber ich habe mich von den neuesten Erkenntnissen ablenken lassen, und dann kam mir die Sache mit Semmler dazwischen», meinte Gero entschuldigend. «Ihr denkt also auch, was ich denke?»

Conni nickte. «Mir war der Kerl auf den ersten Blick unsympathisch.»

«Okay», sagte Gero und erhob sich demonstrativ. «Dann nehmen wir uns die beiden also nochmal vor.»

Auf der Fahrt nach Klein Klöritz erzählten Gero und Conni von ihrem ersten Besuch bei Hansens. Spätestens nach der Vernehmung von Thor Hansen waren sie zu der Erkenntnis gekommen, dass er nicht nur ein Außenseiter, sondern zudem auch etwas weltfremd sein musste. Und das, obwohl sein Äußeres ganz anderes erwarten ließ, wie Conni sich ausgedrückt hatte. Nach ihrer Beschreibung war Leif versucht, sich einen schlaksigen Dorfdeppen mit dem Kopf von Brad Pitt vorzustellen. Sie fuhren einer dunklen Wolkenwand entgegen, die sich am südlichen Horizont vor ihnen auftürmte. Von Westen her schien ihnen das langsam verblassende Abendrot eines dramatischen Sonnenuntergangs entgegen, und im Kontrast zu diesem spätsommerlichen Spektakel hatten mehrere Flugzeuge ihre grell leuchtenden Kondensstreifen wie mit dem Lineal an den Himmel gemalt. Die eisernen Silos, die langsam hinter den Baumkronen der Allee auftauchten, wirkten im Gegenlicht des Abendhimmels wie unheimliche Riesen, die Hansens Hof zu beiden Seiten bewachten. Im Schritttempo rollte Gero auf die Auffahrt zu. Hinter den alten Backsteinpfeilern stoppte er den Wagen plötzlich und warf Conni einen fragenden Blick zu.

Sie schien sofort zu wissen, was er meinte. «Vielleicht ist er mit dem Hund weg? Ein Wachhund», wendete sie sich Leif zu. «Das letzte Mal hätte er uns fast die Reifen zerbissen.»

Sie brauchten nur ein paar Meter weiterzufahren, um den Grund für die Stille zu erkennen. Die Kette des Hundes hing zwar nach wie vor am straffen Drahtseil, das quer über den Hof gespannt war, aber das Tier am Ende der Kette hatte sich scheinbar mit dem Halsband verfangen und musste sich an der Konstruktion stranguliert haben. Der Hund hing leblos an der Kette, der massige Körper merkwürdig verdreht, als hätte er im Todeskampf noch das stählerne Seil durchbeißen wollen. Sie stiegen aus, und Leif griff automatisch nach seiner Waffe.

Gero hatte sich über den Hund gebeugt. Aus der Nähe konnte man erkennen, dass der Kopf des Tieres in einer Blutlache lag. «Jemand hat ihm den Schädel zertrümmert.» Gero schaute sich aufmerksam nach allen Seiten um. Die Hofbeleuchtung war noch ausgeschaltet, und zwischen den großen Scheunen und Schuppen konnte man nicht viel erkennen. Auf der einen Seite des Hofs stand ein moderner Klinkerbau, in dem Licht brannte.

«Irgendetwas stimmt hier nicht», meinte Conni, und Leif entsicherte im gleichen Augenblick seine Waffe.

«Den kennen wir doch.» Gero deutete auf den Wagen, der zwischen Haus und Scheune geparkt war. Ein schwarzer Jaguar, Kennzeichen RZ-VP …»

«Vitali Perenko. Ich glaube es nicht …»

In diesem Augenblick vernahmen sie ein scharrendes Geräusch, das aus einer offenen Halle neben der Scheune kam. Im Schatten des Gemäuers war so gut wie nichts zu sehen. Vorsichtig tasteten sie sich an der Wand des Gebäudes, das zur Hausseite hin offen war, entlang. Hier stand der landwirtschaftliche Fuhrpark der Hansens. Vor einem der Trecker waren die Umrisse eines Menschen zu erkennen. Der Mann saß auf dem Boden, sein Oberkörper war an den mächtigen Hinterreifen des Treckers gelehnt.

Gero gab Leif ein stilles Zeichen, ihm Deckung zu geben. «Herr Hansen!», rief er laut, aber es blieb still. Nach wenigen Sekunden versuchte es Gero erneut. «Herr Hansen?» Der Mann reagierte nicht. Leif konnte erkennen, woher das Geräusch rührte. Der Mann wippte unaufhörlich mit dem Oberkörper und hatte die Beine angezogen, die er abwechselnd ausstreckte und dabei mit den Füßen über den sandigen Boden der

Halle scharrte. Langsam hatten sich Leifs Augen an die Dunkelheit gewöhnt. Jetzt konnte er sehen, dass neben dem Mann etwas auf dem Boden lag, ein Bündel, ein Körper.

«Herr Hansen!», rief Gero abermals. «Ich bin es, Gero Herbst von der Polizei. Sie kennen mich doch.»

Immer noch keine Reaktion. Conni stand mit gezogener Waffe neben Leif.

«Herr Hansen, was ist hier los?»

Thor Hansen blickte apathisch vor sich auf den Boden. Er schien sie überhaupt nicht wahrzunehmen. Gero gab Leif zu verstehen, die Waffe zu senken. Langsam ging er auf Hansen zu. «Herr Hansen, wenn sie eine Waffe haben sollten, dann legen Sie sie bitte auf den Boden vor sich.»

Hansen nickte. Endlich eine Reaktion. «Nein. Ich bin unbewaffnet.» Seine Stimme klang schwach und zittrig.

«Herr Hansen, was ist hier vorgefallen?» Gero bedeutete Leif, ihm zu folgen. Er stand jetzt neben dem Mann, bückte sich langsam zu ihm herab.

«Ich weiß es nicht», erklärte Hansen zögernd und blickte in Leifs Richtung. «Sie kamen auf den Hof gefahren. Zwei Typen. Harro hat wie wahnsinnig angeschlagen, da ist einer von ihnen auf den Hund los und hat ihm auf den Kopf geschlagen. Ich kam gerade aus der Werkstatt. Ich konnte gar nichts machen, alles ging so schnell. Sie haben irgendwas von Geld gefaselt, das sie holen wollten. Ich weiß nicht, was die wollten …»

Gero hatte mittlerweile den Mann neben Hansen untersucht. Er drehte sich zu Leif und schüttelte unmissverständlich den Kopf. Leif konnte erkennen, dass Gero seine Dienstwaffe in der rechten Hand hielt. Er hatte ihn schon lange nicht mehr mit Waffe gesehen. Conni stand nach wie vor am Eingang der Halle und gab ihnen Deckung. Ihr Blick suchte permanent die Umgebung ab, aber alles war still.

«Das ist nicht Perenko», meinte Gero und wandte seine Aufmerksamkeit erneut Hansen zu, der immer noch mit den Füßen scharrte.

«Und dann ist Vater aufgetaucht», setzte Hansen seine Schilderung fort. «Als wenn er es geahnt hätte ... Er hatte sein Gewehr im Anschlag ...» Hansen stockte.

«Und dann?»

«Der Mann hat mit einer Pistole auf mich gezielt ... Ich habe das überhaupt nicht gesehen. Im gleichen Augenblick hat Vater schon geschossen.»

«Schrot», meinte Gero zu Leif gewandt. Dann packte er Hansen an den Schultern, schüttelte ihn mehrmals, als wolle er sich vergewissern, dass Hansen ihn verstand. «Wo ist der andere Mann?»

«Vater ist mit dem anderen Kerl nach hinten zum Silo ...» Er blickte Gero völlig verstört an. «Was wollen die von uns?»

Gero erhob sich und schüttelte fassungslos den Kopf. «Das wird uns wohl nur Ihr Vater erklären können. – Verständige die Leitstelle», forderte er Leif auf.

«Schon geschehen», antwortete Conni und klappte ihr Handy zu. «Sie brauchen eine halbe Stunde.»

«Hast du ...»

«Überfallkommando und ein Notarzt», entgegnete sie mit einem Nicken.

«Okay», meinte Leif. «Dann verschaffen wir uns am besten einen Überblick über die Situation vor Ort. Herr Hansen, wie kommen wir zum Silo?»

Die Situation, die sich ihnen darbot, war ziemlich eindeutig. Thor Hansen hatte ihnen den Weg zum Silo gewiesen, Gero hatte ihm auf den letzten Metern jedoch zu verstehen gegeben zurückzubleiben. Nun beobachteten sie das Geschehen aus einer Entfernung von höchstens zehn Metern. Hans Hansen stand ein ihnen unbekannter Mann gegenüber, ein Hüne von Kerl, bestimmt über zwei Meter groß, wie der alte Hansen mit raspelkurzem Haar, den Blick auf die Waffe gerichtet, die Hansen in den Händen hielt. Perenko war es augenscheinlich nicht.

Alle drei hatten ihre Waffen in der Hand. Gero hatte sich dazu entschlossen, nicht auf das Eintreffen der Kollegen zu warten. Er gab Leif ein Zeichen mit der Hand, dass er in genau fünf Sekunden eingreifen würde. Leif wusste nicht, von wem die größere Gefahr ausging. Von Hansen, dessen Gewehrlauf in die andere Richtung zeigte, oder von dem Hünen, der auf den ersten Blick zwar unbewaffnet war, dessen stahlharter Blick jedoch kampferprobte Abgebrühtheit signalisierte? Noch drei, noch zwei, noch eine Sekunde. Leif entschied sich für Hansen.

«Polizei! Waffe fallen lassen!» Leif hatte es schon hundertmal gehört, und immer noch war er verblüfft, dass in neun von zehn Fällen niemand auf die Aufforderung reagierte. Hansen zuckte nur kurz, aber sein Gewehr war immer noch auf den Mann gerichtet. Der Blick des

Hünen wanderte blitzschnell zwischen Hansen und Gero hin und her. Aber er selbst verharrte in Regungslosigkeit – stoischer Gelassenheit, wie Leif seine Mimik interpretierte. Der Kerl war anscheinend anderes gewohnt.

Gero wiederholte die Warnung. «Polizei! Herr Hansen, lassen Sie die Waffe fallen!»

«Das werde ich ganz bestimmt nicht tun, bis dieser elende Dreckskerl meinen Hof verlassen hat», antwortete Hans Hansen. Leif war es, als zeichnete sich ein Grinsen auf dem Gesicht des Riesen ab. Hansens Gesichtszüge konnte er nicht erkennen.

«Herr Hansen. Wir kümmern uns darum! Das ist Sache der Polizei!» Gero hielt seine Waffe vorbildlich in den Händen. Beide Arme hatte er ausgestreckt. Sein Körper bebte vor Anspannung. «Lassen Sie das Gewehr fallen!»

Conni hatte sich Hansen bis auf wenige Schritte genähert. Auch sie hatte die Pistole im Anschlag.

«Die Kerle haben meinen Hund erschlagen!», rief Hansen, ohne sich umzudrehen. «Er hat ihnen nichts getan. Kommen hier einfach auf meinen Hof und bedrohen meinen Sohn mit der Waffe. Thor weiß doch gar nicht, worum es geht …»

«Worum geht es denn, Herr Hansen?»

Leif konnte erkennen, dass Hansen nur kurz in Geros Richtung geblickt hatte. Der Mann ihm gegenüber hatte es auch registriert.

«Die wollen ihr dreckiges Geld. Sollen sie haben! Ich will damit nichts zu tun haben! Ich habe die Tasche mit dem Geld ins Silo geworfen. Wenn er es haben will, soll er doch hinterherspringen und es holen!» Der Gewehrlauf zuckte. «Na? Wird's bald?»

«Von welcher Tasche reden Sie?», fragte Gero. Seine Stimme hatte auf Deeskalation umgeschaltet. Leif bemerkte es sofort. Wenn die Sache hier schiefging, würde er den Seminarleiter eigenhändig an die Wand nageln.

«Von Carolas Tasche», antwortete Hansen. Diesmal blieb sein Blick auf den Mann ihm gegenüber gerichtet. «Ich habe sie gefunden ... Gut versteckt im Vorratsraum hinter den Düngesäcken.»

«Und dann haben Sie Ihre Schwiegertochter zur Rede gestellt?», fragte Gero vorsichtig. Seine Stimmlage hatte sich verändert.

Hansen nickte. «Sie wollte weg. Ich habe ihr gesagt, dass das Geld schmutzig ist. So viel Geld ist immer schmutzig. Aber sie hat nur gelacht. Sie war schlecht.» Im letzten Satz konzentrierte sich die ganze Abscheu, die Hansen gegenüber seiner Schwiegertochter empfunden haben musste.

«Wie viel Geld?», fragte Gero weiter. Leif konnte im linken Augenwinkel erkennen, dass Conni sich gefährlich nah an Hansen herangetraut hatte.

«Ich habe es nicht gezählt!», rief Hansen. «Ich mache mir doch nicht die Finger dreckig.»

«Perenkos Geld?» Gero hatte die Frage an den ihnen unbekannten Mann gestellt, aber der Hüne verzog keine Miene.

«Wie viel?», fragte Gero erneut, wieder blieb die Frage unbeantwortet.

«Ist es zum Streit gekommen?», griff Gero den Faden

auf, nachdem er keine Antwort erhalten hatte. Auch das hatten sie trainiert. Ständig reden. Keine Pausen aufkommen lassen.

«Sie hat nur gelacht und gesagt, sie gehe jetzt. Was mit Thor werde, habe ich sie gefragt, da hat sie nur gemeint, ich soll ihm einen schönen Gruß bestellen. Können Sie sich das vorstellen? Sie wollte ihn verlassen. Einfach so. Man verlässt meinen Sohn nicht einfach so! Das macht man nicht!» Hansens Blick war voller Hass. Auch wenn Leif es nicht sehen konnte, wusste er es ganz genau. «Die Leute reden schon genug über uns. Fehlt gerade noch, dass einem die Frau wegläuft. Das gibt nur hässliche Gerüchte!»

«Was ist dann geschehen?»

«Sie hat versucht, mir die Tasche zu entreißen.» Hansens Stimme hatte sich verändert. Sie klang fast mitleidig. «Ich habe ihr gesagt, dass ich es nicht dulden werde, aber sie wollte nicht hören. Hat immer nur gelacht und schlecht über Thor gesprochen.»

«Und dann haben Sie sie geschlagen?»

«Sie ist mit einer Eisenstange auf mich los!»

«Es gab also ein Handgemenge.»

«Sie war wie besessen!», rief der Alte.

«Aber zum Schluss blieben Sie der Sieger?», fragte Gero.

Hansen nickte stumm.

«Warum haben Sie sie in den Kanal ...»

«Irgendwann tauchen sie doch wieder auf», schnitt Hansen Geros Frage ab. «Sie sollte doch gefunden werden.»

«Und ihre Sachen?»

Hansen zeigte mit dem Gewehrlauf auf das Silo, dann auf den Mann ihm gegenüber. «Da drin! Willst du das verdammte Geld nicht endlich holen? Wir brauchen es nicht! Wir sind ehrliche Leute!»

«Herr Hansen!» Geros Stimme klang wieder kämpferisch. «Es hat keinen Sinn, was Sie hier tun. Nehmen Sie das Gewehr runter! Der Mann wird seine Strafe erhalten, das verspreche ich Ihnen!»

«Früher hat man solche am nächsten Baum aufgeknüpft ... kurzen Prozess gemacht!»

Blaulicht durchzuckte die Dunkelheit. Von fern waren Martinshörner zu hören.

«Mein Sohn ... Er wusste nicht ...»

«Das wissen wir, Herr Hansen.» Conni hielt die Pistole im Anschlag. Auch sie schien sich nicht sicher zu sein, von wem die größere Gefahr ausging. Sie stand inzwischen neben Hansen, nur zwei Schritte trennten sie von dem Hünen. «Legen Sie die Waffe langsam auf den Boden», forderte sie Hansen auf. «Ganz langsam.» Dann zielte sie auf den Hünen. «Und Sie legen sich hin! Arme und Beine auseinander!»

Gero wollte etwas sagen, aber in dem Moment ließ Hansen das Gewehr sinken. Für einen Augenblick wandte Leif den Blick ab und wollte Gero mit den Augen signalisieren, dass er einschreiten solle. Im Augenwinkel erkannte er, dass der Mann vor Conni eine seltsame Bewegung machte. Zu spät, um sie zu warnen. Gero riss die Pistole hoch, aber der Kerl hatte sich auf Conni zugerollt und blitzschnell die Beine ausgestreckt. Plötzlich blitzte eine Pumaklinge auf.

«Waffe weg!», schrie Leif. Warum sprang sie nicht zur

Seite? Der Kerl war ihr körperlich haushoch überlegen. Er hatte Blumenkohlohren und die Statur eines ausgebildeten Nahkämpfers. Das Messer schoss auf Conni zu. In der gleichen Sekunde flog ihre Waffe durch die Luft. Leif dachte schon, er habe sie getroffen, aber in dem Moment schnellte Connis rechte Hand blitzartig vor und traf den Kopf des Kerls, der sich für Sekundenbruchteile merkwürdig zu verformen schien. Leif konnte den überraschten Blick des Mannes erkennen, dann folgte ein dumpfes Geräusch, vermischt mit einem seltsamen Knacken. Sie hatte ihn mit voller Wucht getroffen, taumelnd fiel er nach hinten. Als Gero neben ihr war und sich auf den Kerl schmeißen wollte, hatte sie ihm schon beide Arme auf den Rücken gedreht und hielt ihn sicher fixiert. Sie warf ihm einen Blick zu, den Leif so schnell nicht wieder vergessen würde. Hinter ihnen tauchten zwei vermummte und behelmte Gestalten auf. Endlich.

Das sonore Blubbern, das Leifs Besuch bereits vor der Auffahrt ankündigte, war nicht zu überhören. Auch wenn Gero der Sound eines Vierzylinder-Turbos lieber war, das Grummeln von Leifs Porsche war unverkennbar. Lena hatte den Wagen ebenfalls gehört. Sie begrüßte Leif mit einer freundschaftlichen Umarmung, dann ließ sie die Männer alleine und verschwand wieder zwischen den Stauden des Bauerngartens. Kurze Hosen, ein T-Shirt im Marine-Look, Leifs Stimmung schien ziemlich gut zu sein.

«Schön, dass du mal vorbeikommst.» Gero hielt ihm eine Flasche Bier zur Begrüßung entgegen. «Ich hab schon die ganze Zeit über versucht, dich zu erreichen. Eigentlich gibt's eine Menge zu besprechen.»

«Wie du weißt, bin ich beurlaubt.» Leif musterte die Flasche und reichte sie Gero zurück. «Und wenn ich nicht im Dienst bin …»

«… brauch ich dir keine Pferdepisse anzubieten, ist schon klar!», ergänzte Gero mit einem Lachen und machte sich auf den Weg zum Kühlschrank, um die alkoholische Variante zu holen.

«Ich wollte mich nur nach dem letzten Stand der Dinge erkundigen», meinte Leif und öffnete den Bügelverschluss der Flasche mit dem landestypischen Knall.

Gero prostete Leif zu. «Was die Feuerwehr aus dem Silo auf Hansens Hof gefischt hat, weißt du?»

Leif nickte. «Knapp zwei Millionen. Alles Zwanziger, Fünfziger und Hunderter. Außerdem die gefälschten Papiere von Carola Hansen und Timo Schlohmann sowie die Flugtickets.»

«Wie wir vermutet haben.»

«Und die beiden Kerle? Das interessiert mich vor allem.»

«Der, den Hansen mit einer Ladung Schrot durchsiebt hat, scheint ein gewisser Drago Mravic zu sein. Der andere heißt seinen Papieren nach Mirco Sjebtosc. Ist aber kaum etwas aus ihm rauszubekommen. Kein Wunder. Sprechen dürfte ihm schwerfallen. Conni hat ihm den Kiefer gebrochen. Die Fingerabdrücke der beiden waren bislang noch nicht registriert. Aber Peter hat schon durchsickern lassen, dass es Übereinstimmungen mit den gefundenen Abdrücken an der Stoßstange von Lutz' Dienstwagen gebe. Das BKA hat die Identifikation der beiden noch nicht abgeschlossen. Sie stammen aus dem ehemaligen Jugoslawien. Eine Verbindung zu Milan ist sehr wahrscheinlich.»

«Ein richtig dicker Fisch also. Ich habe es die ganze Zeit geahnt, dass Lutz' Unfall auf das Konto von Milan geht. Aber auf mich hat ja keiner hören wollen.» Auf Leifs Gesicht zeichnete sich so etwas wie Genugtuung ab. «Saubere Arbeit», meinte er nur.

«Es kommt noch besser. Schlohmann wurde mit der Waffe getötet, die der tote Mravic bei sich geführt hat. Es scheint sich demnach wirklich so abgespielt zu haben, wie wir vermuteten.»

«Timo Schlohmann hat also das Geld von Perenko unterschlagen, um sich gemeinsam mit Carola Hansen abzusetzen.»

Gero nickte. «Und das Ganze hat er als Überfall getarnt. Ziemlich naiv die Idee. Er muss doch gewusst haben, dass man ihm auf die Schliche kommt. Bei der Summe kann sich schließlich jeder Idiot ausmalen, dass so eine Organisation die entsprechenden Hebel in Bewegung setzen wird, um das Geld zurückzubekommen. Vor allem, weil er doch selber für die Jungs tätig war.»

«Wahrscheinlich wollte er mit der Hansen längst über alle Berge sein.»

«Davon müssen wir ausgehen. Ihre Flucht war bis ins kleinste Detail geplant. Dann ist ihnen der alte Hansen dazwischengekommen. Ungefähr so muss es sich abgespielt haben.»

«Und was geschieht mit dem Geld?», fragte Leif und prostete Gero zu.

«Das scheint niemandem zu gehören», erklärte er. «Wenigstens vermisst es niemand.»

«Perenko auch nicht?»

«Der wird sich hüten. Er wusste angeblich von gar nichts. Seinen Wagen hat er noch am gleichen Abend in Lübeck als gestohlen gemeldet.»

«Abgebrüht, der Kerl. Meinst du, wir können ihm irgendwas nachweisen?»

«Das liegt nicht mehr in unserer Hand. Hoffen wir, dass die Kollegen vom BKA irgendetwas mit Beweiskraft finden. Anhaltspunkte gibt es schließlich genug. Verdachtsmomente auch. Möglicherweise ergibt die Recherche über diese amerikanische Produktionsfirma mit den Sonnenblumen ja irgendetwas Handfestes. Hinzu kommen Geldwäsche, Verstrickung in pornographische Geschäfte mit Minderjährigen, ganz zu schweigen von seinen Geschäften mit Milan. Es ist ja ganz offensichtlich, welche Funktion er in Milans Organisation einnimmt. Nur beweisen muss man es können.» Gero musterte Leif. «Und was ist mit deiner Beurlaubung?»

«Semmler will mir ein Verfahren anhängen.»

«Soll er mal versuchen.» Gero lächelte und klopfte Leif aufmunternd auf die Schulter. «Ich habe vorgestern meinen Bericht abgegeben. Demnach war von unserer Seite aus zu keinem Zeitpunkt ersichtlich, dass der Einsatz auf dem Hof der Hansens in irgendeinem Zusammenhang zum Fall Schlohmann stand. Und als wir Perenkos Wagen entdeckten, haben wir unverzüglich die Leitstelle informiert.» Gero lächelte triumphierend. «Vetters offizieller Bericht über die DNA-Analyse erreichte uns erst einen Tag nach der Aktion, und wie zu erwarten war, konnte keiner mit Jörns Notizen etwas anfangen ...»

Einen Moment lang betrachtete Leif die Bierflasche in seinen Händen. Es sah aus, als studiere er das Etikett. «Danke», sagte er schließlich, ohne den Blick abzuwenden.

«Das ist doch wohl selbstverständlich», entgegnete Gero. «Es war mein Fall. Ich trug die Verantwortung für den Einsatz. Unser Wissen, dass eine Verbindung zwischen den beiden Fällen bestand, war doch erst wenige Stunden alt. Konnten wir ahnen, dass sich die Situation so zuspitzen würde? Ich für meinen Teil habe mich auf Hansens Hof ziemlich überrumpelt gefühlt.» Es entsprach nicht ganz der Wahrheit. Unterschwellig hatte Gero den Verdacht bereits von dem Moment an gehegt, als er die Tätowierung von Perenkos Frau gesehen hatte, obwohl er die genauen Hintergründe natürlich nicht kennen konnte. Erst Vetters Anruf hatte ihm die Augen geöffnet. Aber dass die beiden Schatten von Milan auf Hansens Hof auftauchen würden, war wirklich nicht vorauszusehen gewesen. Von daher hatte er, was seinen Bericht betraf, überhaupt kein schlechtes Gewissen.

«Es war mehr der Dank des Freundes, nicht der eines Kollegen.» Leif schaute ihn erwartungsvoll an.

«Hast du das je in Abrede gestellt?»

«Von meiner Seite aus nicht», meinte Leif und stellte die leere Bierflasche auf den Tisch. «Aber mir war in letzter Zeit so, als wenn du auf unsere Freundschaft nicht mehr so großen Wert legen würdest.»

«Weil wir uns nicht mehr so regelmäßig sehen? Nein, bestimmt nicht. Das bildest du dir ein. Zugegeben, wenn uns unser Job zusammenführt, dann immer vor einem Hintergrund, auf den ich gerne verzichten könnte. Seit du bei der Mordkommission bist, gleicht dein Erscheinen für mich dem eines dunklen Schattens. Aber das hat nicht wirklich etwas mit deiner Person zu tun. Vielleicht sollten wir uns zukünftig auch außerhalb der Dienstzeit wieder etwas häufiger sehen. Ich weiß tatsächlich nichts über die Dinge, die dich zur Zeit bewegen. Was ist beispielsweise mit Miriam?»

«Unverändert.» Leifs Gesichtsausdruck verhärtete sich. «Mit dem Unterschied, dass es wohl neuerdings jemanden gibt.»

«Das hast du kürzlich schon in der Dienststelle ewähnt. Ein älteres Semester. Dann kann's nichts Ernstes sein. Geld hat sie ja selber.» Gero musste unweigerlich lachen, und auch Leif konnte sich ein Grinsen nicht verkneifen. «Aber mal im Ernst. Meinst du nicht, es ist langsam an der Zeit, einen Schlussstrich zu ziehen? Für die Kinder wird euch doch sicherlich eine gescheite Lösung einfallen.»

«Bis vor kurzem habe ich doch noch geglaubt, es würde sich wieder einrenken. Aber so allmählich muss ich mich wohl mit dem Gedanken anfreunden, dass da nichts mehr zu machen ist. Ehrlich gesagt empfinde ich auch seit geraumer Zeit nichts mehr für Miriam. Höchstens Ärger über ihr Wesen, über die ganze Situation, wenn wir uns einmal sehen. Sie nimmt das alles so leicht.»

«Vielleicht solltest du dir daran ein Beispiel nehmen. Denk einfach mal an dich selber.»

«Das versuche ich gerade.» Leif rollte gespielt mit

den Augen und ließ einen Seufzer folgen. Dann konnte Gero ein schelmisches Grinsen erkennen. «Was macht eigentlich Conni?»

«Die ist seit Freitag im Urlaub an der Algarve. Hat sie sich auch redlich verdient.»

Leif nickte und machte Anstalten aufzubrechen.

«Und was machst du jetzt?», fragte Gero.

«Meine freien Tage genießen», erwiderte Leif.

«Ein wenig golfen?»

Leif schüttelte den Kopf. «Ach nein, viel zu heiß. Ich habe mich schon abgemeldet. Ein paar Wochen Urlaub werden mir guttun. Wollte nur kurz Bescheid sagen, dass alles okay ist.»

«Hast du ein bestimmtes Ziel vor Augen?»

«Erst mal Richtung Süden, ein paar Freunde besuchen.» Leif zuckte mit den Schultern. Dann grinste er und deutete auf seinen Wagen. «Mal sehen, vielleicht hält die Kiste ja bis an die Algarve.»

## Felicitas Mayall

### Kommissarin Laura Gottberg ermittelt

**Nacht der Stachelschweine**
*Laura Gottbergs erster Fall.*
Während deutsche Urlauber in einem italienischen Kloster Ruhe suchen, wird die junge Carolin in einem nahen Waldstück tot aufgefunden. rororo 23615

**Wie Krähen im Nebel**
*Laura Gottbergs zweiter Fall.*
Eine Leiche im Zug aus Rom und ein Bewusstloser auf den Gleisen des Münchener Hauptbahnhofs. Hängen die beiden Fälle zusammen? rororo 23845

**Die Löwin aus Cinque Terre**
*Laura Gottbergs dritter Fall.*
Das italienische Aupair-Mädchen ist tot. Laura muss in ein kleines Dorf in Cinque Terre, wo die Frauen der Familie ein dunkles Geheimnis hüten. rororo 24044

**Wolfstod**
*Laura Gottbergs vierter Fall.*
Ein deutscher Schriftsteller wird in seiner Villa bei Siena leblos aufgefunden. rororo 24440

**Hundszeiten**
*Laura Gottbergs fünfter Fall.*
In München machen Jugendliche nachts Jagd auf Obdachlose. rororo 24623

**Die Stunde der Zikaden**
*Laura Gottbergs sechster Fall.*
Ihr erster gemeinsamer Urlaub hat ein Ende, als Laura und Angelo beim Baden mit einer Leiche zusammenstoßen.

rororo 24808

*Weitere Informationen in der* Rowohlt Revue *oder unter* www.rororo.de

MIX
Papier aus verantwortungsvollen Quellen
FSC® C083411

Das für dieses Buch verwendete FSC®-zertifizierte Papier *Lux Cream* liefert Stora Enso, Finnland.